Artur Rosenstern

Die Rache der Baba Jaga

Roman

monika fuchs

Alle Ähnlichkeiten mit lebenden oder verstorbenen Personen sind in diesem Buch zufällig. Es handelt sich um eine fiktive Geschichte.

www.verlag-monikafuchs.de
www.artur-rosenstern.de

Bibliografische Informationen der Deutschen Nationalbibliothek:
Die Deutsche Nationalbibliothek verzeichnet diese Publikation in der Deutschen Nationalbibliografie;
detaillierte bibliografische Daten sind im Internet über http://dnb.dnb.de abrufbar.

ISBN 978-3-947066-40-7 – auch als eBook erhältlich

Text: Artur Rosenstern
Cover-/Umschlaggestaltung: Buchgewand Coverdesign | www.buch-gewand.de – Verwendete Grafiken/Fotos: FlowerVector – depositphotos.com; Lukasz Szwaj – shutterstock.com; Mykola Mazuryk – shutterstock.com; Instantly – stock.adobe.com
Layout und Satz: Die Bücherfüxin | Hildesheim | www.buecherfuexin.de
Lektorat: Carola Jürchott und Sigrid Strauß
Korrektorat: Larissa Rode

Printed in EU 2020

In memoriam
Lüder Ahmels

Vorspiel

»Wo läufst du hin, du ... du Idiot? Hast du keine Augen im Kopf?« Gisbert schrie seinen Fernseher an und klatschte mit der Hand auf den Oberschenkel. »Guck doch einmal nach rechts, da wartet die Sechs ...« Er griff nach der Bierflasche und nahm einen kräftigen Schluck daraus, dann knallte er die Flasche auf den Couchtisch.

»Die werden es schon wieder vermasseln. Wetten?«, meinte er zu Sven gewandt.

»Sicher werden sie das«, pflichtete ihm sein Mitbewohner bei und drückte auf einer Untertasse in aller Ruhe den Zigarettenstummel aus. »Sie haben doch überhaupt keine guten Spieler ... kchu, kchu ...«. Er hustete und blies den Rauch gegen die Raumdecke. »Außer ... kchu, kchu ... außer Wichnijarek.«

»Und der hat heute seine Augen am Arsch!«

Gisbert hielt sich nicht für einen großen Fußballfan. Die Tabellenergebnisse verfolgte er lässig. Oft versäumte er es, sich über aktuelle Spiele zu informieren. Aber wenn der DSC Arminia spielte, war es ihm, als liefe Deutschland gegen seinen Erzfeind Italien im Finale einer Weltmeisterschaft auf. Die Spieltermine, die Gegner und sämtliche Ergebnisse dieser Mannschaft speicherte er augenblicklich in seinem Kopf. An diesem Samstagnachmittag spielte Arminia gegen den VfB Stuttgart. Es war ein Auswärtsspiel, es stand 1 : 1. Die zweite Spielzeit neigte sich langsam dem Ende zu. Etwa zwanzig Minuten hatten die Arminen noch, um einen Sieg einzuheimsen. Ein Sieg nach den sechs schmerzlichen Niederlagen in Folge war längst fällig, anderenfalls liefen sie Gefahr, auf den letzten Tabellenplatz abzusacken. Aber statt sich die Beine auszureißen, statt sich zu konzentrieren, verloren sie immer aufs Neue den Ball an den Gegner, ihre vagen Angriffsversuche wehrten die Schwaben mühelos ab. Das Spiel verlagerte sich zunehmend auf die Seite der Arminen. Je mehr das geschah, desto schneller vergrößerte sich der Schweißfleck unter den Achseln auf Gisberts T-Shirt, desto öfter griff er zur Bierflasche.

»Ich dreh noch durch«, rief er erneut. »Bewegt euch, ihr faulen Säcke!«

»Kühl dich ab, Mann«, meinte Sven beschwichtigend. »Die Welt geht doch nicht unter.«

Genau in diesem Moment drehte jemand den Schlüssel im Schloss der Eingangstür um, und im halbdunklen Flur erschien Boris, ihr Mitbewohner, in Begleitung einer Blondine mit schulterlangen, lockigen Haaren.

»Hallo Jungs«, sagte Boris und winkte den beiden durch die offene Wohnzimmertür zu. »Ich habe Julia mitgebracht.«

»Jetzt schon?«, wunderte sich Sven. »Es ist doch erst halb fünf und wir haben fünf Uhr ausgemacht.«

»Ich war früher fertig«, entgegnete Boris und blickte auf seine Armbanduhr, »wir haben einen Bus eher genommen. Und jetzt ist es auf meiner Uhr schon fast Viertel vor und nicht halb fünf.«

»Hallo«, sagte Julia kleinlaut. Sie stand neben Boris und lächelte verlegen. Es schien ihr unangenehm zu sein, Sven und Gisbert gestört zu haben, sollten die beiden doch darüber entscheiden, ob sie in die WG einziehen dürfe. Sven gab in Kürze sein Zimmer auf. Er hatte zusammen mit seiner neuen Freundin Wiebke eine kleine Wohnung gemietet.

Gisbert winkte Julia und Boris zu, bewegte sich aber keinen Millimeter vom Sofa hoch. Die Arminen starteten gerade ihren nächsten Angriff. Sein Blick streifte die junge Frau neben Boris zunächst flüchtig, bevor er für ein paar Sekunden an ihr haften blieb, als wollte Gisbert sich ihre Erscheinung einprägen. »Wow«, ging es ihm durch den Kopf, »dieses Sahneschnittchen will bei uns einziehen?«

Er verfolgte aufs Neue das Spiel. »Das könnte, meine Damen und Herren«, die Stimme des Kommentators dröhnte durch den Raum, »die letzte Chance für die Bielefelder sein. Ein Pass nach links, zurück zu Wichnijarek, er schießt und ... und ... so ein Pech ... schon wieder der Pfosten ...«

»Ach du Sch...« Gisbert schnellte in die Höhe, erstarrte für einen Augenblick vor dem Fernseher und presste die Lippen und Fäuste zusammen. »Das kann doch nicht wahr sein. Diese ... diese Idioten!«, gab er lauthals von sich.

Es war nicht seine Art, eine Frau wie Julia so desinteressiert zu begrüßen. Doch auf dem Spielfeld lief Arminia auf. Kein Mensch, kein Ereignis, nicht einmal ein Weltuntergang, durften ihn stören.

»Setzt euch so lange zu uns«, schlug Sven vor. »Das Zimmer zeig ich dir gleich nach dem Spiel.«

Boris und Julia streiften die Schuhe ab und gesellten sich zu den Fußballfans auf die ausgelatschte hellbeige Sofaecke mit unregelmäßigen dunklen Flecken auf dem Lederbezug. Gisbert kam nicht umhin, sich Julia kurz vorzustellen. Er blickte ihr in die Augen und reichte ihr seine lasche Hand. Als sich ihre Hände berührten, ließ ihn ein leichter, unangenehmer Stromschlag aufschrecken.

»Oh«, sagte Julia und lächelte, »Entschuldigung, das liegt bestimmt an meiner Wolljacke.«

»Macht nix.« Er wandte sich erneut dem Fernseher zu. Trotz der Aufregung nahm er ihr blumig-süßes Parfüm wahr. Vor dem Tor der Arminen versammelte sich die ganze Zehnerhorde der Schwaben und war drauf und dran, den Ball ins Tor zu drücken. Mit gekonnten, treffsicheren Pässen hatten sie schon lange das Spiel beherrscht. Die Arminen waren selten an den Ball herangekommen, nur der Torwart geriet immer mehr ins Schwitzen.

Gisbert verfolgte die gefährlichen Ballpässe, sah jedoch Julia vor seinem inneren Auge, spürte, wie sich die penetrante, süßliche Note ihres Parfüms tief in seine Nasenlöcher und bis ins Gehirn bohrte, es umhüllte und benebelte. Er war nur einen Augenblick abgelenkt, als plötzlich ein tosender Jubelschrei auf dem Stuttgarter Fußballfeld ausbrach.

»2 : 1, meine Damen und Herren«, verkündete der Kommentator, »und es ist kein Wunder, absolut kein Wunder, das war abzusehen und war schon längst fällig …«

»Hab ich's doch gesagt«, bemerkte Sven, »die haben nix drauf.«

Gisbert prüfte die Spielzeitanzeige. Noch fünf Minuten bis zum Abpfiff! Es war kein glücklicher Tag für die Arminen und Fans wie Gisbert.

»Obwohl …« Er überlegte und linste zu Julia hinüber. »Abwarten. Der Abend ist schließlich noch jung.«

1

Gisbert Wrobel hatte keine Vorurteile gegenüber Ausländern, schon gar nicht gegenüber den ausländischen Frauen. Er glaubte lediglich das, was er für allgemein bekannt, für selbstverständlich hielt. Etwa dass in Polen die meisten deutschen Autos untertauchten, die französischen Frauen traumhaft gut im Bett waren, die Italiener von Gott geschaffen zum Singen und zum Verzehr ihrer weltbekannten Spaghetti und Pizzas (auch wenn er selbst als Kind gern Spaghetti gegessen hatte). Dass die Mehrzahl der südländischen Männer Machos war und die mit Schlitzaugen stets nur lächelten, weil sie genetisch aufs Grinsen programmiert waren, dass die Russen zum Frühstück statt Kaffee Wodka tranken und ihre Frauen sich ebenso anziehend kleideten wie häuslich-praktisch veranlagt waren.

Fragte man Gisbert, woher er diese Ansichten hatte, so konnte er sich daran nicht genau erinnern. Das wüsste doch jeder, würde seine Antwort ausfallen. Schon als kleiner Knirps hatte er derartige Sachen zu hören bekommen. In seinem Heimatort Neuenbeken, der im von Wäldern umgebenen Paderborner Land liegt und knapp über zweitausend Einwohner zählt, konnte kein Mensch mit etwas hinter dem Berg halten, schon gar nicht mit solchen »Grundwahrheiten«. Auch als Gisbert Jahre später in der weltbekannten ostwestfälischen Metropole Bielefeld Slawistik zu studieren begann, wollten seine Überzeugungen nicht sogleich den neueren weichen.

Es waren nun etliche Jahre verstrichen, seit er in Besitz des Studentenausweises gekommen war. Dieser besagte, dass Gisbert bereits im zwanzigsten Semester angelangt war. Ihm fehlten nur drei Scheine, um die Magisterarbeit endlich anmelden zu können. Immer war etwas dazwischengekommen.

Als engagierter Student wurde er in der Fachschaft sehr beansprucht, kümmerte sich insbesondere um die Belange der jüngeren Kommilitonen. Er wurde des Öfteren für die Organisation wichtiger Veranstaltungen eingespannt, wie etwa Streiks, weil er angeblich das Talent dazu hatte. Und was diese schnöde Arbeit an Zeit kostete, konnte kein Normalstudierender erahnen, schon gar nicht ein Streber, der das Studium in der Regelstudienzeit absolvierte.

Außerdem gehörte Gisbert der ESG an, der evangelischen Studentengemeinde, mit deren Leiter, Pfarrer Lüdecke, ihn seit etlichen Semestern eine tiefe Freundschaft verband. Immer dann, wenn er Gisbert wegen irgendeines Anliegens anrief, konnte dieser nicht ablehnen. Es war inzwischen zur Tradition geworden, dass Gisbert mindestens einmal in der Woche bei dem Pfarrer auf ein Glas Wein vorbeischaute. Da der Pfarrer allein sein Dasein fristete, eine ausgefallene Weinsammlung besaß, sich arbeitsbedingt nicht bereits um neun Uhr aus dem Bett bemühen musste und über theologische und weltpolitische Themen gern viele Worte verlor, fielen diese Abende – genauer gesagt Nächte – meist sehr lang aus. Gisbert verpasste mitunter die eine oder andere Vorlesung am folgenden Tag.

Doch es gab noch andere Gründe für das nicht planmäßig verlaufende Studium. Sein langjähriger Mitbewohner Sven, ein bekennender Computerfreak, studierte nämlich im zweiundzwanzigsten Semester. Mit ihm zusammen hatte Gisbert bereits etliche Nächte hindurch die brandneuesten Computerspiele getestet und sich so das aktuelle technische Wissen angeeignet. Besonders im Grundstudium, als sie noch nicht ahnten, wie viel Zeit ein geisteswissenschaftliches Studium in Anspruch nehmen würde. Inzwischen waren sie sich des Problems bewusst und verabredeten sich zum Spielen nicht mehr viermal die Woche, sondern lediglich dreimal. Die eine oder andere Woche sogar nur zweimal. Sie nahmen es ernst. Schließlich wollten sie fertig werden.

Vor einiger Zeit hatte Gisbert begonnen, sich Sorgen um seine Figur zu machen. Der an einer fortgeschrittenen Chipssucht leidende Sven hatte stets diverse Chipssorten in seinem Zimmer gelagert und sie großzügig mit Gisbert geteilt. Des Öfteren hatten sie sich zudem mit Dosenbier eingedeckt. Diese Kombination, hatte Gisbert sich sagen lassen, dürfte der Grund für seinen zunehmend über den Hosenbund hängenden Bauch sein. Zuweilen blieb er morgens splitternackt vor dem Spiegel stehen und betrachtete nachdenklich seine Rundungen und die immer größer werdenden Geheimratsecken. Er platzierte sich seitlich zum Spiegel, legte die rechte Hand auf den Bauch, zog ruckartig die Bauchmuskeln ein und presste die Luft aus sich heraus.

Zugleich hob er die Unterarme hoch, spannte, so arg er konnte, den Bizeps an, ballte die Hände zu Fäusten und verweilte für einige Sekunden, ohne zu atmen, in dieser Position. So, stellte er sich vor, könnte die Traumfigur aussehen. Aber wie um Himmels Willen konnte er das bewerkstelligen? Fürs Fitnessstudio hatte er keine Zeit. Das stand fest. Joggen, Radfahren und überhaupt körperliche Aktivitäten jeder Art waren nie und nimmer sein Ding. Zwar hatte Fußball zu seinen Lieblingssportarten gehört, allerdings nur so lange, wie ihn niemand aufforderte, selbst die Jagd auf den Ball aufzunehmen.

Ab und an flüsterte ihm seine innere Stimme zu, je öfter er sich in der Position vorm Spiegel übte, desto zügiger würden sich die Muskeln straffen, desto schneller würde die Bauchwölbung schrumpfen. Natürlich erforderten diese Übungen wie jede richtige Sportart eiserne Disziplin! Er sollte das jeden Morgen durchziehen, dachte er, was nicht einfach war. Nach dem Klingeln des Weckers blieb er gern eine Weile im Warmen liegen und musste sich dann verständlicherweise sputen, um nicht zu spät zur Vorlesung zu kommen. Für körperliche Aktivitäten vor zwölf Uhr war er einfach nicht geschaffen, hatte Gisbert einst festgestellt. Nicht einmal dafür, ausgiebig Bizeps, Bauch und Po vorm Spiegel anzuspannen. In den Abendstunden fühlte er sich ebenfalls zu dösig. Tagsüber hatte er den Kopf dafür nicht frei. Dieser Umstand weckte in ihm manchmal trübe Gedanken. Dann half nur eins: sich mit Sven zu vergleichen. Das wirkte! Sein Freund war Lichtjahre von Gisberts angestrebter Traumfigur entfernt.

Obwohl Gisbert bereits zweiunddreißig wurde, war er nie in den Genuss einer festen Freundin gekommen, abgesehen von der Italienerin Carla, die einst – und zwar noch in der Grundschule – hinter einem Busch auf dem Schulhof ihre zarten Lippen auf seinen Mund gedrückt hatte. Sie hatten sich ewige Liebe geschworen, ganz so, wie es Verliebte in einer Vorabendserie taten, die Gisberts

Mutter tagein, tagaus verfolgte. Nachdem Gisbert nur drei Tage später Carla mit seinem besten Schulkameraden Jens knutschend erwischt hatte (hinter demselben Busch!), schwor er sich, nie und nimmer einer Frau sein volles Vertrauen zu schenken. Zumindest so lange, bis er die Volljährigkeit erlangt hatte und die Charakteristika dieser Spezies besser zu durchschauen imstande war.

Nun aber war er ein gestandener Mann ... sozusagen ... kurz davor, tatsächlich Akademiker zu werden. Das Vertrauen zum weiblichen Geschlecht hatte er bisher nicht wiedererlangt. Diese Spezies stellte für ihn ein unlösbares Rätsel dar. Er unterhielt gern einige, man könnte sagen, rein kumpelhafte Beziehungen zu Studentinnen in seinem Semester, wagte allerdings nicht, eine von ihnen hinter einen Busch zu ziehen, geschweige denn zu küssen. Das machte ihm zu schaffen und verursachte weitere trübe Gedanken.

In der letzten Zeit hatte sich die Situation ein wenig zugespitzt: Immer dann, wenn Gisbert seinen Eltern einen Besuch abstattete, bombardierte ihn seine Mutter mit Fragen, die in etwa lauteten: »Und? Wann bist du fertig?«, oder: »Wann willst du endlich heiraten?« Immer öfter erwähnte sie dabei Jens, seinen Schulfreund, der ihm vor vielen Jahren Carla ausgespannt hatte. Der Kerl hatte inzwischen eine Banklehre absolviert, danach geheiratet (ausgerechnet jene Carla), drei zuckersüße Kinder gezeugt und obendrein ein Einfamilienhaus im mediterranen Stil mit einem sagenhaften Blick auf den umliegenden Wald gebaut. Einen flotten BMW fuhr Jens außerdem auch. Wenn all das nicht beneidenswert war ...

Natürlich beneidete Gisbert seinen Schulkameraden insgeheim. Je länger er sich bei den Eltern aufhielt und den Kerl auf der Straße mit Kind und Kegel herumkurven sah, desto tiefer und deutlicher fraß sich dieses Gefühl in sein Herz. Aus diesem Grund vermied er es, länger als eine Nacht in seinem Elternhaus zu bleiben. Er blieb genauer gesagt nur so lange, bis die Mutter seine verschwitzte, muffige Wäsche gewaschen, gebügelt und zusammengelegt hatte. Manchmal lieferte er samstagnachmittags seinen Wäscherucksack bei ihr ab, verbrachte die Nacht bei einem anderen alten (weniger erfolgreichen) Kumpel und sonntags, so gegen Mittag, holte er den Rucksack wieder ab.

Mitunter zeigte er Verständnis für seine Eltern. Immerhin war er der einzige männliche Nachkomme der Familie Wrobel und musste, Vaters Ansicht nach, für den Fortbestand des Namens in seinem Heimatort sorgen. Seine ältere Schwester Monika würde es nie tun können, sagte der Vater. Erstens war sie eine Frau und würde (sollte sie jemals heiraten) mit höchster Wahrscheinlichkeit den Namen ihres Mannes annehmen. Zweitens ließ sie sich nach ihrem Medizinstudium zu Hause kaum blicken, fuhr für verschiedene Hilfsorganisation in der Dritten Welt herum. Auf einen Mann und Kinder hätte sie schlichtweg keine Ambitionen. Jedenfalls zur Zeit nicht. Hoffentlich, erwähnte der Vater einmal besorgt, schleppe sie nicht eines Tages irgendeinen Afrikaner an ...

Wie konnte Gisbert seine Eltern beschwichtigen? Wie konnte er sie vertrösten?

Eines winterlichen Tages brachte Sven ihn auf eine exzellente Idee. Er solle sich auf einer geeigneten Internetplattform registrieren und sich gelegentlich mit Frauen treffen. Das würde seine Eltern mit Sicherheit für eine Zeitlang zufriedenstellen. Wenn er Glück hätte, würde er auf diese Weise vielleicht die Liebe seines Lebens an Land ziehen.

»Nun, warum eigentlich nicht?«, fragte sich Gisbert.

Er ließ sich von seinem netzerfahrenen Freund die bestgeeigneten Internetseiten vorführen, die Vor- und Nachteile erklären und sogar das Profil ausformulieren. Eine halbe Nacht brauchten sie dafür. Gisbert vertraute ihm, denn sein Mitbewohner hatte zwei seiner letzten Freundinnen auf diesem Weg kennengelernt.

Svens Finger flitzten über die Tastatur, dabei sprach er den Text deutlich vor sich vor: »Junger... dynamischer Hecht ... sucht die Liebe des Lebens ... Ich will ... dich ver...führen, dein Herz ... für ewig erobern ... mit dir zusammen ... tausend Kerzen abbrennen ...«

»Wie bitte?« Gisbert lachte auf. »Tausend Kerzen abbrennen?«

»Ja, Mann«, sagte Sven. »Du musst den Mädels klar machen, dass du ein Romantiker bist. Ganz wichtig! Frauen fahren auf so was ab.«

»Ich dachte, sie stehen auf Kohle.«

»Das natürlich auch. Ach ja, hab ich fast vergessen.« Er fuhr fort: »Finanziell ... hmh ... unabhängig...«

»Was soll das schon wieder?«, rief Gisbert empört. »Ich bin doch noch Student und lebe von den Zuwendungen meines Vaters.«

»Das ist erstmal egal. Das machen alle so, sonst meldet sich bei dir kein Schwein.«

»Aber was erzähle ich ihnen, wenn sie die Wahrheit erfahren?«

»Wahrheit, Wahrheit ... Du musst doch ihnen nicht beim ersten Mal dein Herz ausschütten. Wenn eine Frau sich in dich verguckt, dann ist es ihr egal. Glaub mir!«

»Hm …«

Auf Gisberts Anzeige meldeten sich in der Tat vier Frauen und er traf sich sogar jeweils einmal mit ihnen, aber die Liebe seines Lebens war leider nicht dabei. Für Katja, mit der er zuletzt ein Rendezvous im Bielefelder Restaurant Bernstein hatte, empfand er zwar gewisse Sympathien und er verstand sich fabelhaft mit ihr, erzählte Witze und lachte ausgiebig, doch als der Ober die Rechnung auf den Tisch legte, konnte Gisbert sie nicht vollständig begleichen. Fast hätte er gesagt: »Wir zahlen getrennt!«, war aber dann froh, es nicht getan zu haben. Denn einen großen Teil seiner Rechnung musste Katja notgedrungen mit übernehmen. Daraufhin verschwand sie über alle Berge und ignorierte sämtliche SMS.

Gisbert war der Meinung, nichts dafür zu können. Er hatte in den zwei Wochen davor mit den anderen drei »Fischen« aus dem Netz sein ganzes Monatsbudget verprasst, und sich für diesen Zweck Geld zu leihen, hatte er keine Lust. Letztlich kam er zum Schluss, Frauen von heute seien zu anspruchsvoll und zu wählerisch. Sie säßen auf einem verdammt hohen Ross und warteten auf einen Märchenprinzen. Einige ihr Leben lang. Schuld an allem sei Hollywood. Viel zu viel pseudoromantisches Zeug käme aus dieser Fabrik. Einen so einfühlsamen, immer schmusebereiten Helden und Tausendsassa, wie ihn Hollywood tagtäglich kreierte, gäbe es auf dieser Welt nicht.

Früher sei alles anders gewesen, hatte ihm sein Vater eines klirrendkalten Abends vor dem knisternden Kamin berichtet. Man packte einfach die Braut und führte sie zum Altar. Als Gisbert allerdings das Wörtchen packen näher erklärt haben wollte, zeigte sich der Papa nicht kooperativ.

»Na ja, packen halt ...«, sagte er, stand auf, legte den rechten Arm um die Schultern der Mutter und ließ sich vergnügt und schallend lachend gemeinsam mit ihr aufs Ledersofa fallen. Sie zappelten eine Weile mit den Beinen und küssten sich innigst.

»Du Schelm!«, meinte sie, halbherzig mit ihm schimpfend, verpasste ihm einen saftigen Klaps auf den Po und befreite sich geschickt aus der Umarmung.

Irgendetwas verheimlicht uns doch diese Generation, dachte Gisbert. Aber was?

Sven hatte eine klare Meinung dazu: »Früher war alles ganz klar. Der Mann schaffte die Kohle ran und die Frau klapperte mit dem Geschirr in der Küche, ging einkaufen und sorgte für die Gemütlichkeit im Haus. Jeder wusste genau, was er zu tun hatte. Daher lief alles wie geschmiert.«

»Aber das kann doch nicht alles gewesen sein?«, konterte Gisbert. »Und erzähl du das mal deiner Freundin ...«

Sven vertrat diese wunderliche Meinung ausschließlich in Männergesellschaft. Sobald sich seine Freundin zur Runde gesellte, verwandelte er sich im Nu in einen charmanten, kleinlauten Frauenversteher.

»Nicht alles, aber fast. Das war die Grundlage.«

»Du spinnst!«

Sven berichtete ferner, er habe einen guten Bekannten, der vor zehn Jahren mit Hilfe einer Vermittlungsagentur eine Russin an Land gezogen habe. Er habe sie auf der Stelle geheiratet, obwohl sie sich lediglich mit Hilfe von Handzeichen verständigen konnten. Seine Frau schmeiße den ganzen Haushalt, bügele die unzähligen Hemden und lege die Unterhosen zusammen, kümmere sich jede Minute um die Kinder (ob Tag oder Nacht), und der Kerl sei nach zehn Jahren Ehe immer noch überglücklich mit ihr.

Wenn er um sechs Uhr morgens wach werde, stehe tagein, tagaus der wohlduftende Kaffee auf dem Küchentisch bereit, die Schuhe seien geputzt und die Brötchen für die Arbeit geschmiert. Jederzeit würde er diese Frau noch einmal heiraten!

»Und was hat das mit der Generation unserer Eltern zu tun?«, wollte Gisbert wissen.

»Ganz einfach«, erklärte ihm Sven. »In Russland ist die Zeit stehen geblieben. Ich meine, was die Rollenverteilung in der Familie angeht. Dort steht die Frau am Herd und hinterfragt nicht ihre Bestimmung. Der Mann ist der Boss und muss sich nicht um die Küche oder die stinkdreckigen Windeln kümmern.«

»Verstehe ...«, sagte Gisbert nachdenklich und kratzte sich dabei hinterm Ohr. Er hatte zwar noch nie einen Gedanken an seine künftige Rolle in der Familie verschwendet und hatte keine Vorstellung davon, wie diese aussehen könnte, würde er einmal den Bund fürs Leben eingehen. Eines begriff er aber nach dem Gespräch mit Sven. Dieser Schritt musste wohlüberlegt getan werden, die Rollenverteilung musste vorher klipp und klar sein, gut ausgehandelt. Sonst würde die Ehe spätestens im »verflixten siebten Jahr«, von dem er gehört hatte, scheitern.

Doch allzu sehr zerbrach er sich darüber nicht den Kopf, das wollte er nicht. Zumindest solange er noch studierte. Sollte er irgendwann die Liebe seines Lebens treffen, würde er sowieso nicht über Nacht heiraten. So etwas gehörte sich heutzutage nicht, meinte er.

2

Wenige Wochen nach diesem Gespräch trat Julia auf den Plan. Sie suchte dringend eine Bleibe, denn ihr Vermieter hatte ihr unvermutet gekündigt. Von Boris hatte sie erfahren, dass in seiner Wohngemeinschaft gerade jemand auszog. So war sie in Svens altem Zimmer gelandet, das sich direkt neben Gisberts Zimmer befand.

Es war Liebe auf den ersten Blick, dessen war sich Gisbert absolut sicher. Doch anscheinend empfand das nur er so. Julia beachtete ihn wenig, kam meist spät aus der Bibliothek nach Hause und verschanzte sich in ihrem Zimmer. Traute sich Gisbert einmal, an ihrer Tür anzuklopfen, beantwortete sie seine Fragen kurz und knapp. Mehrmals versuchte er vergeblich, mit ihr ein längeres Gespräch zu führen. Sie blockte seine Versuche ein ums andere Mal ab.

»Kannst du bitte den Fernseher leiser stellen?« Sie stand einmal an seiner Tür und schleuderte Funken, weil es ihr zu laut war – ausgerechnet während Arminia spielte!

»Hmh... mach ich schon ... Willst du vielleicht Chips?« Er hoffte, sie damit in sein Zimmer zu locken.

Sie winkte ab. »Das Zeug macht fett!«, verkündete sie, kehrte ihm den Rücken zu und stolzierte erhobenen Hauptes in Richtung Küche.

Gisbert schaute blöd drein. Sie hatte recht, das sah er ein und betastete seinen rundlich-speckigen Bauch. Julia stand wohl mehr auf athletisch gebaute Typen. Das stimmte ihn etwas traurig, denn traf diese Vermutung zu, so hatte er bei ihr keine Chance.

»Ich muss unbedingt etwas dagegen unternehmen«, sagte er sich, griff in die knisternde Tüte, fischte vier Chips heraus und zerkaute sie krachend. Ein paar Krümel fielen auf seinen Pullover, er fegte sie mit dem Handrücken auf das Sofa und dann auf den Teppich.

Julia schien zu der Sorte Frauen zu gehören, die genau wissen, was sie wollen. Zielstrebig und obendrein attraktiv, wie sie war, hatte sie nur beim ersten Gespräch schüchtern gewirkt. Sie war erst vierundzwanzig, hatte bereits ein Germanistikstudium in Kiew absolviert und arbeitete an ihrer Doktorarbeit. Die deutsche Sprache beherrschte sie tadellos, obwohl mit leichtem Akzent und dem typisch rollenden R. Gisbert wagte es nicht, mit seinen Russischkenntnissen dagegenzuhalten. Bei dem Gedanken kamen ihm fast Tränen der Scham. Zwar hatte er vor Jahren einige Wochen in Sankt Petersburg zugebracht, um die Sprache zu lernen, doch seitdem vieles vergessen. Das Thema ihrer Doktorarbeit merkte sich Gisbert nicht, behielt nur, dass es zufälligerweise etwas mit Frauen- und Männerbildern in der modernen Literatur zu tun hatte – eine Sache, mit der er sich später eingehender beschäftigen wollte.

Nach dem Fußballspiel warf er entschlossen sein Notebook an und tippte im eBay-Suchfenster das Wort »Hanteln« ein. Rund einhundert Kaufangebote spuckte die Suchmaschine aus: diverse Varianten und Farben, ganze Hantelsets, mit und ohne Zusatzgewichte, mit und ohne Kunststoffummantelung.

Drei Tage später stellte der Postbote schwer atmend ein Paket vor der Wohnungstür ab und ließ Gisbert den

Empfang bestätigen. Im Paket befand sich ein zweiundzwanzigteiliges Hantelset, das Gisbert auf der Stelle in der Diele ausbreitete, mit Neugier betrachtete und betastete. Er beschloss, die Gewichte nicht gleich unterm Bett zu verstauen, sondern bis zum Abend in der Diele liegen zu lassen. Julia sollte nämlich seine Anschaffung bestaunen, von seinem Ehrgeiz Notiz nehmen.

Seine Rechnung ging auf. Als Julia gegen neun Uhr die Eingangstür öffnete, übte sich Gisbert in der Diele in ärmellosem weißem Unterhemd und Boxershorts eifrig im Hantelheben, in jeder Hand eine Fünf-Kilo-Hantel. Dabei schwitzte er aus allen Poren, eine muffig-salzige Wolke umgab ihn. Er war sich dessen bewusst, das Risiko war es ihm jedoch wert.

»Wow …« Julia staunte und lächelte entzückt. »Was ist denn das?«

»Das ist«, erklärte Gisbert stolz, »das Geheimmittel gegen Bauchspeck.«

Julia musterte ihn interessiert.

»Aha… Das ist vernünftig!«

Gisbert presste weiterhin die Gewichte an sich heran, stemmte sie wieder von sich weg und zählte laut: »… vierundzwanzig, fünfundzwanzig, sechsundzwanzig …«

»Fleißig, fleißig …«, fuhr Julia fort und streifte dabei ihre Schuhe ab. »Mein Bruder hatte früher auch so ein Set, aber ohne den Kunststoff drum herum.«

»Du hast einen Bruder?«

»Ja. Wieso?«

»Ach … nur so, du hast von ihm nie erzählt.«

»Du hast nie danach gefragt.« Sie grinste.

Beinahe hätte er empört »Wann sollte ich das denn?« gerufen, riss sich aber zusammen und hielt den Mund. Dass sie sich ihm gegenüber bisher reserviert gezeigt hatte, wird sie selbst wissen, dachte er. Er wollte ihr keinen Vorwurf machen. Anders hingegen stand es mit Boris, ihm vertraute sie mehr an. Von ihm wusste Gisbert auch, dass Julias Herz nicht vergeben war. Offenbar hatte sie neben der Doktorarbeit keinen Platz für Männer in ihrem hübschen Kopf, mutmaßte Gisbert. Das zu ändern, hatte er sich nun zur Lebensaufgabe gemacht.

»Sind das die Fünf-Kilo-Hanteln?«, fragte Julia.

»Ja ... D... das sind sie.«

»Darf ich auch?«

»Was ... auch?«

»Na die Hanteln!«

»A... aber sicher.«

Er staunte nicht schlecht. Bisher hatte er keine Frau gekannt, die sich für Hanteln interessierte, geschweige denn die Dinger selbst in die Hand zu nehmen wagte. Das war ein Volltreffer. Mit dem Kauf hatte er ihr ja nur klar machen wollen, dass ihm sein Aussehen nicht schnurzegal war, und hatte sich vorgenommen, die Gewichte täglich zu stemmen, damit seine Figur in absehbarer Zukunft mit der eines Athleten gleichzog. Dass dies bald geschehen würde, bezweifelte Gisbert keine Minute. Es galt nur noch, Julia davon zu überzeugen.

Er legte die Hanteln vorsichtig in ihre Hände und sagte: »Pass auf, sie sind schwer.«

»Das weiß ich.« Sie stellte sich hüftbreit hin, packte fest zu und hob die Gewichte langsam hoch, dann noch einmal und noch einmal ...

»D... das ist ja ... ein Ding«, rief Gisbert aus, nachdem sie die Hanteln etwa zehnmal an ihre Brust gedrückt hatte und dabei kaum Ermüdungserscheinungen zeigte. Hätte sie ihm einen Tag zuvor erzählt, dass sie früher mit Gewichten trainiert hatte, hätte er es ihr nicht abgenommen. Auf den ersten Blick, obwohl gut einen Kopf größer als er, sah sie schmächtig aus, hatte zarte Gesichtszüge, samtweiche, helle Haut und zudem das schulterlange, lockige Haar eines Models. »Erzähl bloß nicht, du hast das von deinem Bruder gelernt«, setzte er hinzu.

»D... doch, hab ich«, presste Julia durch die zusammengekniffenen Lippen hervor. »Von wem denn sonst?«

»Na ja, man weiß nie. Vielleicht bist du eine Profisportlerin im Gewichtheben ... ganz nebenbei.«

Sie ging in die Knie und ließ die Hanteln behutsam auf den Teppich rollen. »Das ist schon lange her«, sagte sie und atmete schwer. »Ich bin völlig aus der Übung. Früher konnte ich sie fünfzigmal nacheinander stemmen.«

»Ach nee ...«

»Aber doch!«

Sie erzählte ihm, dass ihr Bruder sie in der Kindheit immer beschützt und ihr außerdem etliche Selbstverteidigungstricks beigebracht hätte. Für Mädchen hätte es in ihrer Stadt keine Möglichkeit gegeben, an solchen Kursen teilzunehmen. Sie mussten sich brav in Gymnastik oder Eiskunstlauf üben. Sportdisziplinen wie Karate oder Judo waren Männerdomänen. Und da sie schon im Mädchenalter attraktiv ausgesehen hatte und von Jungs angebaggert worden war, war es nur verständlich, dass ihr Bruder sich um sie gesorgt hatte.

»Ist er noch in der Ukraine?« Gisbert wurde plötzlich klar, dass er selbst vorhatte – wenn man es genau nahm – sie anzubaggern. Die Vorstellung, es womöglich mit Julias sportlich durchtrainiertem Bruder zu tun zu bekommen, gefiel ihm nicht sonderlich.

»N… nein.« Sie stutzte und blickte todernst drein.

»In Deutschland?«

»Nein.« Sie zögerte einen Augenblick lang, dann fuhr sie fort: »Er ist vor … vor vier Jahren irgendwo in Russland untergetaucht. Ich habe keinen Kontakt mehr mit ihm.«

»Wieso das?«

»Er … er hat Feinde.«

»Aha.« Fast hätte er gefragt, mit wem ihr Bruder sich angelegt hatte, hielt aber lieber den Mund. Es könnte ja sein, dachte er, dass es Julia unangenehm war, darüber zu sprechen.

Sie zog sich in ihr Zimmer zurück. Gisbert war überglücklich. Er hatte es endlich geschafft, bei ihr Interesse für sich (oder zumindest für seine Hanteln) zu wecken. Darauf konnte er aufbauen, sagte er sich, Schritt für Schritt, jeden Tag ein wenig mehr.

Allabendlich, kurz bevor Julia um neun Uhr mit einem Bücherstapel aus der Bibliothek zurückkehrte, rollte er das Hantelset in die Diele und trainierte, bis ihm der Schweiß von der Stirn tropfte. In seinem mit allerlei Kram vollgestopften Zimmer konnte er das natürlich auf keinen Fall tun. Die Diele hingegen, wo außer dem Schuhregal und einem Schubladenschrank nichts im Weg stand, eignete sich vorzüglich für das Muskeltraining. Zudem gab es dort einen mannshohen Spiegel, in dem er quasi in Echtzeit beobachten konnte, wie sein Bauchspeck schwand und der Umfang seiner Oberarme hingegen zunahm.

Ergab sich dabei ein Gespräch mit Julia, schwebte er auf Wolke Sieben. Den nächsten Schritt zu tun, fehlte es ihm aber an Mut. Er nahm sich immer aufs Neue vor, seine Zuneigung zu ihr deutlich zum Ausdruck zu bringen, ihr mitzuteilen, dass er sie als Frau begehrte und gern mit ihr gehen (oder erstmal nur mit ihr zusammen Hanteln heben) würde, wusste aber nicht, wie er das geschickt einfädeln sollte. Da er einer Frau solch intensive Gefühle noch nie entgegengebracht hatte, fürchtete er umso mehr, voreilig zu handeln. Er hatte schließlich in den zweiunddreißig Jahren seines Lebens nicht herausfinden können, wie man mit einem deutschen Mädchen umging beziehungsweise wie man es charmant »anbaggerte«. Nun stand ihm plötzlich die große Aufgabe bevor, innerhalb kurzer Zeit herauszufinden, wie man ein Mädchen aus fernem Lande dazu brachte, sich in einen zu verlieben. Wer wusste schon wirklich, wie eine hochattraktive russisch-ukrainische Frau tickte, die zudem einen Doktortitel anstrebte?

Er beschloss, sich bei Boris Rat zu holen. Dieser war immerhin in Russland groß geworden und schien auf diesem Gebiet bewandert zu sein. Er hatte zwar keine Freundin, erzählte aber, er sei vor einigen Jahren mit einem Mädchen liiert gewesen, nämlich bevor er mit einundzwanzig Jahren seinem Heimatland den Rücken gekehrt hatte. Warum er diese Beziehung nicht aufrechterhalten hatte, wusste Gisbert allerdings nicht. Das schien ihm nicht von Bedeutung zu sein. Auf den Burschen war sonst Verlass, auch wenn er in zweifelhafte Geschäfte verwickelt zu sein schien. Er hatte sich bei Gisbert etliche Male Geld geliehen, hatte es aber immer pünktlich zurückgezahlt. Er trug ein gut gefülltes Portemonnaie mit sich herum und fuhr einen windschnellen, tiefergelegten GTI IV mit getönten Scheiben. Hin und wieder chauffierte er damit Mädchen aus seinem Semester herum.

Eines frühen Abends, während Julia in der Bibliothek war, klopfte Gisbert bei Boris an und offenbarte ihm seine Gefühle für Julia.

»Kannst du mir helfen?«, fragte er.
»Wie helfen …?«
»Na ja, du weißt doch bestimmt, wie man das Herz einer Ukrainerin erobert. Oder?«
Boris grinste, zog dann die Nase hoch und verkündete: »Du musst dich anziehen warm, mein Junge. Das ist ein harter Nuss.« Das R rollte er stärker als Julia, obwohl er vier oder fünf Jahre länger als sie in Deutschland zugebracht hatte.
»Meinst du?«
»Aber ganz sicher«, gab er fachmännisch zur Antwort. »Ich kenne jemand, der hat schon probiert bei Julia.«
»Echt?«
»Ja. Sie ihn knallhart abgeblitzt.« Er blieb vor dem kleinen, runden Wandspiegel stehen, griff nach dem Kamm, fuhr damit seinen Seitenscheitel entlang und pustete die hängengebliebenen Härchen vom Kamm auf den Boden.
»Vielleicht mochte sie ihn nicht?« Gisbert nutzte die Pause für einen Einwurf.
Boris starrte ihn aus dem Spiegel mit gerunzelter Stirn an. »Vielleicht … aber vielleicht auch nicht.« Darauf klopfte er den Kamm auf dem Handrücken aus. »Der Kerl war aber sehr attraktiv.«
»Aha …«
»Ja, und sehr sportlich.« Er fuhr mit der rechten Hand über sein etwas abstehendes, gewelltes Haar und drückte es ohne Erfolg an den Kopf. »Aber wenn du trotzdem willst probieren, dann du musst großes Herz haben und großzügig sein.«
»Großzügig? Wie meinst du das denn?«
»Ich meine so, wie ich das gesagt: groß-zü-gig, ganz stark großzügig.« Boris wandte Gisbert sein Gesicht zu, setzte

gewichtig seine neue Sonnenbrille auf die kantige Nase und breitete die Arme aus. »Sooooo großzügig. Kapierst du?«

»Ich ... ich weiß nicht ...«

»Also, pass auf! Wenn du willst eine Russin oder Ukrainerin beeindrucken, dann du musst überall für sie bezahlen.«

»Hm ... Wo zum Beispiel?«

»Nicht zum Beispiel. Überall, hab ich gesagt. Du gehst mit ihr in Restaurant oder du sie einladen in Konzert oder Kino, dann du, ohne einmal mit dem Auge zucken, für sie zahlen. Egal wie teuer! Sonst kannst du einpacken dein Spielzeug.«

»Und das ist das Geheimnis?«

Gisbert entsann sich plötzlich seiner missglückten Frauenbekanntschaften aus dem Internet. Bei den ersten Treffen hatte er auf Svens Anraten ebenfalls brav alle Rechnungen beglichen und aus diesem Grund zügig sein Konto überzogen. Keine dieser Frauen war zu seiner Freundin geworden, nicht einmal für einen einzigen Tag, nicht einmal für eine Stunde. Aber vielleicht tickten die ukrainischen Frauen in der Tat anders und wussten solche Gesten zu schätzen? Gisbert schöpfte plötzlich Hoffnung. Für Julia wollte er keine Mühe scheuen, das stand fest.

»Aber nicht nur das«, fuhr Boris fort. »Unsere Frauen lieben Geschenke.«

»Wer mag sie nicht? Unsere doch genauso.«

»Ja, aber unseren Frauen du musst oft einfach so zwischendurch etwas schenken. Kosmetik oder einfach Blumen oder so ... oder gute Strümpfe kaufen, einfach so!«

»Strümpfe?!«

»Ja. Und du darfst den 8. März niemals vergessen!«

»Den achten März?«, fragte Gisbert verwundert. »Was ist denn da? Der russische Valentinstag?«

Boris glotzte ihn voller Misstrauen an: »Weißt du echt nicht oder du mich willst veräppeln?«

»Ich bin mir nicht sicher ...«

»Nicht sicher, nicht sicher. Da ist der Internationale Frauentag. Bei uns ist er wichtiger als Muttertag und Valentinstag hier zusammen. Musst du immer extra große Geschenke machen.«

Gisbert fragte sich nun, ob er sich Julia überhaupt leisten konnte, sollte sie an seiner Freundschaft interessiert sein. Er zweifelte sogar an seiner Liebe zu ihr. Sie schien mit jedem Satz aus Boris' Mund auf unerklärliche Weise zu schrumpfen.

»Und wie mach ich den ersten Schritt?«.

»Ganz einfach!« Boris protzte mit seiner Erfahrung. »Du lade sie zum Essen ein oder in Kino.«

»Aber das ist doch nichts Besonderes! Das macht man hier auch.«

»Muss nix Besonderes sein. Hauptsache, du bezahlen!« Er steckte seine gelben Finger in die Zigarettenschachtel und zündete sich eine Zigarette an. Das Feuerzeug schleuderte er auf den Schreibtisch, öffnete das Fenster und blies den Rauch genießerisch ins Freie. Die Natur war gerade dabei zu erwachen. Der Löwenzahn hatte inzwischen die Gartenwiese vor dem Mehrfamilienhaus erobert. Die Sonnenstrahlen drangen mühelos durch die dünne, tüllartige Gardine ins Innere und ließen das Zimmer im abendlichen Frühlingslicht erstrahlen.

»Wenn ich sie ins Kino einlade, weiß sie dann, dass ich mit ihr gehen will?«, fragte Gisbert. »Oder denkt sie, ich mach das nur so, aus ... aus Nächstenliebe?«

»Das … wird sie merken schon«, beteuerte Boris. »Glaube mir!«

Da Gisbert auf den Zigarettenrauch empfindlich reagierte, verabschiedete er sich von Boris und latschte mit gesenktem Kopf in sein Zimmer zurück, dessen Fenster nach Norden ausgerichtet war und nie die Sonne sah.

Wo soll ich bloß so viel Kohle herkriegen?, überlegte Gisbert.

Er machte sich weiter Gedanken, wie er die Angelegenheit raffiniert angehen sollte, damit sie zum Erfolg führte. Bei Julia anzuklopfen und ihr auf gut Glück seine Liebe zu gestehen, hatte irgendwie keinen Stil, fand er. Auch am frühen Morgen in der Küche, während er in seinen gelbblau-roten Bademantel eingehüllt schlaftrunken herumlatschte und selbst jedem Gespräch auswich, wollte er ihr nicht sein Herz ausschütten. Er war nicht zum Morgenmenschen geboren. In der Frühe reichte seine Energie gerade mal für ein lasches »Hallo«, manchmal für ein »Guten Morgen«, selten für ein schwaches Lächeln. Stellte ihm jemand mehr als eine Frage, so riskierte er eine Abfuhr.

Zum Glück hielt sich Julia meist flüchtig in der Küche auf. Sie kochte Wasser für einen Tee, bestrich zwei Toastbrote mit Butter, klappte sie mit einer Käsescheibe dazwischen zusammen und suchte das Weite. Sie verließ eher als Gisbert das Haus. Anders hingegen Boris. Er steckte seinen zerzausten, dunkelhaarigen Kopf genau dann durch die Küchentür, als Gisbert die Kaffeemaschine einschaltete, und bat mit heiserer Stimme: »Du ... Machst du mir einen Tee?« Darauf verschwand er meist für eine Weile im Bad. Wenn er zurückkehrte, trug er oft noch seine buntgeblümten Boxershorts und präsentierte die von unzähligen dunklen Härchen dicht bedeckten Oberschenkel. Für einen Bademantel schien er kein Geld übrig zu haben, wobei es auch sein konnte, mutmaßte Gisbert, dass die Menschen in Russland und überhaupt im Osten generell keine Bademäntel mochten. Zumindest die Männer nicht, denn Julia hatte sich bisher noch nie nur mit einem Schlüpfer bekleidet in der Küche gezeigt …

Gisbert beschloss, Julia noch einmal zu beeindrucken. Eine Einladung ins Kino hielt er für plump, fürs erste Rendezvous ungeeignet. Einfach nur essen gehen, fand er ebenfalls wenig einfallsreich. Es sollte etwas Besonderes sein. Aber was? Für den Fußball brannte Julias Herz leider nicht, ein Livespiel der Arminen in der SchücoArena kam nicht in Frage. Doch als er beim Durchblättern der Neuen Westfälischen auf einen Bericht über die Prager Balletttruppe stieß, die im Stadttheater ein Gastspiel gab, war die Entscheidung in Sekundenschnelle gefallen. »Das Ballett Dornröschen nach der Musik von Peter Tschaikowski …«, las er laut vor und wusste sofort: »Das ist es!« Opern mochte er nicht. In seiner Schulzeit hatte er einst eine Oper besucht und die Sache für todlangweilig befunden. Vom Ballett hingegen versprach er sich mehr, zumal er sich einen Teil dieses Stücks einmal zur Weihnachtszeit im Fernsehen angeschaut hatte. Außer der seelenkitzelnden, lyrisch-romantischen Musik des berühmten Russen gab es dort eine Menge zu sehen. Vor allem die jungen, biegsamen Balletttänzerinnen, die über zwei Stunden lang halbnackt über die Bühne hüpften. Langeweile würde dabei nicht so schnell aufkommen, fand er.

Er schmiedete einen Plan. Ein Theaterbesuch galt als kostspielig, doch wusste Gisbert, als Studenten kämen sie dort zum Kinopreis hinein. Am selben Nachmittag machte er sich auf den Weg zur Theaterkasse und besorgte zwei ermäßigte Karten für den Samstag in der darauffolgenden Woche. Erst auf dem Nachhauseweg dämmerte es ihm, dass sein Plan nicht ausgereift war. Wie sollte er Julia die Karte übergeben? Und würde sie an dem Wochenende überhaupt in Bielefeld bleiben? Sollte er nun abends an ihrer Tür klopfen und fragen: »Du, Julia. Ich hab hier zufällig eine Karte für Dornröschen übrig. Hast du Lust darauf?« Er vermochte nicht, sich vorzustellen, wie er reagieren würde, wenn sie darauf antwortete: »Oh, danke, das ist nett von dir, aber ich muss für meine Prüfungen lernen!« oder »Oh ... ich bin an dem Tag gar nicht da!«

Das wäre wirklich dumm, überlegte Gisbert. Wie konnte er ihr deutlich machen, dass er etwas unsagbar Großes für sie empfand?

Bei dem Gedanken wurden ihm die Knie weich, sein Herz zog sich zusammen und schlug schneller und ... er verspürte plötzlich ein unaufschiebbares Bedürfnis, sich zu entleeren. Er beschleunigte seinen Schritt und spurtete bald in seine Straße. An der Eingangstür rannte er beinahe Frau Fischer, seine Vermieterin, um. Die Alte wollte auf der Stelle wissen, warum seine Miete für den Vormonat mit drei Wochen Verspätung eingetroffen war. Beim nächsten Mal würden Zinsen fällig, warnte sie. Er entgegnete ihr darauf kein Wort, spürte lediglich die Röte ins Gesicht steigen, kniff die Pobacken zusammen, winkte ab und stürmte wie ein Dieb die Treppe hinauf davon.

Auf dem stillen Örtchen sitzend feilte er an seinem Plan: Er würde Julia einen Liebesbrief schreiben! Ja, einen richtigen Liebesbrief, so wie er es in einem Hollywood-Film gesehen hatte. Es mag altmodisch und klischeehaft sein, sagte er sich, ist aber in dem Fall besser als alles andere. Sobald er sich vergewissert hatte, dass Julia nicht daheim war (sie hielt sich tagsüber fast nie in der Wohnung auf), setzte er sich an seinen Schreibtisch, griff zum Kugelschreiber, fischte einen sauberen Briefbogen aus der Schublade, dachte einen Moment nach und notierte:

Hallo Julia! Ich habe zufällig eine Karte für …

Er hielt inne. »Nee, das geht nicht«, hörte er sich sagen, strich den Satz durch und warf den zerknitterten Bogen in den hoffnungslos überfüllten Papierkorb unter dem Tisch. Das Papierknäuel blieb kurz oben liegen und rollte schließlich auf den alten dunkelblauen Teppich, wo bereits einige zerknüllte Papierstücke herumlagen.

Auf das neue Blatt schrieb Gisbert:

Liebe Julia! Wahrscheinlich hast du es noch nicht bemerkt, aber die Sache ist nämlich die …

Er spürte seinen Puls erneut rasen. Die plötzlich feuchtwarme Hand weigerte sich, den Kugelschreiber weiter zu führen. Gisbert stellte sich vor, wie Julia die Zeilen las. Der Kugelschreiber drohte ihm jeden Augenblick aus den Fingern zu gleiten. Er atmete tief durch, drückte entschlossen die Hand zusammen und notierte:

… Seit dem Tag, als ich dich traf, hat sich in mir etwas verrückt und du gehst mir nicht mehr aus dem Kopf. Ich würde gerne etwas mehr Zeit mit dir verbringen. Ich erwarte nicht, dass du dich sofort für mich entscheidest, aber ich würde mich verdammt freuen, wenn du uns eine Chance gibst. Du kennst mich noch nicht lange. Lass es uns versuchen, lass uns einander näher

kennenlernen. Ob daraus etwas wird, weiß man nicht, aber dann haben wir es wenigstens versucht. In dem Umschlag findest du eine Karte für »Dornröschen« am Samstag nächste Woche im Stadttheater. Ich würde mich freuen, wenn du mich dorthin begleitest. Was hältst du davon?

Gisbert (von nebenan)

Er überflog den Brief einmal, faltete ihn zusammen und steckte ihn samt Theaterkarte in einen frischen Umschlag, den er auf der Stelle zuklebte. Ohne nur eine Sekunde zu zögern, erhob er sich, ging zügigen Schrittes in die Diele und schob das Kuvert mit Schwung unter Julias Zimmertür durch. Sein Herz blieb für einen Moment stehen, danach pumpte es umso schneller.

Zurück in seinem Zimmer war er ganz außer Atem. »Es ist vollbracht!«, sagte er leise und fiel wie ein Mehlsack bäuchlings aufs Bett. Einerseits war er erleichtert und stolz auf sich selbst, andererseits konnte er keinen klaren Gedanken fassen und an nichts anderes denken. Er wusste lediglich, es war kurz vor sieben. Spätestens in zwei Stunden würde Julia seinen Brief lesen. Wie würde sie reagieren? Was würde sie sagen?

Er entsann sich erneut Julias sportliebenden Bruders, und ein unangenehmes Kribbeln durchzog von oben bis unten seinen Körper. Die Angelegenheit rückgängig zu machen, dazu war es ohnehin zu spät. Julia hatte ihr Zimmer stets abgeschlossen. Er konnte den Umschlag nicht wieder an sich nehmen, es sei denn, er schlug die Tür ein. Selbstverständlich kam das nicht in Frage.

4

In Fantasien schwelgend schlummerte er für eine Weile ein und wurde wach vom Quietschen der Eingangstür, die seit längerer Zeit eine Ölkur benötigte. Wie ein aufgescheuchtes Erdmännchen schnellte er in die Höhe, spitzte die Lauscher und linste durchs Schlüsselloch. War das Julia? So früh kam sie so gut wie nie nach Hause.

»Buff, buff, buff …«, hämmerte es plötzlich an seinem Ohr gegen die Tür.

»Gisbert, bist du da?« Im selben Augenblick knallte die Tür mit voller Wucht gegen Gisberts Nasenknorpel, so dass sich dieser durch den Schlag schmerzhaft verbog.

»Auaaa …«, wimmerte Gisbert, hüpfte wie ein Hund, dem jemand versehentlich auf den Schwanz getreten war, zur Seite und ging schließlich rücklings zu Boden. Mit der rechten Hand hielt er sich die Nase und zählte die Sterne vor den Augen.

»Oh …«, sagte Boris. Er stand verwirrt in der Tür und glotzte.

»Pass auf, was du tust, Blödmann!«

»T… tut mir leid … ich … ich nicht gewusst, dass du hier bist. Was machst du gerade?«

»Geht dich das was an?«

»Nein … aber …«

»Also, hau ab!«

»A … aber ich muss dir was sagen … ganz wichtig.«
»Hau ab, hab ich gesagt.«
»Aber das ist wegen Julia …«
»Julia? Was ist mit ihr? Ist ihr was zugestoßen?«
»Nein, nix gestoßen …«
»Was dann?«
Boris blickte mitleidig drein, zögerte, als würde er zweifeln, ob dies der richtige Augenblick war, mit Gisbert über Julia zu sprechen.
»Jetzt sag's schon!«, forderte ihn Gisbert auf.
»Deine Nase«, entgegnete Boris, »sie ist … sie hat einen Kratzer. Einen dicken Kratzer!«
Gisbert huschte zum Spiegel und begutachtete die Verletzung. »So eine Sch…« Er schlug vor Wut mit der rechten Hand gegen die Wand. »Ich brauche sofort was zum Kühlen. Bring mir ein Bier aus dem Kühlschrank!«
»Bin auf dem Weg schon.«
Eine Minute später hockte Gisbert auf der Bettkante und rollte in unregelmäßigen Abständen die Flasche Herforder von einer auf die andere Gesichtshälfte. Boris schaute voller Mitleid zu.
»Du brauchst mich nicht so anzuglotzen! Sag schon, was mit Julia los ist!«
»Ich … weiß nicht.«
»Was weißt du nicht?«
»Du … du muss stark sein, Junge«, sagte Boris.
»Wieso? Du hast doch eben gesagt, ihr ist nichts Schlimmes passiert.«
»Ja, das stimmt. Aber, ich war vorher in der Stadt, und als ich hab an der ALEX Brasserie vorbeigegangen, ich hab sie gesehen.«
»Und?«

»Sie hat Kaffee getrunken.«
»Und?«
»Nicht allein!«
»Und?«
»Sie hat nicht allein Kaffee getrunken!«, wiederholte Boris deutlich lauter.
»Mit wem war sie denn da?«
»Mit einem Kerl.«
»Mit einem Kerl?«
»Ja.«
»Kennst du ihn?«
»Nein. Er aussieht südländisch, Spanier oder Italiener.«
»Und? Ist das ein Problem?«
»Nein ... Oh Mann, deine Nase ... Sie aussieht nicht gut aus ... so rot und ... und sie ist ein bisschen angequollen.«
»Schnauze! Erzähl weiter.«
Boris fixierte ihn erneut mit einem zutiefst mitleidigen Blick, zögerte und gab kleinlaut bekannt: »Er ... also der Kerl ... der hat sie geküsst.«
»Bitte waaa...s?«
»Ja. Die beiden haben miteinander geknutscht!«
Gisbert spürte, wie ihm das Blut in den Kopf schoss. Er schnellte vom Bett hoch, ließ den Unterkiefer hinunterklappen und blinzelte Boris ratlos an. Zwar war er von seinem Mitbewohner allerlei Streiche und Scherze gewohnt, aber das, was er soeben gesagt hatte, konnte unmöglich ein Scherz sein. Ihm fiel plötzlich der Brief ein, den er vor einer Stunde unter Julias Tür hindurchgeschoben hatte.
»Mist!«, zischte er, schleuderte die Bierflasche aufs Bett und sauste blitzschnell in die Diele. Dabei rammte er Boris und schubste ihn zur Seite. An Julias Tür angelangt, umklammerte er die Klinke, rüttelte daran, hatte aber kei-

ne Chance. Die massive Holztür war abgeschlossen und gab keinen einzigen Millimeter nach.

»Verdammt!«, schnaubte Gisbert und trat mit dem Bein gegen den Türrahmen. »Sesam, öffne dich!« In seinem überhitzten Kopf ratterte es, als hätte man ihn mit Terabytes an Informationen bombardiert.

»Alles klar mit dir?« Boris stand in der Tür und schaute ihn interessiert an.

»Nix ist klar, siehst du das nicht? Kann alles klar sein, wenn ich auf hundertachtzig bin?«

»Nein ... Ja ... Aber was hast du?«

»Ich ... ich hab Julia einen Liebesbrief geschrieben und der liegt jetzt auf der anderen Seite der Tür. Du kapisch?«

»Oh! Das ist ... doof ...«

Bevor Boris weiterreden konnte, huschte Gisbert in die Küche, zog an sämtlichen Schubladen, wühlte sich klappernd durch den Inhalt, kramte bald ein langes, glitzerndes Fleischermesser hervor und begutachtete es.

»Mal sehen«, sagte er, »damit könnte es gehen.« Darauf machte er sich bäuchlings auf dem abgeschabten Dielenboden lang, drückte seine linke Wange auf den staubigen Teppich vor Julias Tür (der ihr als Abtreter diente), und führte vorsichtig das Messer durch den schmalen Schlitz unter der Tür hindurch. Da er die Position des Briefes nicht lokalisieren konnte, stocherte er mit dem Messer nach allen Seiten, in der Hoffnung, auf das Kuvert zu stoßen und es irgendwie herausfischen zu können.

»Pass auf«, warnte ihn Boris. »Du schiebst ihn noch weiter weg.«

Gisbert reagierte nicht. Mit knallrotem Kopf, schnaufend und schwitzend, ein Bein zur Decke hin angewinkelt, lag er da und hantierte herum.

»Mist, Mist, Mist!«, schimpfte er erneut. »Ich seh ihn nicht.«

Boris legte sich bald neben ihn und versuchte ebenfalls, die Lage des Umschlags hinter der Tür auszumachen. Jedoch vergeblich. Höchstens zwei Zentimeter weit konnten sie unter der Tür hindurchblicken.

»Lass du mich probieren«, sagte Boris.

»Warte, ich glaub, ich hab's.«

»Echt?« …

Zehn Minuten später lagen sie immer noch an derselben Stelle. Mittlerweile hatte Boris das Fleischermesser in der Hand und stocherte damit erfolglos herum. Gisbert leuchtete ihm mit einer Taschenlampe, die Boris aus seinem Auto geholt hatte. Eine Minute lang hatten sie überlegt, das Fenster von außen aufzubrechen und einen Einbruch vorzutäuschen, hatten die Schnapsidee aber schnell verworfen.

»Wills du nicht Frau Fischer fragen?«, meinte Boris, »vielleicht sie hat einen Zusatzschlüssel.«

»Ersatzschlüssel, meinst du.«

»Genau.«

»Nee, lieber nicht.«

Genau in diesem Augenblick machte es hinter ihrem Rücken plötzlich »klack«. Ein Schlüssel drehte sich in der Eingangstür, die Tür ging auf und in der Diele stand Julia – in den Händen wie immer drei oder vier Bücher aus der Bibliothek. Gisbert und Boris schnellten in die Höhe und stierten sie unschuldig an wie zwei frisch geschlüpfte Küken. Julia musterte die beiden mit interessiertem Blick, dann wurde ihr Gesicht mit einem Schlag kreidebleich. Sie starrte, offenbar zu Tode erschrocken, auf das Fleischermesser. Boris hielt es in der rechten Hand.

»W... was habt IHR denn vor?«, stammelte sie und deutete auf das Messer.

»Nichts!«, stieß Gisbert hervor. »Wir ... äh ... wir ...«

Er trat von einem Bein auf das andere und blickte ratsuchend zu Boris.

»Wir haben den Teppich sauber gemacht«, sagte Boris mit fester Stimme, »der haben einen Fleck und ich hab versucht wegzukratzen.«

»Mit der Machete da?«, wunderte sich Julia.

»Ja! Es ist super scharf.«

Gisbert war nicht glücklich über Boris' Antwort, denn seit Julia bei ihnen wohnte, war sie stets diejenige, die als Erste irgendwelche Flecken und unsauberen Stellen fand und sie sogleich wegscheuerte. Aber er war ihm unsäglich dankbar, dass er überhaupt etwas halbwegs Logisches formuliert hatte. Ohne ihn wäre er verloren gewesen.

»Geht es dir gut?«, wandte sich Gisbert an Julia und nahm dabei den Schlüsselbund in ihrer Hand ins Visier. »Du bist heute so früh zurück ...«

»Was heißt hier früh?« Sie warf einen Blick auf ihre Uhr. »Es ist kurz nach acht.«

»Ja ... aber du bist sonst nie vor neun zu Hause.«

Julia zögerte, schaute ihm prüfend ins Gesicht und fragte: »Was ist mit deiner Nase passiert?«

»N... nur ein ... kleiner Unfall ...«, stotterte Gisbert und schielte zu Boden.

Julia legte die Bücher auf dem Rand des Schuhschranks ab, den Schlüsselbund (den Gisbert keine Sekunde aus den Augen ließ) direkt obendrauf, dann streifte sie ihre Schuhe ab, schob den Bügel mit ihrer Jeansjacke zwischen die anderen Jacken und zog das dunkelblaue Sweatshirt zurecht.

»Ich bin heute verabredet«, sagte sie gefasst, »in einer Stunde. Ich wollte mich noch umziehen.«

»Aha ... und ... und ...« Fast hätte er gefragt: »Mit wem?« Der Satz blieb ihm zum Glück im Hals stecken. Was ging ihn die Sache mit dem Südländer eigentlich an? Außer natürlich, dass Julia bald über seinen Liebesbrief stolpern und ihn lesen würde. Wie stand er dann da? Er schaute verloren zu Boris hinüber, der vor Julias Tür mit dem »Schwert« in der Hand Wache hielt und scheinbar ahnungslos blinzelte. Wenn der Kerl nur so stehen bleiben und sich nicht vor der Stelle bewegen würde ...

»Und ... Was denn nun?«, hakte Julia nach und sah Gisbert mit ihren azurblauen Augen barsch an.

»Und ...«, fuhr er fort, »hast du ... vielleicht Lust auf ... auf einen Kaffee?«

Sie zog pikiert ihre Augenbrauen hoch. Er wusste, warum. Bisher hatte er sie niemals gefragt, ob sie Lust auf einen Kaffee mit ihm hatte. Dass sie es seltsam oder befremdlich fand, nahm er in Kauf. Irgendwas musste er sich schließlich einfallen lassen.

»Ich trink keinen Kaffee«, sagte sie.

»Ach ja .... Dann ... dann halt auf einen Tee?«

»Tee?«

»Ja, eine Tasse Tee!« Nach kurzer Pause fügte er hinzu: »Ich hab eine superexotische Teemischung ... hm ... die Tage von meiner Mutter bekommen.«

Das stimmte nicht ganz. Seine Mama hatte ihm in der Tat eines Tages eine würzig-aromatische Teemischung mit in den Rucksack gepackt. Jedoch war das nicht »die Tage« gewesen, sondern nach den Weihnachtsferien, als die Wiesen kniehoch mit Schnee bedeckt gewesen waren und sich Gisbert eine Bronchitis eingefangen hatte.

»Hm ... Ich hab eigentlich keine Zeit ...«, ließ Julia verlauten.

»Das geht doch ruckzuck«, insistierte er. »Komm mit in die Küche, ich setz schon mal das Wasser auf.« Dabei hoffte er sehr, er würde die rotgoldene Schachtel zwischen all den Küchenutensilien zügig ausfindig machen.

Julia zögerte. Gisbert wartete gar nicht mehr ihre Zustimmung ab, war im Nu in der Küche, drehte den Wasserhahn auf und ließ das Wasser in den Kocher laufen. Nachdem er den Schalter betätigt hatte, zischte der Wasserkocher schon bald einer Kobra gleich los.

Julia stand schon in der Tür. »Na dann ... ich wasch mir nur kurz die Hände«, sagte sie.

»Aber klar.«

Als er die Badezimmertür ins Schloss fallen hörte, blickte er den immer noch in der Diele wartenden Boris an und deutete auf Julias Schlüsselbund.

Boris zuckte lediglich mit den Achseln, näherte sich der Küchentür und flüsterte: »Mach doch selbst, wenn du bist so mutig!«

»Ich dachte ...«, raunte Gisbert, »wir sind Freunde ...« Er schlich also selbst ebenso leise wie zügig zum Schuhschrank, packte den Schlüsselbund und suchte mit zitternden Fingern den passenden Schlüssel, indem er jeden Schlüssel ins Schloss zu stecken versuchte. Bevor er den richtigen finden konnte, hörte er das Rauschen der Toilettenspülung im Badezimmer.

»Mist ...«, entfuhr es ihm. Er legte den Schlüsselbund unverrichteter Dinge sachte auf den Bücherstapel zurück und hastete in die Küche. Im Wasserkocher blubberte es inzwischen. Er schaltete ihn aus, kramte aus der hintersten Ecke des Hängeschrankes den Weihnachtstee seiner

Mutter hervor und riss wutentbrannt die Schachtel auf, so dass sich die Teebeutel auf dem grau glänzenden Linoleum verteilten. »Verdammt!«, brüllte er, fischte nach zwei der Beutel und übergoss sie mit brühendheißem Wasser. Die restlichen Beutel wanderten in den Mülleimer.

Just dann kreuzte Boris grinsend auf und fragte: »Machst du mir auch einen Tee?«

»Verpiss dich!«, brummte Gisbert, und als er sich umdrehte, sah er Julia in der Tür stehen. Sie amüsierte sich offenbar über die Szene.

»Ich zieh mir nur schnell ein anderes Sweatshirt an«, verkündete sie, machte kehrt und ging schnurstracks auf ihre Zimmertür zu.

Gisbert erstarrte kurz mit herunterhängendem Unterkiefer und dem Wasserkocher in der Hand. »A... aber ...«, stotterte er und tapste einige Schritte hinter ihr her. Bevor er weiterreden konnte, hatte sie auch schon den Schlüsselbund in der Hand und hantierte am Schloss herum. »Klack!«, machte es. Sie tauchte ins Dunkel ihres Zimmers ein und betätigte den Lichtschalter.

An diesem Abend ging er so früh wie noch nie ins Bett, nämlich schon kurz vor zehn. Er konnte zwar nicht einschlafen, aber allein der Versuch beruhigte ihn auf unerklärliche Weise. Wenn Julia vom Rendezvous mit dem Südländer zurückkehrte und feststellte, dass in Gisberts Zimmer kein Licht brannte, würde sie davon absehen, mit ihm über den Liebesbrief zu reden, dachte er. Nein, er hatte noch keine Gelegenheit gehabt, ihr den Sachverhalt zu erklären. Auch hatte er sich nicht bei ihr dafür entschuldigt, dass er sich – nachdem er den Tee aufgegossen hatte – plötzlich ohne jeglichen Kommentar abgeseilt hatte. Seinen Tee überließ er bereitwillig Boris und bat ihn zudem, Julia auszurichten, er müsse brandeilig mit seiner Mutter telefonieren. Er verschanzte sich in seinem Zimmer und nach dem kurzen, bedeutungslosen Gespräch mit der Mutter wählte er die Nummer von Sven. Dieser ging nicht dran, also rief er bei Jens an, und dann auch noch bei Thomi. Sie alle waren nicht erreichbar (oder nahmen sie vielleicht nicht ab, weil das Display seine Nummer anzeigte?) – ausgerechnet, wo er in eine so prekäre Lage geraten war. Noch nie hatte er so dringend den Rat eines Freundes in Sachen Liebe benötigt. Doch sie hätten ihm ohnehin nicht helfen können, das sah Gisbert später ein. Er hätte dann nur nicht fast eine Dreiviertelstunde lang so tun müssen, als würde er telefonieren. Hätte nicht aufgebracht in das stumme Gerät reinsabbern müssen, um Julia glauben zu lassen, es ginge um eine keinen Aufschub duldende Angelegenheit. Der Grund für die Flucht aus der Küche musste glaubhaft wirken. Er sprach so lange mit dem tutenden Telefonhörer, bis das Ding glühend heiß wurde und er sich sicher war, dass Julia zu ihrer besagten Verabredung aufgebrochen war. Das, was er während dieses Selbsttelefonats erzählte, war Unfug. Julia konnte den vermeintlichen Gesprächspartner (also die Mama) ohnehin nicht hören. Hauptsache, dachte er dabei, er käme hochdramatisch rüber. Er staunte über sich selbst: Was einem nicht alles einfallen konnte, wenn es unter dem Hintern brannte ... Irgendetwas von einem Unfall, von einem Krankenwagen und schließlich von der Notfallambulanz schwafelte er in den Hörer. Er fragte, ob alle überlebt hätten und ob Kinder in den Unfall verwickelt gewesen wären. Währenddessen blinzelte er ab und an durch den Türschlitz und bekam mit, wie Julia in ihre Schuhe schlüpfte, sich die Jeansjacke über den Arm warf und sich von Boris einen Abschiedskuss auf die linke Wange geben ließ (Warum küsste der Kerl sie eigentlich?). Sobald die Eingangstür ins Schloss fiel, riss Gisbert die Zimmertür auf und bombardierte Boris mit Fragen.

»Und? Was hat sie gesagt?«

Boris grinste hämisch. »Oh ... sie hat viel mir erzählt.«

»Was über ihren Freund? Oder über mich?«

»Ja ...«

»Was denn jetzt?«

»Sie hat gesagt, dass du nette Bursche bist und so, aber ...«

»Aber ihr Herz schon vergeben ist und so? Hat sie das gesagt?«

»Genau das!«

Offenbar bereitete die Situation Boris Vergnügen. Er schmolz vor Genuss geradezu dahin, griente und machte lange Pausen. Gisbert durchschaute bald, dass der Kerl flunkerte.

»Du, Spinner!«, sagte er zu ihm. »Erzähl, wie es war.«

Boris lachte vergnügt auf und fuhr fort: »Sie hat gesagt, sie hat bald wichtige Prüfungen und so. Und dass sie muss viel lernen.«

»Hat sie den Brief gezeigt?«

»Deinen Liebesbrief?«

»Ja!«

»Ja ... hm ... nee ...«

»Wie ja ... hm ... nee! Hat sie oder nicht?«

»Nein. Ich hab auch nicht sie danach gefragt.«

Inzwischen hatte sich Gisberts Aufregung ein wenig gelegt und die Aussage seines Nachbarn kam ihm schlüssig vor. Angenommen, überlegte er, Julia hatte den Brief und die Theaterkarte entdeckt und seine Zeilen gelesen. Warum sollte sie das mit Boris besprechen? Schließlich hatte Gisbert den Brief nicht zusammen mit Boris geschrieben und dieser hatte ihn auch nicht unterschrieben. Also ...

Gegen halb zwölf vernahm Gisbert wieder das Quietschen der Eingangstür. Da Boris bereits daheim war, konnte das nur Julia sein. Sie klopfte bald sacht an seine Tür, öffnete diese einen Spaltbreit und hauchte: »Gisbert?«

Er hielt den Atem an und gab keinen Mucks von sich. Sie zog die Tür wieder zu.

Morgens verließ Gisbert in aller Frühe vor Julia die Wohnung und besuchte zwei Vorlesungen, die ihn nicht interessierten. In diesen Fächern musste er keine Prüfungen ablegen. Dennoch nahm er sich vor, die Stunden in sein

Studienbuch einzutragen. Ihm fehlten ohnehin etliche Semesterwochenstunden, daher traf sich die Sache gut. Am Nachmittag las er sich in der Bibliothek fest, sämtliche Tageszeitungen blätterte er gelangweilt durch, und in den Abendstunden besuchte er Sven. Spontan beschlossen sie, auf ein Bier in die Kneipe zu gehen, woraus unverhofft vier oder fünf wurden. Vielleicht sogar sechs. Aus Frust zählte Gisbert sie nicht mehr. Sein Freund konnte ihm übrigens, trotz seiner Erfahrungen mit Frauen, keinen nützlichen Rat geben, machte sich lediglich lustig über Gisberts imposant aufgedunsene Nase, die beinahe völlig mit einem handbreiten Pflaster aus Boris' Erste-Hilfe-Kasten überklebt war, und teilte voller Sarkasmus mit: »In so was bin ich noch nie reingeraten, mein Freund. Liebesbriefe zu schreiben ist doch seit hundert Jahren nicht mehr in!«

Erst nach elf fand sich Gisbert etwas wankend in der WG ein und rechnete fest damit, dass Julia sich längst in einer Tiefschlafphase befand und vergnüglich vor sich hin schnarchte (das passierte ihr nämlich des Öfteren, er hörte es sogar durch die Wand). Sie gehörte zu der Sorte Menschen, die sich immer als Erste von jeglichen Partys zurückzogen und den Morgen gemeinsam mit dem ersten Hahn begrüßten.

Bevor er die Wohnung betrat, schnürte er vorsichtshalber die Schuhe auf, nahm sie in die Hand und schlich sich auf Zehenspitzen durch die stockdunkle Diele. Er hielt eine Sekunde inne und horchte. Kein Schnarchen drang aus Julias Zimmer. Leider! Auch bei Boris herrschte Totenstille. Da er kein Licht einschaltete, verlor er die Orientierung und tastete sich im Dunkeln in Richtung seines Zimmers. Er drückte die Tür hinter sich sachte zu und atmete tief durch. Als er aber den Lichtschalter betätigte, lief ihm kalter Schauer den Rücken hinunter. Beinahe hätte er einen Schrei ausgestoßen. Erst dachte er, Boris hätte aus Jux seine Möbel umgeräumt, aber dann realisierte er blitzschnell, dass er die Tür verfehlt hatte. Statt in seinem Zimmer war er unverhofft in Julias gelandet und stand nun keine zwei Meter weit von ihrem Bett entfernt. Julia schlief, leicht eingerollt und mit dem Gesicht zur Tür, die hellblonden Locken übers Kissen verteilt, und atmete gleichmäßig. Wie ein Engel, dachte Gisbert und blickte sie voller Entzückung an. Er wäre gern so bis zum Morgengrauen stehen geblieben und hätte sie beim Schlafen beobachtet. Aber es galt, sich an die Anstandsregeln zu halten, das wusste er selbst nach mehreren Gläsern Bier. Auch wollte er nicht riskieren, es sich mit Julia für alle Zeiten zu verscherzen (und es obendrein mit ihrem Bruder zu tun zu bekommen ...). Er knipste den Lichtschalter aus und ergriff auf Zehenspitzen die Flucht.

Als er endlich sein Zimmer betrat, bemerkte er das leichte Zittern seiner Beine, spürte die Feuchtigkeit unter den Achseln und fühlte die bleischwere Müdigkeit im Körper. Umso mehr freute er sich auf sein Bett, denn nirgends verbrachte er die Nächte so gern wie auf seiner eigenen Matratze. Er streifte seine Klamotten ab, schlüpfte in die abgewetzte, rot-schwarz gestreifte Schlafanzughose und war kurz davor, das Oberteil überzuziehen, als plötzlich die Tür ein Stückchen aufging und der hellblonde, schlaftrunkene Engelskopf im Türspalt erschien.

»Oh«, sagte der Engel kleinlaut, »Entschuldigung, ich hab vergessen, zu klopfen.«

Gisbert erstarrte für einen Moment, als hätte ihn ein sibirischer Sturmwind in einen Eisklotz verwandelt.

»Darf ich?«, fragte der Engel.

»Hm ... J... jein«, entfuhr es Gisbert. Vor Schreck ließ er das Oberteil des Schlafanzugs auf den Boden gleiten und gab sich keine Mühe, es aufzuheben.

»Nein?!« Sie richtete ihren Blick auf seinen schwabbeligen Bierbauch, der sich ihr in seiner ganzen Pracht präsentierte. Von der üppig behaarten Brust verlief ein dichter dunkler Haarstreifen die Bauchwölbung hinunter und verlor sich irgendwo unter dem Gummi der Schlafanzughose.

Sobald Gisbert Julias Blick registrierte, zog er den Bauch ruckartig ein (ganz so, wie er das manchmal morgens vorm Spiegel getan hatte), hielt den Atem an und hoffte, er sähe so ein bisschen sportlicher aus. Er wunderte sich, dass Julia sich beim Anblick seines Oberkörpers nicht genierte und den Rückzug antrat, dachte aber im selben Moment an ein Gespräch mit Boris. Dieser hatte ihm erzählt, dass manche Männer in Russland gern aller Welt ihre Bäuche zeigten. Es sei dort völlig normal, besonders in der Sommerzeit, wenn die Sonne unbarmherzig den Schweiß aus allen Poren saugte. Julia war also den Anblick gewohnt.

»A... aber«, stammelte Gisbert, »nur kurz ... Ich wollte ... du siehst ja ... ich wollte gerade ins Bett.«

»Klar, ich weiß.« Sie trat selbstbewusst ein und schob die Tür hinter sich zu. »Wir müssen aber reden.«

»Worüber?!«

Sie fixierte ihn für einen Moment verdutzt mit ihren großen Augen und sagte: »Oh. Deine Nase! Sie ist noch mehr angeschwollen.«

»Ja ... zum Teufel mit der Nase!« Er wich ihrem Blick aus und fuhr fort: »E... es tut mir leid ... wegen ... wegen dieser bescheuerten Sache. Ich wollte dir nicht zu nahe treten.«

»Welcher bescheuerten Sache?«

»Na ja … Ich mein' den Theaterbesuch und … und den Brief halt …«

»Aber wieso entschuldigst du dich dafür?« Sie lächelte verlegen. »Ich … ich würde gern mit dir in Dornröschen gehen.« Ihr Gesicht errötete leicht.

»Bitte?!« Seine Kinnlade klappte hinunter. »Du würdest mit mir …?«

»Ja. Warum nicht? Opern mag ich zwar lieber, aber trotzdem, ich glaub … ich meine …« Sie zögerte, setzte dann plötzlich hinzu: »Ich fand den Brief ganz nett …« Sie schaute zu Boden.

Gisbert verschlug es die Sprache. Träumte er das?

Da er nicht sofort reagierte, sondern sie wie ein Auto anstarrte, fragte sie ihn mit unsicherer Stimme: »O… oder hast du es dir schon anders überlegt?«

»Nein! Natürlich nicht.« Er hob ruckartig das Oberteil vom Boden auf und streifte es über. »I… ich möchte ja gern mit … mit dir ins Theater gehen … Aber …«

Er erstarrte für eine kurze Weile mit zerzaustem Kopf vor ihr, seine Nase pulsierte heftig, schmerzte höllisch und drohte, jede Sekunde zu explodieren.

»Aber?«

»Ich mein' …«, er stotterte, »w… was sagt denn dein …?« Er zögerte erneut.

»Was sagt mein … wer? Wen meinst du?«

»Dein Bruder«, platzte es plötzlich aus ihm heraus, und er lachte unwillkürlich auf.

»Mein Bruder?!« Julia zog die Augenbrauen hoch.

»Vergiss es! Das war nur Spaß.« Er war sich auf einmal nicht sicher, ob Boris ihm nicht doch einen Streich gespielt hatte. Oder hatte er vielleicht jemand mit Julia verwechselt? Sie direkt darauf anzusprechen, fehlte es ihm an Mut. Er schämte sich sogar dafür, dass er einen Augenblick dran gedacht hatte, Julia gehöre zu solchen Frauen, die ohne Gewissensbisse mit zwei Männern zugleich liiert sein konnten.

»Was ist nun?«, hakte sie nach.

»Entschuldigung ... Ich bin einfach müde, kann grad nicht denken. Was hältst du davon, wenn wir nach der Vorstellung noch essen gehen?«

»Gern.«

»Schön.«

»Jetzt ist aber Schlafenszeit.« Sie gähnte und reckte sich.

»Ja ...«

»Du musst mir morgen noch unbedingt erzählen, was bei euch zu Hause los ist. Ist was Schlimmes passiert?«

»Hm ... ja ...« Er zögerte beschämt. »Es ist aber alles wieder gut.«

»Das freut mich.« Sie winkte lässig und im Gehen fügte sie noch hinzu: »Dann schlaf gut.«

Als er am nächsten Tag in der Mittagspause Boris in der Kantine traf, stellte er ihn zur Rede.

»Das war gemein von dir!«, sagte er und runzelte die Stirn.

»Was denn?« Boris zog die Augenbrauen hoch.

»Na, ich meine die Sache dem Südländer.«

»Wieso? Glaubst du mir nix?«

»Nein!«

»Ich aber hab's mit eigenen Augen gesehen!«

»Hör auf.«

»Wer war es dann?«

»Was weiß ich, wer. Vielleicht hast du sie mit jemandem verwechselt.«

»Klar, mit ihrer Zwillingsschwester!«

»Zum Beispiel.«

»Sie hat aber keine.«

»Ach ...«, er winkte ab, »lassen wir das Thema lieber.« Darauf schob er voreilig den Suppenlöffel in den Mund, spuckte augenblicklich mehr als die Hälfte wieder aus und sagte empört: »Wow, die ist ja scharf!«

»Das kann man sagen wohl«, bestätigte Boris und starrte geistesabwesend in Richtung Kasse, wo sich eine lange Schlange hungriger Studenten formiert hatte. »Julia ist echt ein scharfes Exemplar!«, näselte er schmatzend, den Mund vollgestopft mit Baguette.

»Ich meine die Suppe, du Blödmann.«

»Hallo Gisbert«, rief Julia und winkte ihm zu, während er den Theatervorplatz nach ihr absuchte. Sie hatte sich herausgeputzt, das Gesicht gepudert, auf den Mund fein schimmernden dunkelroten Lippenstift aufgetragen und das Haar hochgesteckt, sodass Gisbert sie nicht gleich wiedererkannte und fast an ihr vorbeischlenderte. Außerdem trug sie eine Sonnenbrille mit schwungvoller glänzendweißer Fassung.

Er schaute sie einen Augenblick lang verdutzt an und sagte: »Wow! Du siehst ja aus wie ...« Er zögerte.

»Wie denn?«

»Ach, weiß nicht ... I... ich bin sprachlos!«

»Und du Armer«, sie musterte ihn von oben bis unten, »hast wohl keine Zeit zum Umziehen gehabt?«

»Leider nicht«, gab er kleinlaut zur Antwort. Er kam direkt von der Uni.

Wäre er allerdings aufrichtig gewesen, hätte er zugeben müssen, dass er bei all der Aufregung im Vorfeld kaum einen Gedanken an die passende Garderobe verschwendet hatte. Er hatte es immer wieder verdrängt. Erst vor einigen Stunden hatte er im Vorbeigehen Sven dazu befragt. Dieser hatte ihn kurz mit gerunzelter Stirn angesehen und gesagt: »Passt!« Woher hätte Gisbert wissen sollen, dass Julia ein Theaterbesuch so viel bedeutete? Und dass sie im Outfit einer Lady Diana zum ersten Rendezvous aufkreuzen würde?

Er kam sich nun in seinen ausgelatschten Turnschuhen und an mehreren Stellen durchlöcherten Jeans recht deplatziert vor. Zwar hielt er nach wie vor die lasch herunterhängende Hose für den letzten Schrei, musste sich aber in dem Moment eingestehen, dass seine äußere Erscheinung, gelinde gesagt, etwas inadäquat ausgefallen war. Der Kontrast zwischen ihm und Julia stach offenbar jedem ins Auge. Doch Julia schien das nicht groß zu kümmern. Sie packte Gisbert fest bei der Hand und drängelte sich, ihm voraus, durch die Menge ins Theaterfoyer.

Zum ersten Mal saßen sie so nah beieinander. Er hielt ihre warme, pulsierende Hand, roch ihr blumig-süßes Parfüm, hörte konzentriert dem schrillen Klangwirrwarr des Orchesters zu und konnte kaum abwarten, bis endlich der Vorhang aufging. Als dann die Ouvertüre erklang, war seine unpassende Kleidung vergessen und er spürte, wie sein Herz vor Freude pochte und das Blut bis in die Fingerspitzen pumpte. Dann und wann linste er aus den Augenwinkeln zu Julia, um sich zu vergewissern, dass tatsächlich ihre Hand in seiner lag und nicht die eines anderen Theaterbesuchers. Einen glücklicheren Menschen als ihn, sagte er sich im Stillen, gab es nicht auf Erden!

Dieses Hochgefühl hätte sicher bis zum Vorstellungsende angehalten, hätte Gisbert nicht eine halbe Stunde später registriert, dass Julias Kopf plötzlich nach vorn zu kippen begann. Zunächst kaum sichtbar, eine Zeit lang schien alles wieder in Ordnung zu sein. Sie gähnte ausgiebig und bald kippte ihr Kopf erneut in zunehmend kürzeren Abständen leicht nach vorn und zur Seite, bis er plötzlich seitwärts auf Gisberts Schulter fiel.

Wenn man hundemüde ist, etwa vom vielen Lernen, kann einem so etwas natürlich widerfahren, dachte Gisbert. Und er hätte es ihr nicht weiter übelgenommen, wäre es dabei geblieben. Aber ihr hübscher hellblonder Kopf trug allerlei nützliches Wissen in sich und wog ziemlich schwer. Gisbert verspürte mit der Zeit einen pochenden Schmerz im Schulterknochen und bekam immer weniger Luft. Eigentlich mochte er ihren Duft. Doch diesmal stieg aus ihrem Haar eine derart intensive, geradezu benebelnde Duftnote empor, als hätte Julia die größte Flasche Eau de Cologne der Welt auf ihrem Kopf ausgeschüttet.

Seine Schulter zuckte unwillkürlich und Julias Kopf sackte bald auf seinen Bierbauch hinunter, verweilte dort einen Augenblick lang und glitt schließlich langsam tiefer. Gisbert geriet in Panik und fragte sich, reagierte Julia immer so auf klassische Musik oder hatte sie in der letzten Zeit einfach viel zu wenig geschlafen? Eine ältere Theaterbesucherin schielte zu ihnen herüber. Gisbert hielt es nicht für angebracht, sich für Julia zu entschuldigen. Das ging die Dame nichts an, war er der Meinung.

Er unternahm einen zaghaften Versuch, Julia zu wecken, sie schlief fest und unbeirrt weiter. Er fasste sie an beiden Schultern an und ließ ihren Kopf auf seinen Schoß niedersinken. Seine Blutgefäße weiteten sich, das Herz pumpte auf Hochtouren und er schwitzte extrem. Auf so etwas war er schlichtweg nicht vorbereitet. Seine Freunde hatten nie ein Wort darüber verloren, dass er sich bei einem Rendezvous auf solche kuriosen Dinge gefasst machen müsste. Sollte er noch einmal wagen, sie zu wecken? Andererseits war sie ja müde ... Hm ...

Er hatte ja nichts dagegen, dass sie auf seinem Schoß ein Nickerchen hielt. Einzig die vernichtenden Blicke zweier Sitznachbarinnen machten ihn unsicher. Obwohl es dämmerig war, störten sich die Damen offenbar dran. Besonders die Graumelierte mit knallroten Lippen, weißem Schall um den Hals und einem goldfarbenen Opernglas in der Hand. Sie saß links, zwei Sitze von ihnen entfernt in derselben Reihe, beugte sich mehrfach vor, sah Gisbert vorwurfsvoll an, schüttelte den Kopf und hüstelte in die Hand. Dann musterte sie durch ein Opernglas ausgiebig die Bühne. Er rechnete jede Sekunde damit, dass sie das Opernglas schnurstracks auf Julia richtete. Doch nahm sie nach einer Weile den Umstand als unveränderbar hin. Gisbert beschloss durchzuhalten. Seine Aufregung legte sich ebenfalls etwas. Julia soll schlummern, solange sie wollte, war er der Meinung. Das war ihr gutes Recht! Er hatte weder im Foyer noch im Saal ein Warnschild gesehen, das ein Nickerchen während der Vorstellung untersagte.

Er hätte sie garantiert bis zum letzten Akkord schlafen lassen. Doch plötzlich, während sich auf der Bühne Prinz Desiré auf Zehenspitzen dem Gemach der ebenfalls tief schlafenden Aurora näherte, begann Julia plötzlich zu sägen. Ihr Schnarchgetöse weitete sich geschwind wie ein aufziehender Sturm aus. Und als dann der impulsive Maestro, arg vorgebeugt, seinen linken Zeigefinger an den Mund legte und das Orchester mit der leicht zitternden Hand zähmte, tobte der Sturm endgültig.

Gisbert erntete empörte Blicke. Das Publikum um die beiden herum zischte missbilligend: »Pssst … Pssst …«

Er stupste Julias linke Schulter an und ruckelte daran. Der Sturm ließ ein wenig nach und kam bald zum Erliegen. Gisbert flüsterte in Julias Ohr: »Heee…y… Schläfst du noch?«

Julia schlief. Da sie nun aber leise schlief, ließ er von ihr ab und wandte sich dem Bühnengeschehen zu. Sie mit Gewalt aus dem Schlaf zu reißen, wagte er nicht. Doch im nächsten Augenblick bereute er das.

Als der Prinz sich gerade über die Prinzessin beugte, um ihr den legendären Zauberkuss auf die Lippen zu drücken, setzte das Getöse wie ein Donnerknall ein. Alle schauten plötzlich statt auf die Bühne in seine Richtung. Ein Raunen ging durch die Reihen. Es fehlte nur noch, dass ein greller Lichtstrahl ihn und Julia erfasste und alle dann dachten, dass ihr Gebaren ebenfalls zu dieser recht modernen Inszenierung gehörte. Er ballte vor Panik die Hand zur Faust und schlug damit entschlossen zwischen Julias Schulterblätter. Ihr Rumpf schnellte gleich einem Stehaufmännchen hoch. Sie strich sich mit der Hand über ihr Haar und starrte auf die Bühne, als wäre nichts geschehen.

In der Pause fragte er sie: »Sollen wir gehen?«

»Wieso?« Sie blickte ihn ebenso zerknittert wie ahnungslos an.

»Ich ... ich dachte, du bist müde.«

»Ach ...« Sie winkte lässig ab. »Es geht schon.«

Er besorgte darauf zwei Gläser Sekt, und sie blieben. Julia hielt den zweiten Teil der Vorstellung in der Tat untadelig durch, abgesehen davon, dass ihr Kopf ab und an leicht nach vorn kippte. Gisbert ballte immer aufs Neue seine rechte Hand zur Faust, bereit zum Einsatz ...

»Wärest du mir böse, wenn wir das Essen verschieben?«, fragte sie ihn allerdings, als sie aus dem Theater ins Freie getreten waren. Sie gähnte und verdeckte dabei ihren Mund mit der Hand. »En... Entschuldigung! Wir holen es unbedingt nach. Ja?«

Er zog ein scheinbar enttäuschtes Gesicht, war ihr aber in Wirklichkeit nicht ein bisschen böse. Er hatte ihr bereits die Eintrittskarte und den überteuerten Sekt spendiert, ganz so, wie Boris es ihm geraten hatte. Nachdem er ruckzuck im Kopf überschlagen hatte, wie viel Geld er in etwa einsparen würde, schlugen sie den direkten Weg nach Hause ein. Frohgemut schlenderte er mit ihr Arm in Arm zur S-Bahn-Station und pfiff den berühmten Walzer aus »Dornröschen« vor sich hin. Dass sein schrilles Gepfeife womöglich den letzten Rest Romantik verscheuchen könnte, weil er nie eine Melodie treffsicher nachzusingen imstande gewesen war, kümmerte ihn nicht ein bisschen. Er genoss mit jedem Atemzug die abendlich kühle Luft und den leichten Frühlingswind im Gesicht. Ballett, sagte er sich, ist echt eine prima Sache.

Die Wochenenden verbrachte Julia gewöhnlich in Hannover bei ihren Eltern. Doch eines Samstags nahm Gisbert sie auf Drängen seines Vaters, der nicht glaubte, dass sein Sohn eine Freundin hätte, nach Neuenbeken mit.

»Mama und ich möchten uns doch gern ein Bild von ihr machen, Junge!«, hatte sein Vater erklärt und dabei in den Hörer geschnauft, weil er gerade die Kellertreppe hochgeflitzt war. Die Mutter hatte im Garten nach ihren Blumen geschaut und hatte das Telefonläuten nicht gehört. Er bestand darauf umso mehr, nachdem er erfahren hatte, dass Julia aus der Ukraine stammte.

»Eine Osteuropäerin? Etwa eine aufgedonnerte Tussi aus dem Heiratskatalog?«, hakte er nach. In seiner Stimme schwang Enttäuschung mit.

»A... aber nein, Paps. Julia ist nicht aus einem Katalog! Sie ist zwar hübsch, aber ...«

»Du brauchst mir nichts vorzumachen«, brummte er. »Ich kenn' sie alle. Sie wollen sich doch nur einen reichen Westeuropäer angeln und ihn dann ausnehmen wie eine Weihnachtsgans.«

»Julia ist nicht so eine! Sie studiert hier und schreibt sogar eine Doktorarbeit.«

»Ach was, studieren, Mensch ... Die tun nur so! Du kennst doch noch meinen alten Kollegen Holger? Seine

Swetlana hat sich nur zwei Monate nach ihrer Einbürgerung vom Acker gemacht, abgehauen zu einem Russen. Hab ich dir das nicht erzählt?«

Gisbert schluckte und schwieg, dachte, der Papa soll Julia erst kennenlernen. Sollte er ihm ernsthaft Vorwürfe wegen seiner unüberlegten Aussagen machen? Jetzt am Telefon? Immerhin war dessen Vater in sehr jungen Jahren an der Ostfront verschollen und als vermisst gemeldet. Gisberts Vater war als Halbwaise aufgewachsen.

»Dort drüben steht er«, sagte Gisbert und zog Julia an der Hand. Er hatte mit dem Vater vereinbart, dass dieser sie am nächstgelegenen Bahnhof in Altenbeken abholen würde.

Schon von fern bemerkte er den graumetallicfarbenen BMW, der auf dem Parkplatz protzig schillerte. Wie immer bis zum Hochglanz poliert. Das Seitenfenster auf der Fahrerseite war hinuntergekurbelt, der Vater hielt sein gebräuntes Gesicht in die Sonne.

»Bitte nicht so schnell, Gisbert«, rief ihm Julia zu und stöckelte angespannt auf dem unebenen Asphalt hinter ihm her.

Als sein Vater sie beide erblickte, stieg er sofort aus und kam ihnen mit großen Schritten und grinsend entgegen. Er stierte regelrecht, war dabei unaufmerksam, stolperte über eine Steinkante und machte sich beinahe lang mitten auf dem Parkplatz. Gisbert konnte ihn in der letzten Sekunde am Oberarm abstützen. Sein Vater schien nervös zu sein.

»Ups ... Entschuldigung«, sagte er, lächelte Julia spitzbübisch an, während er ihr die Hand reichte. »Heiner Wrobel! Hallo. Oh ... Sie sind ja so hüb... ich meine, so, so groß. Gisbert hat uns das gar nicht erzählt.«

»Ja, das bin ich! Er hat mir aber auch nicht erzählt, dass Sie so klein sind!« Sie lachte auf und nahm ihre Sonnenbrille ab. »Hallo, Julia Sawadskij.«

»Sehr angenehm.« Er schüttelte überschwänglich ihre Hand.

Er lässt sich ja gar nichts anmerken, dachte Gisbert überrascht. Sein Vater war sonst ein miserabler Schauspieler.

»Dann hat er Ihnen bestimmt auch verschwiegen, dass ich Karate kann?«, ließ Julia plötzlich verlauten und neigte den Kopf koket zur Seite, weiterhin grinsend.

Gisberts Vater taxierte sie ebenso irritiert wie eindringlich durch die Brille. »N… nee …« Es klang gequält.

Julia hatte offenbar einen Witz machen wollen, doch die Bemerkung schien deplatziert.

»Lass uns fahren, Paps«, drängte Gisbert, ergriff aufs Neue Julias Hand und ließ sie als Erste hinten einsteigen.

Während der zehnminütigen Fahrt ließ sein Vater sie beide kaum zu Wort kommen. Er pries unentwegt die Schönheiten des Paderborner Umlandes an, deutete mal nach links, mal nach rechts mit dem Finger. Gisbert fragte sich, warum sein Vater Julia die Gegend schmackhaft zu machen versuchte. Wusste er doch um dessen Meinung über die osteuropäischen Frauen. Oder hatte der Papa sie etwa schon geändert? Hm …

Als der Wagen vor die Garage rollte, verkündete sein Vater unverhofft: »Ich hab den Grill sauber gemacht und aufgestellt, hoffe, ihr habt einen Mordshunger mitgebracht. Deine Cousinen und Tante Rosi kommen nachher vorbei, Gisbert.« Er schaltete den Motor aus.

»Bitte? Wieso Grill? Wieso Tante Rosi?« Gisbert schlug die schon einen Spaltbreit geöffnete Tür wieder zu. »Wir wollten doch nur kurz zum Kaffee …«

»Kaffee gibt's auch. Aber ihr bleibt doch sicher über Nacht, oder?«

»Nein, w... wir wollten nicht bleiben!« Gisbert schnappte nach Luft. Seine Eltern hatten mit ihm weder über eine Grillparty gesprochen noch darüber, dass Tante Rosi mit Elke und Manuela vorbeikommen würden. Es gab keine schlimmeren Tratschtanten in ganz NRW. Vermutlich platzten sie vor Neugier und wollten Julia in Augenschein nehmen. Aber das sollte doch keine Brautschau werden! Das konnte er Julia beim ersten Besuch unmöglich zumuten. Er schaute sie mit einem ratlosen Blick an. Was sollen wir tun? Sie zuckte bloß mit den Schultern. Es war schlimm genug, dass sein Vater nichts lieber tat, als über die miserable Politik der Regierung und die vielen Ausländer im Land zu polemisieren, immer gern dann, wenn Besuch im Haus war. Gisberts Mutter hatte versprochen, mit dem Papa zu reden. Dieser sollte sich wenigstens in Julias Anwesenheit zusammenreißen und keine politisch brenzlichen Themen anschneiden. »Bei den nächsten Wahlen kreuz ich die NPD an«, hatte er zuweilen gedroht, und Gisbert hatte meist im Dunklen getappt, ob Vaters Äußerung wirklich ernst gemeint war.

Nach dem Kaffee planten Gisbert und Julia, mit dem Bus nach Paderborn zu fahren und sich einen Kinoabend zu gönnen. Aber wenn sein Vater grillte, würde daraus wohl nichts werden.

»Kommt jetzt erstmal rein«, bat sein Vater, nachdem er ausgestiegen war. »Das hat sich spontan ergeben. Tante Rosi hat angerufen. Ich ... ich konnte sie doch nicht ausladen.«

»Was heißt ausladen? Wann habt ihr sie überhaupt eingeladen?«

»Na vorhin ...« Er schlug die Autotür mit Schwung zu und ging zum Garagentor. Als das Tor nach oben schnellte, erblickte Gisbert in der Garage die offenbar frisch gereinigte Bierzeltgarnitur. Sein Vater hatte also Julias Besuch zum Anlass genommen, um die Grillsaison zu eröffnen und obendrein eine Brautschau zu veranstalten. Er war schon immer praktisch veranlagt. Zwei Fliegen mit einer Klappe schlagen – typisch Papa!

Julia stupste Gisbert sachte am Oberarm. »Komm. Das werde ich schon überleben.«

»Du kennst sie nicht. Meine Cousinen können tratschen wie ... wie ...« Ihm fiel das passende Wort nicht ein.

»Na und? Sollen sie doch!« Sie fügte grinsend hinzu: »Du weißt ja, ich kann Karate.« Dann betätigte sie entschlossen den Türhebel. »Klack«, machte der.

Nachdem Gisbert sie seiner strahlenden Mutter vorgestellt hatte, wollte der Vater sogleich Julia durchs Haus führen. Er hatte es zur Tradition gemacht, neuen Gästen, sämtliche Räumlichkeiten zu präsentieren, bis hin zum Spitzboden.

Gisberts Einwand (Ich mach das später selbst!) überhörte er wieder einmal geflissentlich, zerrte Julia nach oben, während Gisbert die Toilette aufsuchte. Gisbert fand seine Mutter allein in der Küchentür wartend vor.

»Sie sind oben!«, verkündete sie gereizt und deutete in Richtung Treppe. »Sag ihm, dass der Tisch gedeckt ist«, fügte sie im Gehen hinzu, ihren Rücken Gisbert zugewandt.

Sie ist älter geworden, stellte Gisbert fest, und wusste nicht recht, woran er das ausgemacht hatte. Vielleicht lag es an ihrem vergrauten Haar, das sie seit Langem nicht mehr gefärbt hatte. Vielleicht an der deutlich erschöpft, beinahe kränklich klingenden Stimme. Am Telefon hatte es ihm nie aufgefallen. Seit sein Vater in Rente war, hatte sie es schwerer als früher. Er lief ihr unentwegt nach, schleppte sie mit, wenn er aus dem Haus ging, und konnte kaum eine Aufgabe selbstständig erledigen. Irgendwas fehlte ihm immerzu. Ein Wischlappen, ein Eimer, ein Besen, oder er wollte plötzlich einen frischen Kaffee serviert bekommen. Das war aber früher auch schon so gewesen.

Gisbert eilte die Treppe hinauf, in der Hoffnung, noch zu verhindern, dass sie sein unaufgeräumtes Zimmer betraten.

Doch kam er zu spät, sie hatten es als Erstes aufgesucht. Gisbert schämte sich in Grund und Boden. Bei seinem letzten Besuch hatte er das alte Unterhemd und Socken auf der Couch liegen lassen und das Chaos auf dem Schreibtisch nicht beseitigt, etliche Bücher und Ordner lagen verstreut auf dem Boden. Seine Mama hatte das Zimmer selten betreten, etwa zwei- oder dreimal im Jahr zum Fensterputzen. Er sei groß genug, um selbst für die Ordnung zu sorgen, hatte sie ihm eines Tages nahegelegt, nachdem er den Wehrdienst beendet hatte. Als er dann das Studium aufgenommen hatte, durfte er das Zimmer als Rückzugsort behalten, hatte jedoch versprechen müssen, sich drum zu kümmern.

»Den Raum hab ich mit meinem Schwager auf Eigenregie ausgebaut«, hörte er seinen Vater prahlen.

»Toll!« Julia stand in der Tür und grinste verlegen.

Gisberts Vater langte bald nach einem Haken, der an die Wand lehnte, und öffnete damit den Zugang zum Spitzboden. Die furnierte, unbehandelte Dachklappe krächzte wie eine uralte Frau, die von ihrem Enkelkind wegen einer Lappalie von ihrem Lieblingsplatz bemüht wurde.

»Ich geh mal vor«, sagte sein Vater und stieg munter auf die Leiter, »wir haben da oben leider kein gutes Licht ...«

»Was soll Julia da oben, Paps?«, versuchte Gisbert sanft einzugreifen, im Wissen, dass sein Vater von seinem Vorhaben nicht abzubringen war.

Dieser überhörte nämlich wieder die Frage. Statt zu antworten, sagte er: »Kommt ihr?« Dabei schaute er erwartungsvoll aus dem Halbdunkeln durch die Luke zu ihnen hinunter.

»Gleich ... Wir kommen ...« Julia zögerte, warf Gisbert einen sichtlich angespannten Blick zu, schirmte ihren Mund von oben mit der Hand ab und flüsterte: »Habt ihr Spinnen da oben?«

Gisbert zuckte die Schultern. »Hin und wieder mal.«

Erst als Julias Kopf in der Luke des Dachbodens verschwand, fügte er mit Nachdruck hinzu: »Manchmal riesengroße!«

Julia rührte sich für eine Weile nicht vom Fleck. »Äh ... es ... es ist wunderschön hier«, sagte sie mit hauchdünner Stimme. »So ... so ... romantisch.«

Unmittelbar darauf stieg sie einige Stufen hinunter, legte ihre rechte Hand auf Gisberts Schulter und sprang von der Leiter auf den Boden.

Vaters verwunderte Miene erschien bald erneut in der Luke.

»Na was ist denn? Wann kommt ihr endlich?«

»Paps. Das reicht. Julia hat da oben alles gesehen. Und ich kenn mich da auch aus.«

»Aber die tolle Aussicht aus dem Fenster noch nicht!«

»Paps! Die zeig ihr später allein. Okay?«

Sein Vater zögerte einen Augenblick, dann leuchteten seine Augen verschmitzt auf, und er gab nach. »Aaaa...«, stieß er aus. »Ich verstehe. Die jungen Leute wollen unter sich sein … Nee?«

Sein ganzer Stolz waren in der Winterzeit der Kachelofen und im Sommer der Swimmingpool, der unmittelbar an die Steinterrasse anschloss. Aber zu dieser Jahreszeit konnte er bei Julia weder mit einem gemütlich knisternden Ofen angeben noch für sie eine spontane Swimmingpool-Party schmeißen. Der Winter war längst vorbei und zum Schwimmen im Pool, der ohnehin leer stand, war es eindeutig zu kalt. Trotz der munter scheinenden Sonne stieg die Temperatur nicht über zwanzig Grad. Also zerrte Gisberts Vater Julia in den Keller. Dort führte er sie in den eigenhändig gebauten Atombunker, in dem sich allerlei Proviant wie Obstdosen, Paletten mit Milchtüten, Wasserflaschen, Wein, Nudel und vieles mehr entlang der Wände bis zur Decke hin stapelte.

»Wow«, gab Julia schwer beeindruckt von sich und unterstrich ihre Verwunderung mit einem kaum hörbaren Pfeifen. »Wozu ist das alles?«, fragte sie.

»Na ja. Man weiß ja nie, was morgen in der Welt los ist«, gab sich Gisberts Vater fachmännisch. »Es sind ja lauter Irre an der Macht. In China, in Nordkorea und bei euch der Putin …«

»Paps«, korrigierte ihn Gisbert. »Julia kommt aus der Ukra-i-ne!«

»Ach«, er winkte ab und strich sich über die Glatze. »Das ist doch alles einerlei … Und an die Tschernobyl-Katastrophe kann ich mich auch noch gut erinnern.« Er wendete sich wieder an Julia und deutete auf die sich unterm Gewicht des Proviants biegenden Regale: »Schau, hier kann ich mit meiner Frau drei oder vier Monate lang überleben, wenn es bei euch drüben wieder knallt.«

»Paaaps!!!« Gisbert taxierte seinen Vater mit einem warnenden Blick. Keine Politik! Das hatten sie vereinbart. Oder hatte die Mama ihn etwa nicht gewarnt? Just in dem Moment vernahm er erleichtert Mutters strenge, fordernde Stimme. Sie stand an der Kellertür und rief hinunter:

»Kommt ihr jetzt endlich Kaffee trinken? Der Tisch ist längst gedeckt. Die Rosi und ihre Mädels kommen in einer Stunde, und ich muss noch so viel vorbereiten.«

»Ja-ha, Herta. Wir kommen schon«, entgegnete ihr Gisberts Vater, ließ Julia, dann seinen Sohn höflich vorgehen, trat hinaus und schloss die massive Metalltür von außen ab. An der Kellertreppe angelangt sagte er: »Wegen der Krügers sollten wir uns echt sputen. Sonst essen sie uns noch den Kuchen weg!«

Tante Rosi und die Cousinen klingelten eine halbe Stunde eher als geplant an der Tür. Die Grillparty verlief ohne Zwischenfälle. Nachdem die Krügers Julia ausgiebig beäugt hatten, ließ ihr Interesse an ihr nach. Gisberts Befürchtung, dass sie seine Freundin mit peinlichen Fragen bombardierten – etwa: »Liegt die Ukraine in Sibirien?«, »Heißt die Hauptstadt bei euch nicht Belgrad?« oder »Habt ihr dort eigentlich genug zu essen?« – blieb grundlos. Die Krügers hielten sich höflich zurück, schaufelten zufrieden den Kartoffelsalat in den Mund, kauten die Würstchen und schwärmten abwechselnd von ihrem All-inclusive-Urlaub auf Kreta; von der märchenhaften Safari-Fahrt, von den Knossos-Ruinen und von dem angeblich weltbesten griechischen Wein, erzählten von den verschollenen Koffern, die drei Tage später im Hotel eingetroffen waren. Sie fanden kein Ende, bis in den späten Abend hinein. Gisbert war sogar froh über ihren spontanen Besuch. So kam sein

Vater mit der Vorliebe für die Politik kaum zum Zuge, trotz wiederholter Versuche. »Griechenland hätte ich niemals in die EU aufgenommen!«, bemerkte er einmal voller Verdruss.

»Aber wieso das, Heiner?«, konterte die blonde, pummelige Manuela. »Dann hätten wir Geld umtauschen und ständig im Kopf umrechnen müssen. Dann hätten wir nicht so viele Schnäppchen gemacht. Und ... und ...«

»Das stimmt, Manu«, pflichtete ihr Tante Rosi kopfnickend bei.

»Äh ... Darauf hätte ich keinen Bock! Ich wär' da gar nicht hingefahren«, ergänzte Elke.

Später, als der Besuch fort war und Julia sich oben ins Bad begeben hatte, flüsterte Gisberts Mutter ihm strahlend zu: »Die Julia ist echt ganz in Ordnung.«

»Danke!«, sagte Gisbert.

»Und hübsch ist sie auch noch«, fügte sie lauter hinzu. Sie trocknete dabei die weiße Keramik-Salatschale ab, für die sich kein Platz in der Spülmaschine gefunden hatte.

Der Vater kam in dem Moment mit dem schmutzigen Grillrost um die Ecke, legte es vorsichtig in die Spüle und kommentierte mit kratziger Stimme: »Na ja. Die Russen sind auch Menschen.«

»Paps. Sie kommt aus der Ukraine!«

»Ach ja ... Ich geh schonmal unten die Zähne putzen, Herta. Ich bin total platt.« Darauf drehte er sich nonchalant um und wankte aus der Küche hinaus.

»Lass ihn lieber in Ruhe«, flüsterte Gisberts Mutter erneut und räumte darauf klappernd die Glasschale in den Stauraum links neben der Spüle ein. »Das hat heute keinen Sinn mehr.« Dann trat sie an den Kühlschrank, riss das Gefrierfach auf und fragte: »Ich nehme die Brötchen für morgen früh raus, oder wollt ihr zum Frühstück frische holen?«

»Die alten sind auch okay. Danke dir!«

Julia verlor nicht viele Worte über ihre Verwandtschaft. Gisbert wusste lediglich, dass ihre Mutter von Beruf Zahnärztin war und seit der Einreise vor drei Jahren wegen ihres Diploms mit den deutschen Behörden auf Kriegsfuß stand. Die Anerkennung verzögerte sich, und sie arbeitete solange als Krankenschwester. Auch in diesem Beruf hatte sie in jungen Jahren Erfahrungen gesammelt. Julias Vater war einst Mathematikprofessor gewesen. Vor der Emigration in den Westen hatte er seinen Lehrstuhl verloren und nun mit Mitte fünfzig tat er nichts anderes, als sich andauernd fortzubilden.

Gisbert war drauf und dran, Julias Eltern kennenzulernen. Doch Julia lud ihn nicht ein, mit ihr mitzukommen.

Als sie sich eines Tages wieder auf den Weg nach Hannover aufmachen wollte, frage er sie scheinbar nebenbei: »Soll ich dich vielleicht begleiten?«

»Nicht nötig«, war ihre Antwort. »Ich habe viel vor in Hannover und werde für dich keine Zeit haben.«

Was konnte er darauf entgegnen? Sprachlos stand er da und sah zu, wie Julia ihre Reisetasche packte. Offenbar bemerkte sie seinen Unmut, ging auf ihn zu und drückte ihm einen Kuss auf die Wange.

»Irgendwann ... in Ordnung?«

Sie blickte ihn ebenso liebevoll wie besorgt von oben an.

»Uhu …«, nuschelte Gisbert. In solchen Momenten wurde ihm stets schmerzlich bewusst, dass sie sichtlich größer war als er.

Warum er nicht mitkommen durfte, überlegte Gisbert, ging ihn im Grunde nichts an. Früher oder später würde sie nicht darum herumkommen. Er empfand es allerdings als befremdlich, als sie ihn mit Nachdruck bat, sie bei ihren Eltern nicht anzurufen. Nur im äußersten Notfall! Was sollte diese Auflage?

Julia behauptete, sie freue sich dann umso mehr auf das Wiedersehen mit ihm. Ihm schien diese Erklärung nicht plausibel zu sein. Doch beschloss er, erstmal nicht weiter zu bohren, sondern die Sache mit Pfarrer Lüdecke zu bereden, den er an diesem Freitagabend zu besuchen plante.

Karl-Heinz Lüdecke stellte eine außergewöhnliche Persönlichkeit dar. Ihn umschwärmten allerlei nette Menschen wie Motten das Licht. Er war schmächtig und dünnbeinig, und deshalb gefährdet, bei jedem ernsthaften Windstoß weggepustet zu werden. Dafür trug er eine gehörige Portion Menschenliebe im Herzen, die unerschöpflich zu sein schien. Sein Gesicht war markant und wirkte vertrauenswürdig. Gisbert fragte sich zuweilen, warum ein so anständig aussehender Mann in seinen besseren Jahren keine Frau abbekommen hatte. Sein einziger Makel war ein dunkelbraunes Toupet. Auf den ersten Blick fiel es nicht auf, und er vermied es, darüber zu sprechen. Aber dies, überlegte Gisbert, konnte nicht der Grund für das Singledasein des Pfarrers sein.

Gisbert durfte zu dem über dreißig Jahre älteren, doch noch rüstigen und lebensfrohen Mann einfach Karl-Heinz sagen. Der Pfarrer zeigte sich beglückt über jeden Besucher, der sich zu später Stunde ankündigte und genauso wie er vor Mitternacht keinen Gedanken an Schlaf verschwendete. Gänzlich wach wurde er erst mittags, und die Zeit um Mitternacht zählte zu seiner kreativsten Phase (was auch immer er um diese Stunde kreierte). Erst dann holte er gewöhnlich einen Band aus einem seiner antiken, entlang der Wohnzimmerwände platzierten Bücherschränke hervor und vertiefte sich in seine Studien. Mit den Jahren hatte er auf diese Weise ein beachtliches Wissen angesammelt, das er mit seinen Gästen großzügig zu teilen pflegte. Wollte jemand ihm einen Besuch abstatten, so musste derjenige sich drauf gefasst machen, bei einer Tasse wohlig duftenden Tees oder einem Glas Wein einem hochspannenden Referat über theologische Größen wie Albert Schweitzer, Karl Barth oder Friedrich Schleiermacher beiwohnen zu müssen. Karl-Heinz' Augen leuchteten dabei ab und an auf, und er gestikulierte gleich einem Dirigenten. Gisbert gewann nie den Eindruck, der Pfarrer wolle sich mit seinem Wissen brüsten. Sein Mitteilungsbedürfnis war von bescheidener Art und hatte lediglich etwas mit seiner altruistischen Ader zu tun. Er erwartete dafür offenbar keine Anerkennung.

Als Gisbert sich an dem Abend zu Karl-Heinz auf den Weg machte, ahnte er, was auf ihn zukommen würde. Bei seinem letzten Besuch hatte sein Freund bereits angedroht, beim nächsten Mal mit dem Referat über die Hermeneutik Friedrich Schleiermachers fortzufahren. Aber Gisbert lernte gern Neues, besonders wenn es nichts mit seinem Studienfach zu tun hatte. Es kostete ihn eine enorme Überwindung, allein zu büffeln. In Gesellschaft von Karl-Heinz lernte es sich eindeutig besser. So viel stand fest! Noch lieber lernte er allerdings zusammen mit Julia, Russisch zum Beispiel.

Diesmal wunderte sich Gisbert darüber, dass Karl-Heinz kein Wort über die Hermeneutik verlor. Stattdessen berichtete er hochbegeistert von seiner neuen Errungenschaft, einer Zweizimmerwohnung in der ukrainischen Metropole Kiew. Dort wolle er mehr Zeit zubringen, in den Ferien und überhaupt, er gehe ja bald in Pension. Da er alleinstehend sei, wolle er sich das gönnen.

Gisbert nickte zustimmend und beneidete ein wenig Karl-Heinz. Nicht etwa deshalb, weil er alleinstehend war, sondern weil er sich als Studentenpfarrer seine Arbeitszeit selbst einteilte, eine Menge interessante Leute kennenlernte und viel in der Welt herumkam. Von seiner Weltoffenheit, seiner christlich-humanistischen Lebenseinstellung und vor allem seiner Kontaktfreudigkeit hätte sich Gisbert gern einige Scheiben abgeschnitten. Karl-Heinz hatte sich sogar mit Menschen angefreundet, mit denen er sich kaum verständigen konnte. So etwa mit Russen. Sobald die Deutschen die Berliner Mauer gestürmt hatten, hatte der Pfarrer sein Motorrad gesattelt und darauf Monate lang jeden Winkel der DDR erkundet. Unter kuriosen Umständen war er auf einige russische Offiziere getroffen, die damals an jeder Ecke gelauert hatten, hatte mit ihnen Freundschaften geschlossen und die Kontakte über Jahre hinweg gepflegt. Nachdem die neugewonnenen Freunde abmarschiert waren und in ganz Mütterchen Russland verstreut wurden, besuchte er sie der Reihe nach mit Geschenken unter dem Arm und im Gepäck. Eigens dafür hatte er fleißig Russisch gepaukt und schon bald mit den Kenntnissen bei seinen Freunden und Studenten geglänzt.

Die Russen und überhaupt die Menschen im Osten, sagte Karl-Heinz, hätten etwas an sich, das ihn faszinierte.

»Ein großes Herz haben die Leute dort«, schwärmte er.

Seine Freunde hätten ihn überaus herzlich empfangen, wie er das nie für möglich gehalten hatte. Sein Vater habe als Wehrmachtsoffizier im Krieg an der Ostfront gedient und ihm seinerzeit ein ganz anderes Bild von Russland vermittelt.

Gisbert saugte jedes Wort auf. Herzlichkeit kannte er ja schon von Julia. In Sachen Gastfreundlichkeit allerdings hatte sie ihn bisher nicht überzeugen können. Ihm fiel es außerdem schwer, sich dieselben Eigenschaften bei den russischen oder ukrainischen Männern vorzustellen, geschweige denn bei den Exoffizieren.

Waschechten Russen war er in seinem Leben nicht oft begegnet. Sein Mitbewohner Boris zählte nicht wirklich. Boris fühlte sich nämlich auf den Schlips getreten, wenn Gisbert ihn als Russen bezeichnete. Er sei ein »vollblutiger Schwabe«, behauptete er mit stolzgeschwellter Brust. Seine Vorfahren hätten vor zweihundert Jahren als Söldner die napoleonische Kavallerie angeführt. Nachdem die Franzosen aus den deutschen Fürstentümern gejagt wurden, hatten eben auch die Elitekavalleristen ihre Koffer packen müssen. Mit Kind und Kegel hatten sie die Schiffe in Ulm bestiegen und waren die Donau hinunter in Richtung Schwarzes Meer gesegelt. Als einfältige Bauern getarnt hatten sie sich im Süden Russlands angesiedelt und fortan mit Spaten und Harken das Neuland erobert.

Gisbert weihte Karl-Heinz in seine Beziehung zu Julia ein, erzählte ihm auch von seinen Zweifeln und Sorgen. Dass Gisbert jemanden von der Krim zur Freundin hatte, beglückte den Pfarrer sehr. Gisbert solle sie ihm unbedingt bald vorstellen. Er habe gute Menschenkenntnis und könne ihm dann sicher besser helfen. Es kam ihm ebenfalls seltsam vor, dass Gisbert Julia nicht bei ihren Eltern anrufen sollte, hegte aber zugleich Zweifel, dass Julia ihre Liebe simulierte und sich nebenher mit einem anderen Mann vergnügte.

»Weißt du was«, schlug er nach dem zweiten Glas Wein vor, »soll ich da mal anrufen?«

Er legte seine linke Hand auf Gisberts rechten Unterarm und schaute ihm eindringlich in die Augen.

»Wieso das?«

»Nur so. U... um die Lage zu erkunden.«

»Aber unter welchem Vorwand? Und wie willst du dich vorstellen?«

»Hm ... da hast du natürlich recht.« Karl-Heinz sann einen Augenblick nach, kippte den letzten Schluck Wein hinunter und setzte hinzu: »Wenn ich sie aber kennen würde, d... dann hätte ich ruck ... ruckzuck einen Vorwand gefunden. Das weißt du doch, oder?«

»Klar! Wenn ... Aber bis dahin lass bitte die Finger davon!«

»Okay ... fair enough«, sagte der Pfarrer plötzlich auf Englisch. Während seiner Studienjahre hatte er eine Zeitlang im schottischen St. Andrews zugebracht und gab nun zuweilen englische Floskeln von sich.

Gisberts Befürchtung, dass Karl-Heinz ohne Anlass bei Julias Eltern anrufen würde, war nicht aus der Luft gegriffen. Der Pfarrer war nämlich für seine ausgeklügelten, geradezu kindlichen Streiche bekannt. Zumeist aber kam dabei niemand ernstlich zu Schaden.

»Wenn ich Julia mitbringen soll, dann müssen wir uns nächstes Mal zwei Stunden eher als sonst treffen«, warnte ihn Gisbert vor. »Sie ist eine Frühaufsteherin und geht manchmal schon um neun Uhr ins Bett.«

»Wirklich?« Karl-Heinz riss die Augen auf und grinste ungläubig. »Und morgens ist sie dann um fünf Uhr wach oder wie?«

»In etwa«, erwiderte Gisbert ernst dreinblickend, erhob sich und schob seinen Stuhl unter den Tisch.

»Dann ist sie also eine richtige Streberin?« Der Pfarrer pustete gekonnt die Kerze aus. Eine dünne Rauchwolke schlängelte sich nach oben durch die alte dunkelrote Stoffhängelampe.

»Ja.«

»Na dann ... Wie sagt man nochmal in Russland?« Er überlegte kurz und fuhr langsam fort: »Kto rano wstajot, tomu Bog... hm... d... dajot.«[1]

Er begleitete Gisbert vor die Tür und umarmte ihn zum Abschied wie immer.

---

1 Der frühe Vogel fängt den Wurm.
(Wörtlich: Wer früh aufsteht, dem gibt der Herr!)

Trotz Gisberts Bitte, ihren Besuch am frühen Abend einzuplanen, hielt sich der Pfarrer wegen anderer, angeblich brandeiliger Termine nicht daran. Ab zweiundzwanzig Uhr stehe seine Tür für Gisbert und Julia offen, verkündete er am Telefon. Als Wiedergutmachung habe er eine riesengroße Familienpizza samt Salat vom Lieblingsitaliener Marco für Punkt zehn Uhr geordert. Eine Flasche Rotwein liefere der gute Marco bei derlei Bestellungen sowieso mit. Sie sollten also pünktlich sein!

Konnte Gisbert ihm da noch böse sein?

Er begrüßte Julia exaltiert auf Russisch, und sie verstanden sich vom ersten Augenblick an blendend. Während des Essens und etwa eine halbe Stunde danach tauschten sie sich ausschließlich auf Russisch aus. Gisbert musste sich ordentlich Mühe geben, um noch mitzukommen. Aber zum Glück fiel Karl-Heinz bald die Hermeneutik von Schleiermacher ein und so wechselte er ins Deutsche. Natürlich sollte Julia vom geistlichen Vorbild des Pfarrers so viel wie möglich erfahren. Sie wehrte sich nicht und hörte ihm sehr aufmerksam zu, ehe Gisbert nach einer Weile bemerkte, dass ihre Augenlider mit zunehmend kleineren Abständen für zwei, drei Sekunden hinunterglitten. Er entsann sich sofort ihres Theaterbesuchs und sah sich im Zugzwang, etwas zu unternehmen. Seine rechte Hand ballte sich reflexartig zu einer Faust, doch sah er ein, dass das keine vornehme Lösung war – geeignet nur im äußersten Notfall …

Er fiel Karl-Heinz ins Wort und stellte ihm unpassende Fragen, um das Thema zu wechseln. Dem Kerl sollte doch endlich dämmern, dass es für Julia inzwischen recht spät war. Gisbert schaute gelegentlich auf seine Uhr, ruckelte auf dem Stuhl hin und her und stapelte bald die Teller zusammen, während Karl-Heinz unbeirrt und mit funkelnden Augen weitergestikulierte. Julias Kopf kippte auf einmal leicht nach vorn, und Gisbert stupste sie augenblicklich mit seinem rechten Knie am Oberschenkel an. Sie schaute ihn verdutzt an, griff nach dem Wein, trank einen Schluck und stierte weiterhin mit gläsernem Blick vor sich hin. Den Geschirrstapel samt Besteck schob Gisbert vorsichtshalber auf seine Seite, damit Julias hübsches Gesicht keinen Schaden nahm, falls es unerwartet auf den Tisch knallte.

Als beide Uhrzeiger bei der Zwölf aufeinandertrafen, erhob sich Gisbert, packte den Tellerstapel und sagte: »Ich bring das schon mal in die Küche …«

Der Pfarrer hielt leicht verwundert inne, nickte und redete erneut auf Julia ein, während sie ihr Kinn mit den Händen abstützte und Karl-Heinz gequält und schmaläugig anblinzelte. Offenbar aus purer Höflichkeit traute sie sich nicht, den älteren Mann zu unterbrechen. Eher nahm sie in Kauf, vor ihm plötzlich zusammenzusacken oder vom Stuhl zu fallen.

Gisbert trat entschiedenen Schrittes aus der Küche, steuerte Julias Stuhl an, stellte sich demonstrativ dahinter, legte die Hände auf ihre Schultern und wartete. Karl-Heinz schaute verwundert hoch, warf einen Blick auf die antike, bräunliche Kommode, auf der sich eine ebenso alte Uhr befand, und fragte mit einem Hauch Enttäuschung in der Stimme:

»Wollt ihr etwa schon los?«

»Ja, das müssen wir leider«, gab Gisbert mit Nachdruck zur Antwort und deutete mit dem Zeigefinger von oben auf Julia.

»Ach ja.« Er zeigte sich plötzlich einsichtig. Die Enttäuschung in seinem Blick verflog auf der Stelle. Er wandte sich an Julia. »Ich hoffe, ich hab dich nicht gelangweilt?«

»A… aber nein doch, ganz und gaaar nicht!« Sie gähnte in die vorgehaltene Hand. »Ich … ich glaub nur, ich muss jetzt langsam ins Bett. Es war aber hochinteressant, das mit … mit dem Sch… Schleier… macher … Heißt er so?«

»Genau so, Friedrich Schleiermacher!« Karl-Heinz lächelte entzückt. »Ich kann dir nächstes Mal gern mehr von ihm erzählen.«

Julia nickte und schielte mit müdem Blick zu Gisbert hinüber.

»Aber klar doch«, sagte Gisbert, reichte dem Pfarrer die Hand und dachte im selben Moment, der könnte lange warten, bis sich Julia hier noch einmal zu einer so unchristlichen Stunde blicken lassen würde. Selbst dann, wenn Karl-Heinz die doppelte Menge an Pizza bestellen und den Papst höchstpersönlich zum Vortrag einfliegen lassen würde. So gut kannte er seine Freundin inzwischen.

10

Eines Abends, während Julia erneut in Hannover war, fand sich Gisbert von einem Spaziergang zu Hause ein und sah den lebhaft blinkenden Anrufbeantworter. »Karl-Heinz!«, sagte er vor sich hin. Nur er rief so spät an. Aber wer noch? Das rote Lämpchen flackerte nämlich mehrmals auf. Er drückte die Play-Taste und staunte nicht schlecht: Auf dem Band war Julias Stimme zu hören.

»Hallo Gisbert … Geht's dir wieder gut?«, fragte sie. »Alles in Ordnung bei dir?« Sie hielt eine Weile inne, seufzte tief und legte auf.

Bei den restlichen Nachrichten handelte es sich um sofort abgebrochene Anrufe. Gisbert folgerte daraus, dass Julia ihn dringend sprechen wollte. Die Uhr zeigte kurz vor elf an. Soll ich sie zurückrufen oder lieber bis morgen früh warten? Ihrer Stimme nach zu urteilen, war etwas Merkwürdiges vorgefallen. Sie klang besorgt um ihn (oder vielleicht sogar um ihre Beziehung?). Er sah dazu keinen Anlass. Als sie sich am Tag zuvor auf den Weg nach Hannover gemacht hatte, hatte er kein Fieber, keine Halsschmerzen und nicht einmal Schnupfen gehabt. Was war also los? Er verstand Bahnhof.

Etwa zehn Minuten wanderte Gisbert in der Wohnung umher und wog ab, ob er zurückrufen sollte. Er regte sich wiederholt darüber auf, dass Julia gerade kein Handy besaß, seit sie vor Monaten ihr altes aus Versehen in der Universitätstoilette versenkt hatte. Diese ständige Tipperei lenke sie sowieso vom Studium ab und solange sie die Doktorarbeit schreibe, wolle sie sich kein neues Telefon zulegen, hatte sie ihm erklärt. Doch man schrieb immerhin das Jahr 2003! Gisbert konnte ihre Entscheidung nicht nachvollziehen.

Schließlich beschloss er, die Nummer ihrer Eltern zu wählen. Er klappte sein Adressbuch auf, griff zum Telefonhörer, hielt inne und atmete tief ein. Als das lange, stete »Tüüüüü…« in sein Ohr drang, spürte er sein Herz höherschlagen. Der Mund fühlte sich plötzlich trocken an, die Zungenspitze klebte an der oberen Zahnreihe, die Hände waren im Nu feuchtkalt, als wollte er sich mit Julia zum ersten Rendezvous verabreden.

»Verdammt!«, schimpfte er vor sich hin. »Du bist doch nicht mehr fünfzehn!« Er starrte grimmig in den Spiegel, runzelte die Stirn, schaute sich selbst vorwurfsvoll in die Augen und sagte: »Es geht um einen Notfall, Kumpel. Bleib einfach ganz cool!«

Zur selben Zeit keimten in seinem Hinterkopf Zweifel auf: Ist das wirklich ein Notfall? Kannst du nicht bis morgen warten? Er hätte den Hörer am liebsten wieder aufgelegt. Julia würde sich am nächsten Tag von allein melden. Doch erkannte er in diesen Zweifeln nichts als eine Ausrede, eine Flucht vor sich selbst, vor seiner eigenen Feigheit, die es zu bekämpfen galt. Er blickte aufs Neue gedankenverloren in den Spiegel und tippte dann die Zahlen ein, wobei er sie laut vor sich hin sprach: null, fünf, eins, eins … acht, sieben, sechs, sechs …

Nach dem zweiten Freizeichen meldete sich eine tiefe, heisere Frauenstimme mit einem abgehackten »Ja!«. Dann

Stille. Gisbert glaubte einen Augenblick lang, die Verbindung sei unterbrochen worden. Fast hätte er schon den Hörer aufgelegt, um tief durchzuatmen und danach noch einen Versuch zu starten. Doch dann schnaubte dieselbe Stimme plötzlich in gebrochenem Deutsch in sein Ohr:

»Hallo … Wer ist da … verdammt einmal?«

Gisbert fuhr zusammen.

»Ach … Ent… Entschuldigung …«, erwiderte er mit zittriger Stimme. »H…hallo … Hier ist … Gisbert … Gisbert Wrobel aus Bielefeld.«

»Wer ist da?«

»Gisbert Wrobel.«

»Bert Wobel?«

»Nein, ich heiße Gis-bert Wro-bel!«

Nach zwei Sekunden verkündete die Frau: »Wobel …? Ich kennen nicht!«

»Bitte?!«

»Ich kennen keinen Dissert Wobel!«

»A… aber, i… ich bin doch Julias Freund. Gisbert!«

»Freund?!«

»Ja.«

»Unsere Julia?«

»Ja!«

»Weiß ich nix … Unsere Julia hat nicht Freund!«

Gisbert stockte. Der Hörer an seinem Ohr begann warm zu werden wie eine Gummiwärmflasche, die immer heißer wurde, drückte man sie lange genug an die Haut.

»Habe ich eigentlich die richtige Nummer gewählt?«, schoss es ihm durch den Kopf.

»Bin ich … bin ich bei Sawadskijs in Hannover gelandet?«, fragte er.

»Ja, das richtig. Hier Frau Sawadskij!«

»U… und ihre Tochter Julia studiert in Bielefeld?«

»Ja … Auch das richtig.«

»Also habe ich mich nicht verwählt.«

Die Frau schwieg eine Weile und sagte anscheinend verunsichert: »Das ich nicht weiß.«

»Dürfte ich bitte Julia sprechen?«, bat Gisbert sie und schöpfte Hoffnung, dass sich alles in Kürze aufklären würde. Offenbar hatte er ihre Mutter in der Leitung, die der deutschen Sprache nicht wirklich mächtig war.

»Geht nicht.«

»Oh … Ist sie nicht da?«

»Julia schon im Bett.«

»Ach ja …«

Bevor er jedoch den Hörer auflegte, fragte ihn die sonderbare Stimme plötzlich:

»Du, warte. Du gesagt, du bist Freund von Julia?«

»Hm … ja, so … zusagen.«

»Wie lange schon?«

»Hm …«, er zögerte, überschlug die Wochen im Kopf und zweifelte kurz, ob es gut war, dass er mit ihr darüber sprach. Hatte Julia ihren Eltern nichts von ihm berichtet? Warum nur? Doch nun war es zu spät, um einen Rückzieher zu machen. »E… etwa sechs oder sieben Wochen«, presste er heraus. Unwahrheit zu erzählen gehörte sich nicht, dachte er, schon gar nicht seiner potenziellen Schwiegermutter.

»Oh je … Mein Gott. So lange Zeit schon?«

»Ja, ungefähr.«

»Wieso ich nix weiß davon?«

»D… das sollten Sie vielleicht ihre Tochter fragen.«

»Donnerwetter!«, schnaubte sie aufs Neue in sein Ohr. »Die bekommt was zu hören von mir. Das gibt nicht!«

Gisbert fragte sich, an welcher Sprachschule die Dame mit der kratzig-verrauchten Stimme ihr Deutsch gelernt hatte.

»Und wie bist du alt?«, bohrte sie weiter.

»Wie alt ich bin?«

Er wunderte sich weniger über die Frage, sondern darüber, dass sie ihn duzte. Sollte er zu ihr ebenfalls Du sagen?

»Ja!«

»Zweiund ... dreißig ... Bald werde ich dreiunddreißig.«

»Und was ist dein Beruf?«

»Ich ... ich ...« Die Frage überforderte ihn schon seit Jahren. »Ich bin noch in der Ausbildung ... sozusagen, ich studiere an der Uni Bielefeld.«

»Was? Du dreiunddreißig und noch studieren?«

»Warum?«

»Und was du studieren?«

»Slawistik, Geschichte und ... und ...«

»Was du werden, wenn du bist fertig?«, unterbrach sie ihn forsch.

»Das weiß man nie bei so einem Studium. Vielleicht Journalist, vielleicht Übersetzer, vielleicht ...«

»Das ich noch nie gehört.«

»Was nie gehört?«

»Das mit dreiunddreißig und noch eine Bank an der Hochschule drücken ...«

»Zweiunddreißig bin ich ...« Gisbert schwieg kurz und klärte sie dann auf: »Das ist in Deutschland völlig normal, Frau Sawadskij! Es gibt hier viele, die mit zweiunddreißig studieren. U... und es gibt sogar welche, die erst mit dreißig ihr Studium beginnen.«

»He, he ...« Sie lachte in der Tat auf. »Das ist ja unglaubelig!«

»Wieso?«

»In der Ukraine bei uns sind fast alle schon mit zweiundzwanzig mit Studium fertig!«

»Ach ...«

»Und mit dreiunddreißig haben unsere Männer schon zwei oder drei Kinder ... und dazu ein Haus und so ... und ein Auto auch manchmal ...«

Gisbert kratzte sich an der Stirn. Er wusste ihr nichts zu entgegnen, stand bloß da und schaute sich selbst verloren im Spiegel an. Der linke Mundwinkel zuckte unkontrolliert auf, die Beine fühlten sich bleischwer an. Ein Knie zitterte leicht. Vom T-Shirt im Achselbereich stierten ihn zwei große Schweißflecken an, als hätte jemand einen Wasserschlauch unter seine Arme gehalten. Es war Zeit aufzulegen. Am liebsten hätte er den Hörer gegen den Spiegel geschleudert, kniff jedoch die Pobacken zusammen und presste ebenso höflich wie dünnlippig aus sich heraus: »I... ich muss jetzt leider auflegen. Ich bekomme noch Besuch.«

»So spät noch? Donnerwetter!«

»Ja. Schöne Grüße an Julia, und ... und es war nett Sie ...«

»Auf Wiedersehen ... ha, ha ... dreiunddreißig und Student noch«, unterbrach sie und knallte den Hörer auf die Gabel.

»Tü, tü, tü ...«, drang es nur mehr noch in Gisberts Ohr.

Er torkelte in sein Zimmer, warf sich mit dem Gesicht nach unten aufs Bett und griff nach dem Kissen. Er presste es von hinten über beide Ohren und brüllte, so laut er konnte: »So eine verdammte Sch...!«

Gisberts Müdigkeit war im Nu verflogen. In der Nacht würde er kein Auge mehr zumachen. Das stand fest, und deshalb beschloss er, bei Karl-Heinz anzuläuten. Dieser wohnte drei Straßen weiter und hatte bisher nie Nein gesagt, wann auch immer Gisbert bei ihm vorbeischauen wollte.

»Komm ruhig rüber, ich hab hier gerade noch Gäste, aber sie wollen bald gehen«, sagte der Pfarrer wie erwartet.

»Kenne ich sie?«

»Ja! José, Gabriela und … und Francisco. Du weißt schon, die südamerikanischen Musikstudenten aus Detmold. Wenn du dich beeilst, dann kannst du einmal mit uns anstoßen.«

»Ich bin in zehn Minuten da!«

Die feierlustigen Südamerikaner verließen die Wohnung erst um ein Uhr nachts. Gisbert durfte noch »ein wenig« bleiben, woraus zwei Stunden wurden. Er berichtete Karl-Heinz von seinem missglückten Anruf bei Julias Mutter. Der Pfarrer spendete bereitwillig Trost und schien im Übrigen nicht gern lange bei dem Thema zu verweilen. Er entsann sich plötzlich, dass er Gisbert noch ein paar Seiten aus dem Schleiermacher-Buch vorlesen wollte. So verging die Zeit. Um halb vier hielt sich Gisbert mit beiden Händen an der Tischplatte fest, um nicht vor Mattigkeit vom Stuhl zu krachen.

Er sagte zu seinem Freund: »Du, es tut mir leid, aber i... ich muss jetzt echt ...« Dabei blinzelte er und rieb sich unentwegt die Augen. Genauso, dachte er in dem Moment, musste es Julia gehen, wenn sie sich nach zehn Uhr außer Haus aufhielt. Er verspürte Mitleid mit ihr. Nicht nur wegen der so früh und so plötzlich aufkommenden Müdigkeit, sondern weil sie so eine grobschlächtige Mutter hatte.

Gegen zehn Uhr morgens riss ihn das schrille Telefonklingeln unsanft aus der Tiefschlafphase. Er richtete sich blitzartig auf. Boris hatte die Klingel wieder auf volle Lautstärke geschaltet, obwohl Gisbert ihn mehrfach gebeten hatte, es sein zu lassen. Mit halbverklebten Augen mühte er sich in die Schlappen und schlurfte unwillig zum Telefon.

Es war Julia. »Du hast angerufen!«, rieb sie ihm schnippisch unter die Nase.

»G... Guten Morgen erstmal«, sagte er, gähnte in den Hörer hinein und fuhr fort: »Ja, das habe ich!«

»Du solltest doch nicht ...«

»Aber du hast doch zuerst angerufen. Ich dachte, es ist sehr wichtig.«

»Ja ... hm ... weiß nicht ... Geht es dir denn wieder gut?«

»Mir? Mir geht's g... gut.« Er gähnte erneut und ihm fiel das Gespräch mit ihrer Mutter ein. »Ich meine ... d... den Umständen entsprechend.«

»Was ist passiert?«

»Was soll passiert sein, wie kommst du drauf?«

Sie zögerte kurz und sagte: »Na ja, gestern Abend hat hier dein Freund angerufen.«

»Welcher Freund?«

»Der Pfarrer!«

»Bitte?!« Mochte Gisberts Stimme bisher verschlafen geklungen haben, so war sie in diesem Augenblick wieder voll da. »Was wollte der von euch? Und … und wie kommt er an eure Nummer?«

»Was weiß ich … Er hat gesagt, dass er sich gefreut hat, mich kennenzulernen. Und ich sollte mich dringend bei dir melden.«

»Das gibt's nicht!«, schnaubte Gisbert. »Dieser … dieser verdammte Witzbold!«

»Bitte?«

»Der hat mir heute Nacht nix davon erzählt.«

»Heute Nacht? Hast du bei ihm geschlafen?«

»N … nein. Ich habe ihn besucht. Du kennst ihn ja … Es ist wieder spät geworden.«

»Hm …«

Gisbert stand im blumig-bunten Pyjama in der Diele, kraulte sich hinterm Ohr und überlegte, was als Nächstes zu tun war. Meist amüsierte er sich über Karl-Heinz' Streiche. Diesmal hatte der Kerl aber eindeutig eine Grenze überschritten. Die Wanduhr zeigte Viertel nach zehn an. Um die Zeit leierte der Pfarrer entweder wohlklingende Lieder in der Kirche oder er döste bei dicht verschlossenen Rollläden und träumte von Schleiermacher, was eher zutraf.

»Gisbert? Bist du noch da?«

»Uhu … bin noch da«, gab er zur Antwort und schwieg wieder.

Mit Julia stand ebenfalls ein Grundsatzgespräch an. Doch er war sich dessen bewusst, dass solche Diskussionen nicht am Telefon geführt werden. Er musste sie zur

Rede stellen und fragen, was es mit ihrer Freundschaft auf sich hatte. War das für sie nur eine Übergangslösung? Warum wusste ihre Mutter nichts von ihm?

»Wir reden heute Abend«, verkündete Julia plötzlich kleinlaut. »Okay?«

»In Ordnung.«

»Holst du mich vom Bahnhof ab?«

»Hm …« Er zögerte. »Wann denn?«

»Nach Plan neunzehn Uhr zehn.«

»Gut. Ich bin kurz nach sieben da.«

»Dann bis später.«

»Bis später.«

12

Der Monat Mai stand in voller Blüte, kam jedoch aus dem tagelangen Tief nicht heraus. Tagsüber traute sich die Thermometeranzeige nicht über die Zehn-Grad-Marke hinaus und nachts fröstelte es hier und da. Der immer wiederkehrende Regen war schier unberechenbar und schlug mit unterschiedlicher Stärke zu, selbst wenn die Sonne am Morgen den Tag kurz grell begrüßt hatte.

Typisches Aprilwetter, dachte Gisbert, während er missgestimmt in Richtung Bahnhof durch die Pfützen lief und gegen den nasskühlen Wind ankämpfe. Er war bald bis auf die Haut durchnässt, weil seine dünne, verschossene Lederjacke dem Regen nicht standhalten konnte. Der seitlich eingeknickte Regenschirm, von dem er sich schon vor Wochen hatte verabschieden wollen, schützte nur seine Haare. Er erinnerte sich an Julias Worte. In der Ukraine, hatte sie einst zu ihm gesagt, können sich die Menschen wenigstens aufs Wetter verlassen. Es sei dort nicht so tückisch-trügerisch wie in Deutschland. Brach der Tag sonnenklar an, dann rollte man getrost den Grill in den Garten und deckte den Tisch im Freien für den Abend. Im Winter war es genauso beständig. Fiel erst einmal Schnee, so folgte ihm bald der klirrend kalte Frost und konservierte den weißen Teppich für Wochen. Gingst du kurz vor die Tür, so wusstest du genau Bescheid, welche

Klamotten sich für den ganzen Tag eigneten. Nun ja, sann Gisbert weiter nach, wäre bloß auf die Frauen dort Verlass wie aufs Wetter …

Der Zug rollte quietschend vor den Bahnsteig. Nach einem flüchtigen Kuss nahm Gisbert Julias Tasche und hängte sie sich über die Schulter. Sie schlenderten die Bahnhofstraße entlang in Richtung Jahnplatz und schwiegen die meiste Zeit. Gisbert verzichtete bewusst darauf, Julias Hand zu nehmen. An der ersten Ampelkreuzung bogen sie rechts in die Feilenstraße ein, wechselten einige Worte und beschlossen, in der »Alten Börse« etwas zu essen. Eine gute Gelegenheit, sagte sich Gisbert, sich mit Julia auszusprechen. Sie schlug vor, erst die Wohnung aufzusuchen, damit er sich trockene Kleidung anzog. Er winkte ab. Das sei nicht nötig, murmelte er vor sich hin und stapfte einige Schritte vor. Julia tappte an den Pfützen vorbei hinter ihm her und hielt ihren großen, gelb-rot gestreiften Regenschirm über seinen kaputten Schirm. Aber auch sie kämpfte mühsam gegen den Wind an.

Als sie die düstere Unterführung verließen, schlitterte plötzlich ein pechschwarzer BMW 5 an ihnen vorbei, nahm eine mit Schlammwasser gefüllte Pfütze mit und spritzte den Inhalt zischend auf die beiden. Julias Glück war es, dass sie gleichzeitig mit einem Sprung hinter Gisbert Zuflucht finden konnte. Lediglich einige Schlammspritzer erreichten ihre Jacke und Jeans. Die »Lawine« aber hatte Gisbert heldenhaft abgewehrt. Seine Kleidung war ohnehin schon nass, darum nahm er den unangenehmen Umstand recht gelassen, hielt bloß kurz an, schrie lauthals »Idiot«, streifte mit der Hand den Schlamm vom linken Ärmel und Hosenbein ab und latschte mit gesenktem Kopf weiter.

»Sollen wir nicht doch erst nach Hause?«, fragte Julia kleinlaut.

»Nein, nicht nötig!«, brummte er.

Sie stutzte und hakte weiter nach: »Bist du mir irgendwie böse?«

»Nöö ...«

»Du hast doch was. Ich hör das an deiner Stimme.«

»Wir reden gleich.«

Der Kellner begrüßte sie freundlich und sie nahmen an einem Tisch in der linken Ecke vom Eingang aus Platz. Es war nicht viel los im Lokal, und es sah nicht danach aus, als würde sich das bald ändern. Lediglich zwei oder drei Tische waren reserviert und warteten ausdauernd auf ihre Gäste. Auf jedem Tisch des Lokals war in der Mitte ein Glas mit Wasser platziert, in dem jeweils drei bis fünf halb verblühte Äste weißen Flieders steckten und einen süßlich-frischen Frühlingsduft im Raum verströmten. Aus den Boxen unter der Decke jaulte sacht die Gitarre von Gary Moore. Gisbert war froh, so früh in der Alten Börse zu sein, denn um die Zeit (das hatte sich schon mehrfach bewährt) konnte er sich mit Julia unangestrengt unterhalten. Später, so gegen acht oder neun, war hier die Hölle los. Um zu verstehen, was das Gegenüber erzählte, mussten die Menschen entweder dicht heranrücken und den Kopf seitwärts in Richtung seines Gegenübers strecken. Oder sich weit nach vorn über den Tisch bücken. Man kam nicht umhin, seine Stimmbänder übermäßig zu strapazieren.

Gisbert bestellte sich ein Bier und eine Pizza Margherita. Er hatte noch nicht zu Abend gegessen. Julia hingegen hatte bei ihrer Mutter ausreichend gespeist, daher ließ sie sich lediglich eine Weinschorle bringen. Nachdem der Kellner die Getränke serviert und ihnen den Rücken gekehrt hatte, fragte Julia erneut mit ernster Miene:

»Was ist los mit dir, Gisbert?«

»Mit mir? Mit mir ist nix los!«, sagte er und erwiderte genauso ernst ihren Blick. »Ich meine, wir müssten doch eher klären, was mit dir los ist.«

»Wieso mit mir?« Sie nippte an der Weinschorle und starrte ihn verwundert mit ihren leuchtenden, himmelblauen Augen an. Dann stellte sie behutsam das Glas auf den Tisch, schob eine ihrer langen blonden Locken hinters Ohr und fuhr fort: »Ich verstehe grad nicht ... Ich meine, gestern gab es ein paar Missverständnisse, die wir, hoffe ich, ausräumen können. Es gibt meiner Meinung nach absolut keinen Grund, um bockig zu sein.«

»Ach nein?«, konterte Gisbert.

»Nein.«

»Dann erklär mir doch bitte, warum du deinen Eltern bisher nichts von mir erzählt hast! Schämst du dich etwa wegen mir? Oder sind wir gar nicht in echt ein Paar?«

»Aber natürlich sind wir das!«

»Warum wusste dann deine Mutter nichts von mir?«

»Dafür habe ich meine Gründe, Gisbert.« Sie legte ihre Hand auf die seine und blickte ihn lange an.

Er zog die Hand augenblicklich zurück und ergriff das Bierglas, führte es zum Mund und trank hastig einige Schlucke daraus. »Gründe, Gründe ... Welche denn? Etwa dass ich so alt bin und noch studiere?«

Julias Gesicht errötete leicht, sie zögerte einen Augenblick lang und sagte: »Na ja ... äh ... Ich gestehe, das spielte auch eine ... hm ... gewisse Rolle.«

»Bitte?«

»Hm …« Sie druckste herum und rückte nervös den Stuhl zurecht. »Bitte versteh mich nicht falsch. Ich mag dich und bin eigentlich glücklich mit dir. Aber …«

»Du bist eigentlich glücklich mit mir?«, rief er ihr ins Wort fallend.

»Jetzt lass mich ausreden und … und unterbrich mich bitte nicht. Ich muss mich immer stark konzentrieren, wenn ich über so was in … in Deutsch spreche.«

»Na gut …«

Gisbert sah ein, dass er ihr eine Chance geben musste, um alles zu erklären. Er lehnte sich zurück und verschränkte die Arme, obwohl es ihm nicht leichtfiel, sein aufgebrachtes Gemüt zu zügeln.

»Es ist nämlich so«, fuhr Julia fort, »ich liebe meine Mutter sehr …«

»Und mich nicht oder wie?«

»Dich … natürlich auch, das weißt du! Nur meine Mama ist sehr eigenartig. Sie hat ihre eigenen Vorstellungen von meiner Zukunft. Und ich will ihr nicht wehtun, will mich ihr nicht knallhart widersetzen. Das mit uns wollte ich ihr langsam beibringen.«

»Aha! Sie hat also ihre Vorstellung von unserer Zukunft?«

»Ich hab gesagt, meine.«

»Und ich spiel dabei keine Rolle?«

»Doch. Aber dass du zweiunddreißig und mit deinem Studium nicht fertig bist, keine Pläne für die Zukunft hast, ist für sie halt ein Problem.«

»Wieso? Sie muss mich doch nicht heiraten!«

»Aber ich. Irgendwann … vielleicht …« Sie stockte. »Ich meine, wenn du es dir irgendwann vielleicht wünschst.«

Gisbert schaute sie eine Weile prüfend an. So, wie sie

jetzt dasaß und ihn mit dem treuherzigen Blick eines Hundes anblickte, konnte er sich nie und nimmer vorstellen, dass sie ihn auf irgendeine Weise ausnutzte. Dann fragte er sie: »Hast du damit auch ein Problem?«

»Darum geht's jetzt nicht! Seit ich zehn bin, redet sie ununterbrochen auf mich ein, dass ich – wenn ich groß bin – jemand zum Mann nehmen soll, der etwas im Leben erreicht hat ... zum Beispiel einen Arzt, einen Anwalt oder Ähnliches. Ich weiß, die Vorstellung ist hierzulande etwas befremdlich, doch bei uns im Osten ist das Leben nicht einfach. Und früher war es noch schlimmer.«

»Verstehe ... Aber ihr lebt doch nicht mehr in der Ukraine.«

»Das spielt bei ihr keine Rolle. Sie ist so geprägt und lebt noch nicht lange hier. Ich glaube, es werden Jahrzehnte vergehen, bis sie das Leben hier kapiert hat.«

»Jahrzehnte? Ich werde aber definitiv keine Jahrzehnte warten, bis ich mit dir in echt eine Beziehung führen kann!«, warf er mürrisch ein und streckte seine Hand erneut nach dem Bierglas aus.

»Aber das tun wir doch schon! Oder etwa nicht?«

»Das weiß ich nicht. Das musst du wissen.«

Julia schwieg und tippte mit ihrem rechten Zeigefinger sacht in rhythmisch gleichen Abständen auf den hinunterhängenden Flieder. Einmal von oben, einmal von links und einmal von rechts, bis ein Ast plötzlich hinauskippte und die Tischdecke mit ein paar Wassertropfen bespritzte. Sie ergriff ihn und steckte ihn behutsam zurück ins Glas. Nachdem sie erneut einen Schluck aus ihrem Weinglas genommen hatte, sagte sie:

»Es ist nämlich so, Gisbert: Sie will dich möglichst bald kennenlernen.«

»Wer?« Gisbert fiel beinahe vom Stuhl und verschluckte sich. »Kchu, kchu ...«, hüstelte er und räusperte sich: »D... deine Mutter? Die will mich kennenlernen?«

»Ja.«

»Wieso so plötzlich?«

»Na ja ... Ich habe ihr halt zu verstehen gegeben, dass ich mit dir in echt ... hm ... gehe. Sagt man es so? Also nicht nur für ein paar Wochen. Und dass ich keinen Arzt oder Anwalt brauche und so ...«

»Das hast du?«

»Ja.«

Gisberts Mundwinkel bewegten sich zum ersten Mal an dem Abend unwillkürlich nach oben. Er zögerte einen Augenblick, dann erhob er sich, bückte sich seitlich am Tisch vorbei zu Julia hinüber und drückte ihr einen Kuss auf die Wange.

»Danke!«, hauchte er ihr glücklich ins Ohr, »das ist echt stark von dir.«

Im selben Augenblick aber wurde es ihm mulmig zumute. Natürlich freute er sich über die Nachricht. Er fühlte sich allerdings nicht ganz wohl bei dem Gedanken, dass er der Frau Generalin, die ihn am Tage zuvor eiskalt abserviert hatte, bald gegenüberstehen würde. Mit so einer Wendung hatte er nicht so schnell gerechnet. Nun ratterte es bei ihm im Kopf, er trank das Bier und fragte sich, ob es nicht doch ein bisschen zu früh war. Hätte er nur Julias Bitte befolgt und nicht die ihm im Display angezeigte Nummer zurückgerufen ... Sein Magen rumorte, und just in dem Moment schlich sich der schwarzbärtige Kellner mit dem Pizzabrett an die beiden heran.

»Pizza Margherita!«, meldete er.

»Für mich bitte«, sagte Gisbert und griff zum Besteck.

Während er das erste Stück Pizza abschnitt, fragte er Julia: »Wieso hast du mir nicht schon früher davon erzählt?«

»Weiß nicht ... ich wollte es. Aber ich schämte mich für ... für meine Mutter. Früher oder später hätte ich es dir natürlich gesagt.«

»Aha ...«

Er schob das Pizzastück in den Mund und zermalmte es.

»Wirklich«, beteuerte Julia.

»Gibt es vielleicht noch etwas, was du mir sagen solltest?«

»N... nein, wieso?« Sie zog verwundert die Augenbrauen hoch. Ein Hauch Röte streifte ihr Gesicht.

»Ehrenwort?«

»E... Ehrenwort!«

Gisbert trank wieder einen Schluck Bier, schnitt die Pizza in Stücke und fuhr fort: »Ich muss dich aber noch was fragen.«

»Ja ...«

»Boris hat mir erzählt, er hat dich mit einem Südländer gesehen.«

»Bitte?! Wann?« Julias Gesicht lief purpurrot an.

»Na ja ... Das ist jetzt bestimmt einige Wochen her. Ich glaub, kurz bevor wir unser erstes Rendezvous im Theater hatten. Er sagte, ihr habt euch sogar geküsst und so ... Ich meine, das wäre ja nicht schlimm. Schließlich waren wir da noch nicht zusammen und ...«

»So ein Unsinn!«, unterbrach ihn Julia und runzelte die Stirn.

»Er war sich total sicher.« Gisbert fixierte sie prüfend, worauf Julias Blick unter den Nachbartisch wanderte. »Du musst dich dafür nicht schämen. Es war, wie gesagt, noch bevor ...«

»Aber da war nix, glaub mir, Liebling!« Sie schien etwas aufgebracht zu sein. »Von meinem letzten Freund, das war noch in der Ukraine, habe ich dir schon erzählt.«

»Das stimmt. An den Namen Sergei kann ich mich erinnern.«

»Also, wo ist das Problem?«

»Ich hab gar keins.« Als er jedoch das nächste Pizzastück zerkaute, bohrte er weiter nach: »Und … und dieser Kerl … ich meine, dieser Sergei … Er hat dich um die Zeit nicht zufällig besucht?«

Sie schüttelte kommentarlos den Kopf, schoss vom Stuhl hoch und warf entschlossen ihre Handtasche über die Schulter.

»Jetzt reicht's mir aber«, sagte sie schmallippig, »ich fühle mich wie bei einem Verhör!«

Dann machte sie auf dem Absatz kehrt und stöckelte erhobenen Hauptes in Richtung Toilettenräume. Ihr langes Haar wippte auf ihren Schultern.

»A… aber Julia! Entschul… kchu, kchu …« Gisbert hustete, sprang auf und rief ihr nach: »Ich sag kein Wort mehr!«

Sie blickte sich nicht um, die Toilettentür fiel krachend hinter ihr ins Schloss. Erst jetzt registrierte er, dass die Gitarre von Gary Moore immer noch in ihrem seelenzerreißend lamentierenden Timbre heulte. Jemand hatte offenbar den CD-Player in den Repeatmodus geschaltet und ihn danach vergessen.

Auf dem Weg nach Hause sprach Julia kaum ein Wort mit Gisbert. Sobald sie die Wohnung betraten, sperrte sie sich in ihrem Zimmer ein und wich Gisbert aus. Erst drei Tage später, nachdem er auf Anraten von Boris eine strahlendrote Rose besorgt und sie samt einer Karte vor Julias Tür gelegt hatte, taute Julia auf (auf der Karte hatte er ein Männchen und ein Weibchen mit Hanteln in den Händen gekrakelt, darunter einen Smiley und die knappe Frage: Frieden?). Er musste ihr das Versprechen geben, sie nie mehr mit derartigen Fragen zu löchern. Wenn sie ihm etwas verschwieg, dann gebe es dafür einen triftigen Grund. Dieses Recht wolle sie sich in der Beziehung herausnehmen und er habe es bedingungslos zu akzeptieren.

Gisbert nickte und schwieg betreten, staunte allerdings nicht schlecht über Julias Geständnis. Er sei mit seinen Vorwürfen nicht gänzlich im Unrecht gewesen. Deshalb hätten sie Gewissensbisse geplagt. In ihrer Familie gebe es in der Tat ein klitzekleines, völlig unbedeutendes Geheimnis, das sie ihm aber nicht verraten dürfe. Nicht zum jetzigen Zeitpunkt. Es tue ihr leid, aber sie habe es ihrer Mutter ganz fest versprechen müssen. Zugleich beschwichtigte sie ihn, denn diese Sache habe absolut nichts mit ihnen beiden zu tun. Wenn die Zeit dafür reif sei, würde sie es ihm als Ersten erzählen. Versprochen!

Gisbert gab sich damit zufrieden. Er wollte sich fortan Mühe geben und Julia mehr Vertrauen entgegenbringen. Er dachte an einen Satz, den er in irgendeiner Zeitschrift gelesen hatte: »Die Grundlage jeder guten Beziehung ist einhundertprozentiges Vertrauen zueinander!« Er nahm sich vor, hart an sich selbst zu arbeiten und sich in Zukunft zu bessern. Warum die Eifersucht so schnell von ihm Besitz ergriffen hatte, konnte er sich nicht erklären. Wahrscheinlich, sagte er sich, lag es daran, dass Julia seine erste Freundin war und ihm die Erfahrung fehlte.

Inzwischen bereitete ihm eine andere Frage weit mehr Kopfzerbrechen: Wie konnte er den jämmerlichen Eindruck, den er bei Julias Mutter hinterlassen hatte, in kurzer Zeit korrigieren? Er grübelte stundenlang darüber nach. Für sie war er offensichtlich ein klassischer Versager, und das machte ihn todunglücklich. Er war sich zugleich darüber im Klaren, dass er nach dem Telefonat mit ihr so gut wie keine Chance hatte, das bald zu ändern.

Doch Boris gab ihm dieses Mal einen vernünftigen Rat. Gisbert solle sich neben dem Studium in der Finanzbranche engagieren. Er sei selbst seit geraumer Zeit bei einer Gesellschaft tätig, die sich ausschließlich auf hochlukrative Geldanlagen spezialisiert habe. Inzwischen biete sie den Endkunden sogar Verträge an, die beachtliche siebzig Prozent Jahresgewinn einfuhren!

»Das kann nicht wahr sein!«

»Doch«, beteuerte sein Mitbewohner gewichtig und setzte hinzu: »Ich habe zwanzigtausend Euro schon investiert in die Sache. Jedes Quartal ich bekomme satte Gewinne!«

Gisbert schluckte und staunte. Nun war ihm klar, warum Boris' Portemonnaie immer gut gefüllt war.

»Aber woher hattest du so viel Geld?«

»Geliehen.«

»Aha ...« Dann fügte er hinzu: »Und warum hast du mir davon nicht schon früher erzählt?«

Boris zuckte mit den Schultern. »Na ja ... Arbeit und Studium – ich wollte das nicht vermischen eigentlich.«

Das klang plausibel und zugleich vielversprechend. Gisbert brauchte nur eine Nacht, um sich für das lukrative Geschäft zu entscheiden. Am Morgen bedrängte er Boris, ihn sobald wie nur möglich zur Zentrale dieser Firma zu kutschieren. Er wolle sich vor Ort ein Bild davon machen. Der Gedanke daran, bei Julias Eltern als Finanzberater vorstellig zu werden, beflügelte seine Fantasie ungemein. Bereits am nächsten Tag saß er gemeinsam mit Boris in dem recht spartanisch eingerichteten Büro in der Vorstadt von Osnabrück. Außer zwei Tischen, Chefsesseln und Hockern für die Kundschaft gab es keine Möbel im Raum. Boris' Chef, ein glatzköpfiger, feierlich gekleideter und dunkelbärtiger Herr namens Neumann, erklärte Gisbert geduldig mit sonorer, akzentgefärbter und vertrauenswürdiger Stimme das ausgefeilte Anlagekonzept seiner Firma. Er zählte eine Palette an Branchen auf, in die sie ihr Geld investierten: Immobilien, Goldgewinnung, neue Energien, Grundstücke in bester Lage im Ausland und vieles mehr. Nach einem flüchtigen Blick auf Gisberts Lebenslauf war die Sache entschieden. Für angehende Akademiker, verkündete der gute Mann, gebe es in der Firma immer viel zu tun und sogar reelle Aufstiegschancen. Gisbert könne sofort loslegen, sobald er ihm die gültige Schufa-Bescheinigung vorlege. Die einzige Bedingung: er müsse mindestens fünftausend Euro in das Geschäft investieren! Anderenfalls laufe er Gefahr, nicht glaubhaft bei seinen Kunden aufzutreten. Welcher Mensch würde ihm schon Glauben schenken, wenn der erführe, dass Gisbert selbst keine Anteile solch einer Erfolg versprechenden Gesellschaft besaß?

Das klang logisch.

»Aber ist die Sache denn wirklich sicher?«, fragte Gisbert den bärtigen und freundlich lächelnden Mann.

»Aber hallo!«, brummte Herr Neumann scheinbar beleidigt und verzog leicht seine Stirn. »Sehe ich etwa so aus, als würde ich Leute betrügen?«

»Nein, nein ... sorry ...« Gisbert ruderte zurück. »Ich hab... ich habe das nicht so gemeint ...«

»Also.« Herr Neumann lächelte wieder, zeigte ihm dabei seine zwei goldenen Schneidezähne und drückte zum Abschied einen nach frischer Druckerfarbe riechenden Flyer in die Hand. »Hier steht alles drin.«

Auf dem Weg nach Hause überlegte Gisbert, wie er so viel Einstiegskapital besorgen könnte. Boris kam ja nicht in Frage. Er hatte sein ganzes Geld bereits investiert, und was er an Gewinnen ausgezahlt bekam, reinvestierte er gleich wieder. »Aber mein Vater«, murmelte Gisbert vor sich hin, »würde eventuell einen Teil beisteuern.«

Nach drei Telefonaten staunte er über das Ergebnis. Sein Vater vertraute ihm in der Tat zweitausend Euro an, Sven gab ihm tausend für zwei Monate, und Pfarrer Lüdecke lieh ihm weitere tausend Euro. So kamen stolze viertausend Euro zusammen. Die noch fehlende Summe hob er vom Sparbuch ab – das war alles, was er besaß. Erst ab fünftausend Euro würde sich der Einsatz wirklich lohnen, meinte Boris bestärkend. Bei siebzig Prozent Rendite und sofortigen Reinvestitionen käme er bald locker auf einen Betrag, der höher sei als sein BAFöG!

So wurde Gisbert zu einem waschechten Investor und durfte sich bald Anlageberater nennen.

Julia wunderte sich ein wenig darüber, fragte aber nicht nach Einzelheiten. Natürlich habe sie nichts dagegen, wenn er als Anlageberater arbeiten würde, sagte sie. Er könne sich dann vielleicht endlich neue Turnschuhe besorgen, sich einen anständigen Friseur leisten oder gar mit ihr etwas Schönes unternehmen. Auch ihre Mama würde diese Neuigkeit sicherlich glücklich stimmen. Sie grinste.

14

Er trug eine nagelneue, enganliegende schwarze Jeans, dazu ein in die Jahre gekommenes, grau-grün gestreiftes Sakko und ein frisch gebügeltes weißes Hemd darunter. Auf die Krawatte hatte er auf Julias Anraten verzichtet. Er gehe ja schließlich nicht zu einer Hochzeit, hatte sie gemeint, es sei zu festlich. Aber konnte es je festlich genug sein, wenn jemand wie er im Sinn hatte, sich seiner potenziellen Schwiegermutter vorzustellen, die von ihm ein vorgefasstes und äußerst entstelltes Bild hatte? Er wollte schließlich wie ein echter Anlageberater aussehen!

Die wohlgenährte, stämmige Frau um die fünfzig, die ungefähr seine Größe hatte, begrüßte ihn ohne den Hauch eines Lächelns – mit ungewohnt festem Händedruck, dem Blick einer kampferprobten Bulldogge und einem kurz gehaltenen Hallo, das sich eher wie ein Wuff anhörte. Ihre eher herunterhängenden Wangen hatten auch etwas von einer Bulldogge.

Sie zerrte Julia augenblicklich in die Küche und knurrte im Gehen, sie solle ihr helfen, das Abendessen zuzubereiten. Sie schob die Tür von innen mit Nachdruck zu. Kein Laut drang nach draußen. Das blonde Haar, überlegte Gisbert, war wohl das einzige, was Frau Sawadskij mit ihrer Tochter gemeinsam hatte. Und selbst das hatte sie, wie er später erfuhr, getönt und trug es im Gegensatz zu

Julia berufsbedingt kurz, bei der Arbeit im Krankenhaus war es praktischer.

Über ihre knappe Begrüßung hatte Gisbert gestutzt. Wo ist nur die hochgelobte russische Gastfreundlichkeit geblieben, fragte er sich. Laut Julia war ihre Mutter der Abstammung nach vollblütige Russin. Aber zum Glück gab es noch Julias Vater, der genau in dem Augenblick aus dem Wohnzimmer in die Diele trat, als die Küchentür zufiel – ein hagerer Mittfünfziger mit einer dickglasigen Hornbrille auf der Nase und wenigen, platt zur Seite gekämmten, viel zu langen hellgrauen Haaren.

Er war gut zwei Köpfe größer als Gisbert und blickte wie ein ehemaliger Basketballweltmeister von oben zu ihm herab. Nun wusste Gisbert, von wem Julia ihre Größe hatte. Sein ordentlich gebügeltes Hemd steckte in der Faltenhose, die mit einem ausgelaugten Ledergürtel, vermutlich oberhalb des Nabels, befestigt war. Viel zu hoch. Offenbar hatte er sich gerade rasiert, denn als Gisbert seine Hand zur Begrüßung ergriff, schwappte ihm eine süßlich-saure Eau-de-Cologne-Wolke ins Gesicht.

»Wo ist denn Julia hin?«, fragte Herr Sawadskij und schaute im selben Augenblick auf die Küchentür. Bevor Gisbert antworten konnte, fügte er hinzu: »Hallo erstmal. Sawadskij. Ich bin Julias Vater.«

Er führte Gisbert durch die in einem Hochhaus gelegene Drei-Zimmer-Wohnung und schließlich auf den Balkon.

»Wow. Das ist ja ein toller Ausblick hier«, sagte Gisbert.

»Hm … na ja, geht so …«, gab Herr Sawadskij zögerlich zur Antwort. Er sprach ein akzentgefärbtes Deutsch und erzählte schon bald etliche Details aus seiner beruflichen Laufbahn, der er offensichtlich nachtrauerte. Unter anderem erfuhr Gisbert, dass Julias Vater bereits im Alter von fünfundzwanzig Jahren als Mathematikdozent an der Nationalen Taras-Schewtschenko-Universität in Kiew tätig gewesen war. Später wurde er dort ordentlicher Professor. Nebenbei habe er stets Sport getrieben und früher in der Tat Basketball in der Universitätsmannschaft gespielt. In Deutschland sei es ihm bisher nicht geglückt, eine adäquate Anstellung in der Lehre zu bekommen. Aber er sei fleißig auf der Suche. Noch nie habe er im Leben aufgegeben. Das sei was für Schwächlinge!

Gisbert nickte lediglich und stellte Fragen über Fragen. So hoffte er, den Ball von seiner Feldhälfte fernzuhalten. Eine Zeitlang ging seine Strategie auf, und sie waren bald bei den Hobbys des Professors angelangt. Er sei ein leidenschaftlicher Angler, berichtete dieser ebenso stolz wie verdrießlich, habe aber hierzulande noch keinen Mitstreiter gefunden, der seine Liebe zu diesem Hobby teilte. Das fehlte ihm sehr! Gänzlich allein zu angeln, mache ja keinen Spaß. Seine Stimmung schien umzukippen, und er klang plötzlich bekümmert.

In Gisberts Kopf blitzte ein Funke auf. Er war drauf und dran zu sagen: »Packen Sie Ihr Angelzeug ein, wir fahren auf der Stelle zum Steinhuder Meer!« Männer verloren bekanntlich während des Angelns nicht viele Worte, und er wünschte sich nichts mehr als das. Doch sah er natürlich ein, dass der Zeitpunkt dafür unpassend war.

Er sagte nur: »Vielleicht ... komm ich irgendwann mit Ihnen mit!«

»Wirklich?«

Der Professor lächelte ihn zum ersten Mal breit an, seine Augen leuchteten auf.

»Warum nicht?« Gisbert lehnte sich lässig ans Balkongeländer und ließ den Blick über die grell in der Abendsonne schillernden Häuserfronten schweifen. Die zahlreichen Fenster reflektierten das Sonnenlicht, blendeten ihn und schienen ihn ebenfalls anzulächeln.

»Hast du gutes Angelzeug?«, hakte der Professor nach. »Und einen Angelschein?«

»Nee ... weder noch. Aber das ließe sich bestimmt schnell ändern.« Er hatte verwundert registriert, dass der Professor bereits zum Du übergegangen war. Ihn störte es aber nicht im Geringsten. Er empfand diese Geste als nett und ungemein gastfreundlich. Aber immerhin war Gisbert nicht irgendwer, sondern der Freund seiner Tochter! Und Frau Sawadskij hatte ihn am Telefon ja auch schon geduzt ...

Der Professor kratzte sich am Hinterkopf und sagte dann: »Dann werde ich dir wohl noch beibringen müssen, wie das geht?«

»Ja, das könntest du! Oder ist das ein Problem für dich?«

Der Professor starrte ihn einen Augenblick lang betreten an.

»Ist das ein Problem für dich?«, wiederholte Gisbert mit Nachdruck die Frage.

»N... nein ... Ei... eigentlich nicht ...«

»Dann ist ja alles paletti! Und einen Angelschein brauch ich vielleicht fürs erste Mal nicht.«

»Nicht?«

»Nee ...« Gisbert winkte ab. Seine Anspannung ließ sichtlich nach. Er war froh, Julias Vater einen Gefallen tun zu können. Der Mann war schwer in Ordnung, zumindest bis zu dem Moment, als er plötzlich fragte:

»Und du ... Ich hab gehört, dass du noch studierst?«

»Ähm ...« Gisbert zögerte. »Ja, s... sozusagen ...«

»Was heißt sozusagen? Hast du das schon geschmissen?«

Er fixierte ihn missbilligend.

»Nein, ich bin noch an der Uni. Ich habe aber seit Kurzem nebenbei einen guten Job.«

»Was für einen?«

»Anlageberater in der Finanzbranche!«

»Fffiu…« Der Professor pfiff beeindruckt vor sich hin.

Gisbert berichtete ihm ausführlich von seiner Arbeit, informierte ihn über Boris und seinen Chef und natürlich über die Möglichkeit, das Kapital zu satten siebzig Prozent anzulegen.

»Wow … Das ist unglaublich!«, staunte der Professor, seine Augäpfel drehten sich langsam vor Neugierde im Kreis. Es sah danach aus, als hätte er seine Kopf-Rechenmaschine gestartet, die sicher umgehend ausspucken würde, was man bei so einer Investition an Gewinnen einheimste, legte man zum Beispiel zehntausend Euro an.

»Doch, das gibt es!«, beteuerte Gisbert und vernahm im selben Moment Julias Stimme im Wohnzimmer.

»Der Tisch ist gedeckt!«, ließ sie verlauten. Sie stand mitten im Raum und schaute die beiden durch die offene Balkontür an. »Kommt ihr bitte? Sonst wird das Essen kalt.«

»Wir sollten jetzt, sonst wir Ärger bekommen.« Der Professor deutete in Richtung Küche. »Du musst mir aber gleich unbedingt mehr erzählen darüber.«

»Aber gern.«

Es gab Pelmeni! Ein Gericht, von dem jeder Russe behauptete, es sei eine urslawische Spezialität. Gisbert hatte dazu seine eigene Meinung. Es war offensichtlich: Die Russen mussten diese »Spezialität« bei den Italienern stibitzt haben, weil Pelmeni seinem Dafürhalten nach haargenau Tortellini ähnelten. Formulierte er diese These den

Russischstämmigen gegenüber, so fassten sie diese in der Regel als Scherz auf. Anders hingegen Julias Mutter. Sie konterte schnurstracks:

»So ein Quatsch ich noch nie gehört!« Ihr funkensprühender Blick tackerte ihn an die Wand.

Beklemmende Stille trat für einen Augenblick ein. Gisbert hörte lediglich das Klirren des Bestecks auf den Tellern. Entgegen seiner Befürchtung stand kein Wodka auf dem Tisch. Stattdessen holte der Professor zwei Flaschen Bier der sowjetischen Erfolgsmarke Schiguljowskoje aus dem Kabuff und bot Gisbert eines an.

»Wo hast du das denn her?«, rief Gisbert verwundert.

»Äh ... Aus dem russischen Laden um die Ecke.«

»Aha.«

Gisbert merkte, wie Julia ihn etwas pikiert anblickte.

»Toller Laden, kann ich empfehlen. Dort gibt es alles. Kekse, Bier, den guten scharfen Ketchup und sogar den luftgetrockneten Salzfisch. Kennst du das?«

»Nee.«

»Oh ... Das musst du unbedingt probieren. Zum Bier schmeckt es sehr, sehr lecker!«

Frau Sawadskij sprang während des Essens immer wieder auf und reichte verschiedene Zutaten nach. Sie kaute stumm vor sich hin und wirkte erst nicht gewillt, sich an dem Männergespräch zu beteiligen. Erst als die beiden erneut auf Gisberts Job zu sprechen kamen, war sie plötzlich ganz Ohr.

»Was du sagen, siebzig Prozent?«, hakte sie nach.

»Ja«, gab Gisbert zur Antwort. Zugleich entging ihm nicht, dass sie ihn wieder duzte. Als sie das bei ihrem Telefongespräch getan hatte, hatte er angenommen, sie wusste es nicht besser. Da aber der wortgewandte Professor bereits zu seinem Duzfreund geworden war, schlussfolgerte Gisbert, bei den Russen und Ukrainern gehörte es sich so. Dem Freund der Tochter so schnell das Du anzubieten, empfand er als äußerst fortschrittlich. So etwas hatte er nicht einmal in Deutschland erlebt und rechnete Frau Sawadskij selbstverständlich hoch an, dass sie diesen Brauch, ohne mit der Wimper zu zucken, fortführte. Er schöpfte Hoffnung. Wahrscheinlich war sie netter, als er erst gedacht hatte.

»Und die Anlage ist hundertprozentig gut?«, fragte sie interessiert und verschlang schmatzend ein Salatblatt.

»Absolut«, entgegnete Gisbert. »Boris kassiert schon lange viel Kohle. Wenn du willst, kann ich ihn dir gern vorstellen.«

In diesem Augenblick spürte er, wie Julias Kniegelenk seinen Oberschenkel sachte traf. Als er zu ihr hochblickte, starrte sie ihn mit weit aufgerissenen Augen an. Ihre Wangen waren leicht gerötet. Offenbar wollte sie ihn mit ihrem verwunderten Gesichtsausdruck auf etwas aufmerksam machen. Auf etwas, das die Eltern nicht mitbekommen sollten. Doch kam er nicht dahinter, was das sein konnte.

Nachdem er die Bierflasche zur Hälfte geleert hatte, erklärte er weiter: »Boris ist ein guter Kumpel von mir, er würde mir nie die Katze im Sack andrehen. Ich sag ihm Bescheid, er soll euch einfach mal anrufen.«

Schon wieder rempelte Julia ihn an und schüttelte kaum merklich den Kopf. Was wollte sie nur von ihm? Er saß wie ein wohlerzogener Junge mit geradem Rücken am Tisch, Gabel links, Messer rechts, die Ellbogen stütze er nicht auf der Tischkante ab, ein Deo hatte er morgens ebenfalls benutzt und er hatte sich ausnahmsweise sogar rasiert, was er nicht jeden Tag tat. Also.

»Mach das mal«, sagte der Professor und schob sich das letzte Stück Pelmeni in den Mund.

Als Gisbert auch seinen Teller leerfegte, nahm ihm die Bulldogge augenblicklich den Teller weg. »Es gibt Nachschlag«, kommentierte sie ihre Tat und schickte sich an, den Teller erneut aufzufüllen.

»Ähm ... Du, ich bin eigentlich schon satt«, versuchte er kleinlaut zu protestieren.

In dem Moment schlug Julias Faust so heftig seitlich gegen sein Knie, dass er vor Schmerz fast hochschnellte.

»Autsch«, winselte er und starrte Julia fragend an. »Was ist ...?«, flüsterte er.

Frau Sawadskij taxierte ihn mit einem ebenso kritischen wie enttäuschten Blick. »Schmeckt dir nicht?«

»A... aber doch!«, stammelte er. »Die ... die Dinger machen nur schnell satt ... finde ich ... und ... und sie sind ganz schön heiß ...«

Bevor er den Satz beendete hatte, stand schon der randvoll aufgefüllte und dampfende Teller Pelmeni vor seiner Nase. Obendrauf zerfloss ein faustgroßer Schmandhaufen nach allen Seiten und begrub allmählich die glitschigen Pelmeni unter sich.

Der schmächtige Professor bekam ebenfalls eine zweite Portion serviert, beschwerte sich aber mit keinem Wort darüber. Er verteilte reichlich »guten« Ketchup kreisförmig um den Schmand herum, rührte das Ganze dreimal um und löffelte drauflos. Gisbert folgte seinem Beispiel. Den guten russischen Ketchup wollte er auch einmal probieren. Und so wie der Professor den Tellerinhalt verputzte, müsste das Zeug sicher gut schmecken, sagte er sich. Sobald er jedoch eines der Pelmeni im Mund versenkt und zweimal draufgebissen hatte, schnürte ihm der gute

Ketchup »aus dem russischen Laden um die Ecke« augenblicklich die Kehle zu. Gisbert konnte erst kein Wort hervorbringen. Tränen traten ihm in die Augen. Er kaute dennoch langsam weiter, wollte es nicht ausspucken, sondern spülte mit dem Bier nach. Es galt durchzuhalten, um sich nicht zu blamieren. Beim dritten Pelmeni verspürte er, wie ihm zwei perlengroße Schweißtropfen die Stirn hinunterrollten. Er tupfte sich mit einer Serviette die Stirn ab und kaute schnaufend weiter. Auf keinen Fall Schwäche zeigen, sagte er sich. Auf keinen Fall den Eindruck erwecken, er wolle die ausgefeilten Kochkünste der Gastgeberin nicht würdigen. Noch schlimmer wäre es, sie würde denken, er sei ein Schwächling! Er mampfte still vor sich hin, bändigte den Feuerteufel in seinem Rachen dann und wann mit einem Schluck Bier und wischte sich den Schweiß vom Gesicht.

Julia zwitscherte dabei lebhaft mit ihrer Mutter in Russisch. Er nahm es wahr, begriff aber nicht recht, worum es ging. Wenn der Professor gefragt wurde, gab dieser bloß kurze Floskeln von sich. »Gut ... Mach ich morgen ... Kein Problem ...«

Als Gisbert endlich den letzten Pelmeni in den Mund schob, packte ihn Julia bei der Hand, zerrte ihn in ihr Zimmer und machte die Tür hinter sich zu.

»Du«, fauchte sie ihn an, »machst du das mit Absicht?«

Gisbert blinzelte ahnungslos. Was wollte sie von ihm? Er hatte sich wirklich Mühe gegeben, und sein Gefühl sagte ihm, dass er entgegen aller Befürchtungen eine mehr oder weniger gute Figur gemacht hatte (und sich außerdem mit dem »guten« Ketchup die Zunge und den Rachen verbrannt hatte).

»I... ich weiß nicht, w... was du meinst«, stotterte er.

Julia warf ihm einen scharfen Blick zu und blinzelte.
»Willst du mich schon wieder für blöd verkaufen?«
»A… aber nein.«
»Du warst doch mal in Russland und weißt sicher, dass man bei uns ältere Menschen nicht mit DU anredet.«
»Bitte?!!!« Gisbert glaubte sich verhört zu haben. Er erinnerte sich plötzlich auch, dass er etwas darüber gelesen hatte, sich damals jedoch nicht die Mühe gemacht hatte, weitere Nachforschungen anzustellen. Als er in St. Petersburg war, hatte er fast ausschließlich mit Studenten zu tun.
»Die Eltern seiner Freundin sowieso nicht!«, schob Julia nach.
»A… aber sie haben mir doch das DU selbst angeboten!«
Sie lachte auf. »Wann war das denn?«
»Dein Vater … u… und deine Mutter haben mich zuerst geduzt.«
»Und?«
»Mit deinem Vater hab ich lange gequatscht. Er hatte nichts dagegen … u… und er will mit mir sogar angeln gehen!«
»Das ist normal.«
»Was ist normal? Angeln gehen mit dem Vater?«
»Die Älteren duzen die Jüngeren immer. Trotzdem sagen die Jüngeren immer SIE zu ihnen, wenn der Altersabstand groß ist. Nur die Kinder dürfen zu ihren Eltern DU sagen! Selbst das nicht immer.«
Gisbert wähnte sich im falschen Film. Er begriff gar nichts mehr und sein Magen fühlte sich flau an. Wenn das, was Julia behauptete, stimmte, dann war sein Benehmen eine Katastrophe und mehr als peinlich gewesen. Konnte er das je wiedergutmachen? Vielleicht, wenn er zum Angeln mitginge?

Zurückrudern war nicht möglich. Wie denn auch? Sollte er zu den beiden sagen: »Verehrte Frau und verehrter Herr Sawadskij! Sie haben sicher gemerkt, dass ich mich vorhin danebenbenommen habe. Entschuldigung, ich bin einfach so ein lustiger Vogel. Das alles war nur Spaß und wird nie wieder vorkommen. Ehrenwort!« Bei diesem Gedanken trennte sich das letzte Stück Pelmeni von seinem Mageninhalt und wanderte schnurstracks die Speiseröhre hoch.

Er stieß zweimal auf und keuchte: »I... ich muss an die frische Luft.«

»Geh auf den Balkon.«

»Ich muss sofort weg von hier!«

»Wie soll das gehen?«

»Bitte lass uns abhauen. Irgendwohin, meinetwegen ins Kino. Ich kann hier keine Minute länger bleiben.«

»In Ordnung, ich verstehe ...«

Sie verschwand kurz, um ihren Eltern Bescheid zu geben. Darauf zog sie sich um. Gisbert ging währenddessen schon vor, schlich sich an der Küchentür vorbei ins Treppenhaus und wartete draußen auf Julia.

Im Kino wählten sie die Spätvorstellung und trudelten bei Julias Eltern erst wieder ein, als sie bereits schliefen. Gisbert musste allein auf dem Wohnzimmersofa nächtigen. Als Gast gehörte es sich nämlich so! Julia ließ sich auf keine Diskussion ein. Ihre Eltern seien in der Hinsicht altmodisch, hatte sie ihm lediglich ins Ohr geflüstert, bevor sie ihm einen Gutenachtkuss auf die Wange gedrückt hatte.

Er schlief wenig und wachte immer aufs Neue schweißgebadet auf. Sobald die ersten Sonnenstrahlen die Gardine streiften, schlüpfte er in die Jeans und packte den Rucksack. In der Diele auf dem Telefonschrank entdeckte er einen Notizblock. Ein Bleistift lag daneben. Er kritzelte einige Zeilen an Julia, warf das Sakko über den Arm und suchte auf Zehenspitzen das Weite.

15

Karl-Heinz zeigte Verständnis, als Gisbert ihm von seinem verunglückten Auftritt bei Julias Eltern berichtete. Eine interkulturelle Beziehung sei nicht einfach, das könne er sich gut vorstellen. Sie habe ihre Tücken, aber letztlich machte das Unberechenbare und Fremde in so einer Beziehung ja gerade den Reiz aus. Wobei man später sicher etwas mehr Acht geben müsse. Wenn man einander nach Jahren des Ehelebens alle Geschichten tausendfach erzählt habe und der Reiz des Fremden gänzlich verflogen sei. Dann sei Vorsicht geboten. Konnte die Eheleute sich irgendwann nicht mehr gut riechen, dann sei knallharte Beziehungsarbeit angesagt.

Das klang logisch. Gisbert fragte sich allerdings im Stillen, wie es kam, dass Karl-Heinz von dem Thema so viel Ahnung hatte. Er war nie verheiratet gewesen und hatte kein ausländisches Mädchen zur Freundin gehabt.

Der Pfarrer bemerkte den Zweifel in Gisberts Augen und fügte gleich hinzu, dass derartige Themen durchaus zum Beruf des Pfarrers gehörten. Er habe vielen Paaren nicht nur den Segen erteilt, sondern einige außerdem tatkräftig unterstützt, ihre Ehekrisen zu meistern. Um das tun zu können, habe er sich eine Reihe von Büchern zu Gemüte geführt. Man müsse dafür nicht immer Psychologie studiert haben. Die Lebenserfahrung wiege mehr.

Gisbert schöpfte erneut Mut und fühlte sich gewappnet, jegliche Schwierigkeiten, die ihn in der Beziehung mit Julia erwarteten, zu überwinden. Er wollte es um jeden Preis packen. Er liebte sie. Mehr als alles andere auf der Welt! Ganz gleich, was ihre Eltern von ihm hielten, egal, was sie von ihm verlangten. Er nahm alles in Kauf, war zu allem bereit, um in ihren Augen Julias würdig zu sein.

Er würde sogar mit Julia auf die Krim ziehen, für immer, wenn ihre Mutter es wünschte. Aber das stand zum Glück noch nicht zur Debatte. Frau Sawadskij hatte nur ausdrücklich gefordert, dass die beiden in den Semesterferien für mindestens zwei Monate in Julias Heimat reisten. Und zwar zu Julias Tante Vera. Gisbert sollte sich vor Ort mit der Kultur vertraut machen und die Härten des – wie er glaubte – kargen, spartanischen Lebens kennenlernen. Das würde ihm guttun, hatte sie gesagt, und der Beziehung der beiden hundertprozentig förderlich sein. Wenn er dort lang genug bliebe, würde aus ihm vielleicht sogar ein richtiger Mann werden! Und sie sollten natürlich ein paar Geschenke für Tante Vera mitnehmen.

»Du kommst doch mit, oder?«, fragte Julia darauf.

»Klar doch!«, sagte er übermütig, ohne einen Gedanken daran zu verlieren, was ihn erwartete. Was er aber dann von Julia erfuhr, gab ihm zu denken.

Tante Vera und ihr Mann lebten in einem abgelegenen Ort auf der Krim, fernab von Simferopol. Der Ort hieß Olexandriwka. Lediglich einmal am Tag verirrte sich ein Bus dorthin. Julias Tante und Onkel waren im Besitz eines hübschen kleinen Häuschens, hatten jedoch kein Telefon im Haus und keinen Warmwasseranschluss. Strom war Mangelware und wurde stundenweise geliefert. Dass es weit und breit kein Internet gab, verstand sich von selbst

(Tante Vera habe dieses Wort einmal mit Interpol verwechselt, berichtete Julia und lachte). Dafür beackerten sie ein beachtliches Grundstück, auf dem seit geraumer Zeit eine Unmenge ausgesuchter Weinstöcke gediehen. Im Spätsommer und Herbst verwandelten sich die reifen Weintrauben in ein köstliches rötliches Zaubergetränk, von dem Julia ins Schwärmen geriet.

»Du brauchst es mir nicht schmackhaft zu machen«, sagte Gisbert, »ich komm auch so mit.«

Es klang nach Survivalurlaub, nach einem echten Abenteuer, fern aller Bequemlichkeiten, die ihm das Leben gerade bot. Auch war er Julia und ihrer Mutter zuliebe fest entschlossen, Risiken einzugehen. Er erhoffte sich zudem von dem Trip, dabei sein Russisch auf Vordermann zu bringen. Als er Karl-Heinz davon berichtete, war der Pfarrer auf der Stelle Feuer und Flamme.

»Die Krim«, erzählte dieser hochentzückt und freudestrahlend, »ist sooo schön. Ich bin schon lange nicht dort gewesen. Wollen wir zusammenfahren?«

»Wie? Zusammen …«

»Na ja. Du weißt ja, ich wollte dieses Jahr sowieso nochmal nach Kiew«, sagte er, »mit dem Auto, weil ich eine alte Récamiere in meine Wohnung bringen möchte. Danach könnten wir gemütlich mit der Bahn auf die Krim tuckern. Und ich könnte dir, wenn du willst, sowohl Kiew als auch Jalta zeigen.«

Gisbert schaute ihn zaudernd an. »Und was ist mit Julia und Tante Vera?«

»Da sehe ich gar kein Problem«, fuhr er fort, »ich würde mich am nächsten Morgen aus dem Staub machen, wenn Tante Vera oder Julia meine Anwesenheit nicht gutheißen sollten.«

»Ich weiß nicht. Ich muss einmal mit Julia sprechen. Wann wolltest du losfahren?«

»Spätestens in vier Wochen.«

»Hm ... Dann wäre es sicher problematisch. Julia hat da noch Prüfungen.«

»Aber sie könnte doch später nachkommen, oder?«

Für diesen Reiseplan sprach Einiges. Kiew, die Hauptstadt zu sehen, wäre ein Traum. Karl-Heinz hatte dort eine Wohnung. Jalta reizte ihn nicht minder. In diesem Fall umso mehr, weil der Pfarrer sämtliche Kosten für den Ausflug nach Jalta für Gisbert übernehmen wollte (was er ihn nebenbei wissen ließ).

Würde sich ihm noch einmal so eine Gelegenheit bieten? Er wäre vom Reisetermin her nicht an Julia und ihre Abschlussprüfung gebunden, und schließlich kannte sie sowohl Kiew als auch Jalta zur Genüge. Die Tour mit dem Auto, zu dritt und mit Karl-Heinz, würde sie sowieso nicht beglücken, vermutete er. Sie könnte in der Tat später bei ihren Verwandten eintrudeln. Vielleicht würde er sie sogar vom Flughafen abholen. Sie alle könnten sich auf der Krim treffen.

Während er darüber nachsann und die Vor- und Nachteile abwog, schleppte Karl-Heinz schnaufend etwa zehn ziegelsteinschwere Fotoalben aus einem Regal an den Tisch.

»Das ist Kiew«, sagte er und klappte eines blätterraschelnd auf, »vor drei Jahren.« Und nachdem er jedes einzelne Foto ausgiebig kommentiert hatte, legte er das Album zur Seite und griff nach dem zweiten. »Und das ist Jalta«, setzte er fort, »die Perle der Krim sozusagen. Das war übrigens einer meiner schönsten Urlaube überhaupt.«

Das Bild auf der ersten Seite zeigte ihn mit Sonnenhut und hellbeigem Leinenanzug inmitten einer Horde von freudestrahlenden Jungen und Mädchen. Im Hintergrund ragten einige Palmen in die Höhe, dahinter war eine Wand aus dichtbewachsenem, subtropischem Gestrüpp zu sehen. Wie im echten Dschungel.

»Das ist Jalta?«, fragte Gisbert etwas verwundert und machte große Augen.

»Nein, sorry!« Karl-Heinz schüttelte verneinend den Kopf. »Jalta kommt gleich ...« Das Bild sei in Nikita gemacht worden, einem Ort nahe Jalta, im wohl berühmtesten botanischen Garten des Landes. Auf die Kinder sei er zufällig getroffen und habe sie augenblicklich ins Herz geschlossen. Sie waren aus dem Sommerlager Artek gekommen, einst ein Elite-Pionierlager der Sowjetunion. Nachdem er jedem Kind (Gisbert zählte etwa fünfzig) ein Eis spendiert hatte, überredete er sie, sich gemeinsam mit ihm unter den Palmen ablichten zu lassen.

Es war offensichtlich, einen besseren Reisebegleiter könnte Gisbert nicht kriegen. Deshalb willigte er in die gemeinsame Reise noch in derselben Nacht ein. Unter Vorbehalt natürlich, und nachdem Karl-Heinz ihm fünfundzwanzig Alben präsentiert hatte, die allesamt mit bunten Bildern beklebt und beschriftet waren.

Julia nahm Gisberts Reiseplan mit Verwunderung zur Kenntnis, fand ihn jedoch in Ordnung. Die Idee, mit einem Auto nach Kiew zu reisen, fände sie sehr reizend, für sie aber zu abenteuerlich, und wie erwartet zog sie es vor, später mit dem Flugzeug nachzukommen.

Fortan tat Gisbert beinahe nichts anderes, als vorm Computer zu sitzen. Er informierte sich über die Ukraine und die nötigen Impfungen und Dokumente. Nebenher übte er Abend für Abend wie ein Weltmeister mit Julia und manchmal mit Karl-Heinz die Konversation auf Russisch.

Das Visum bekäme er direkt an der ukrainischen Grenze, fand er heraus. Er brauchte dazu lediglich einen gültigen Reisepass. Karl-Heinz zeigte sich beglückt darüber, denn das bedeutete nämlich, dass sie sich den Weg ins ukrainische Konsulat nach Bonn sparen konnten.

Er brachte noch seinen zwölf Jahre alten Peugeot zur Inspektion, damit dieser für die lange Reise möglichst gut vorbereitet war.

In diesen Tagen suchte Boris Julias Eltern in Hannover auf, um ihnen das wundersame Geldvermehrungsmodell vorzustellen. Gisbert war froh, eine vortreffliche Ausrede zu haben, um ihn nicht begleiten zu müssen. Es wäre ihm doch ein wenig mulmig zumute, erklärte er, etwas an seine (vielleicht) zukünftigen Schwiegereltern zu verhökern, auch wenn es mit Abstand das beste Anlageprodukt der Welt war.

»Kein Problem«, sagte Boris, der inzwischen zu einer Art Chef von Gisbert geworden war, »ich schaff das schon allein!«, und er klopfte ihm fast väterlich auf die Schulter.

Zwei Tage später winkte er Gisbert zu sich ins Zimmer und präsentierte ihm den Vertrag mit einer Anlagesumme über zehntausend Euro. Unterschrieben von Frau und Herrn Sawadskij.

»Toll!«, beglückwünschte ihn Gisbert.

»Für dich fällt hier auch was ab«, raunte Boris ihm zu und grinste, »du schließlich hast vermittelt.«

»Mit wie viel kann ich rechnen?«

»Zehn Prozent.«

»Oh!«, stieß Gisbert verwundert aus. Die Nachricht stimmte ihn froh. Er fühlte sich wie an seinem ersten Schultag, als er die Schultüte bekommen hatte. Er brauchte nun auf der bevorstehenden Reise nicht jeden Cent dreimal umzudrehen, bevor er ihn ausgab.

Am Abend vor der Abfahrt allerdings bekam seine Freude einen Dämpfer. Er zog mit Schwung den Reißverschluss seiner Tasche zu und schickte sich gerade an, zu Julia hinüberzugehen, um ihr einen Abschiedskuss auf die Lippen zu drücken. Sie kam ihm zuvor, stürmte mit hochrotem Kopf herein und berichtete mit zittrig-freudiger Stimme:

»Stell dir vor, Gisbert. Mein ... mein verschollener Bruder ist plötzlich wiederaufgetaucht. Mama hat soeben mit ihm telefoniert. Er hat sich für die Sommermonate bei Tante Vera und Onkel Fedja angekündigt und kann es kaum erwarten, mich und dich dort zu sehen. Ist das nicht eine Hammernachricht?« Sie blieb keine Sekunde lang ruhig auf einem Fleck stehen, lief von einer Ecke in die andere und strahlte verklärt, als hätte sie eine ganze Packung fröhlich machender Pillen geschluckt.

Gisbert druckste herum und wechselte von einem Fuß auf den anderen. »Ja ... hm ... das ist ja ... das freut mich ja ... für ... für dich sehr ...«

»Es gibt eine Riesenparty, das sag ich dir!«, fügte sie hinzu und fiel ihm zum Abschied in die Arme.

16

Früh am Morgen erreichten sie den Prager Ring. Die Sonne war noch im Begriff, aus dem Schlaf zu erwachen, warf jedoch bereits ausreichend Licht auf die Straßen. Gisbert schaltete die Scheinwerfer aus. Nur wenige Autos huschten die Auffahrten hinauf und herunter und ließen das baldige Verkehrschaos erahnen. Bis dahin würden sie das Prager Umland verlassen, überlegte Gisbert, und die Autobahn in Richtung tschechische Ostgrenze nehmen, dann die Slowakei durchqueren und sich irgendwann gegen Abend in die Autoschlange an der slowakisch-ukrainischen Grenze einreihen. Karl-Heinz' Plan, kurz vor Mitternacht loszufahren, hatte sich bewährt. Nachts waren die Straßen leer. Es fuhr sich gut, obwohl Gisbert niemanden zum Reden hatte. Der Pfarrer war wider Erwarten schnell eingenickt und schlief stundenlang durch.

Erst als sie die deutsch-tschechische Grenze passiert hatten, wurde Gisbert klar, dass Karl-Heinz nicht den kürzesten Weg nach Kiew auf der Karte eingezeichnet hatte. Der schnellste Weg führte über Polen. Sie nahmen aber einige hundert Kilometer mehr in Kauf, weil Karl-Heinz einen Freund überraschen wollte, einen sowjetischen Exoffizier aus DDR-Zeiten. Das Schicksal habe Kolja in einen Ort nahe Uschgorod verschlagen, hatte Karl-Heinz erzählt. Er habe den Freund seit etwa zehn Jahren nicht zu Gesicht bekommen, und es wäre eine perfekte Gelegenheit, bei ihm auf einen Sprung vorbeizuschauen. Die Route sei also gut.

Gisbert hatte keinen Protest angemeldet. Erst nachdem er eine Nacht am Steuer verbracht hatte und nun blinkend den Prager Stadtring in Richtung Brno verließ, dämmerte es ihm, dass die Reise ihm wesentlich mehr abverlangen würde, als er angenommen hatte.

Karl-Heinz döste friedlich neben ihm vor sich hin, wie immer im Anzug, mit weißem Hemd und Krawatte. Ihn zu wecken und mit ihm über eine mögliche Abkürzung durch Polen zu diskutieren – dazu war es zu spät. Er hatte sich viel Zeit für die Routenplanung genommen. Stadt für Stadt, Ort für Ort penibel markiert und sämtliche Löcher im Kofferraum mit Straßenatlanten aller Art gestopft. Gisbert musste der Versuchung widerstehen, den Weg in Richtung Polen einzuschlagen, während Karl-Heinz schlief.

Die Straßen füllten sich allmählich. Am östlichen Horizont kletterte die Sonne am Himmelszelt hinauf. Sie erwärmte die Luft und trieb sie in das Wageninnere. Das Atmen fiel zunehmend schwerer. Als Gisbert die Klimaanlagentaste mehrfach hin und her ruckelte, meldete sich plötzlich Karl-Heinz, noch halb im Schlaf, nur ein Auge ein wenig geöffnet:

»Das kannst du ruhig sein lassen, sie ist kaputt!«

»Wie ... kaputt!? Du warst doch erst bei der Inspektion!«

»Ich will mir nach dem Urlaub einen neuen Wagen zulegen.« Er reckte sich, gähnte und fuhr fort: »Über Tausend Euro für die neue Klimaanlage hätten sich nicht mehr gelohnt.«

»Na klasse! Dann schmoren wir heute im Ofen.«

Zwanzig Minuten später fuhr Gisbert an den Straßenrand, kramte seine kurze Hose aus der Tasche hervor und zog sich um. Karl-Heinz streifte das Sakko ab und lockerte die Krawatte.

»Ich brauche eine Pause, ich kann nicht mehr sitzen!«, beschwerte er sich.

Gegen Mittag, nahe Brno, verließen sie die Hauptstraße in Richtung Slowakei. Erst als die Sonne einige Zeit auf ihrem Höchststand verharrte und der Peugeot sich in eine glühend-heiße Sauna verwandelte, zog Karl-Heinz sein Hemd aus und tupfte sich mit einem Ärmel den perlenden Schweiß von der Stirn ab. Dass er eine Perücke trug, wusste jeder. Er selbst redete jedoch nie darüber. Der Umstand schien ihm unangenehm zu sein. Gisbert vermied es aus diesem Grund, ihn darauf anzusprechen. Manchmal geriet er in Verwunderung, etwa wenn Karl-Heinz von einem Besuch beim Friseur berichtete ...

Sie näherten sich langsam der ukrainisch-slowakischen Grenze. Die Straße wurde schmaler und kletterte nun sogar serpentinenartig einen dicht mit Nadelhölzern bewachsenen, steilen Berg hinauf, sodass Gisbert gezwungen war, zwischen dem ersten und dem zweiten Gang hin- und herzuschalten. Die Fahrbahn war an dieser Stelle frisch mit teils walnussgroßen Kieselsteinen bedeckt, die Hälfte davon lag lose herum und war vom Bitumen noch nicht aufgesaugt worden. Fuhr ein Auto aus der entgegengesetzten Richtung an ihnen vorbei, schossen die Kieselsteine fast wie aus einer Kalaschnikow nach allen Seiten und knallten zuweilen seitlich gegen den Peugeot. Bereits als das erste Auto an ihnen krachend vorbeidüste, sauste ein Stein durchs linke Fenster und huschte durchs rechte Fenster wieder hinaus, millimeternah an Karl-Heinz' Nase vorbei. Er befahl augenblicklich, das Fenster an der Fahrerseite hochzukurbeln, sobald ein weiteres Auto hinter einer Kurve hervorkroch. Doch es kam schlimmer. Schwere Artillerie wurde gegen sie aufgefahren. Ein gelbes Etwas schien aus einer Entfernung von circa dreihundert Metern ein stinknormaler Bauerntrecker zu sein. Als es jedoch dröhnend und abgaswolkenspuckend wie ein Panzer auf sie zurollte, stellte sich heraus, dass es ein Schwertransporter war.

»In Deckung«, blaffte Karl-Heinz. »Hochkurbeln!«

»Jawohl, Herr General!«, sagte Gisbert, machte das Fenster zu, fuhr dicht am Straßenrand entlang, um nicht von dem Autoriesen der Marke Škoda plattgewalzt zu werden.

Karl-Heinz duckte sich und linste lediglich mit einem Auge ängstlich hoch, als rollte ein echter Panzer auf sie zu. Als hätte er es kommen sehen. Genau in dem Augenblick, als der Riese schnaubend und bei jedem Straßenloch einen Satz machend an ihnen vorbeifuhr, schlug ein Stein wie aus einem Kanonengeschoss gegen die Windschutzscheibe. Nach dem ohrenbetäubenden Knall folgte sofort das Knirschen des Glases. Es zerbarst jedoch nicht. Es fraßen sich lediglich Tausende von Rissen nach allen Seiten durch die Scheibe, sodass Gisbert keinen freien Durchblick mehr hatte. Er vollführte auf der Stelle eine Vollbremsung. Der Pfarrer knallte mit dem Kopf gegen die Innenverkleidung und wimmerte.

»Verdammt, wieso bist du nicht angeschnallt?«, fauchte Gisbert, zog sogleich die Handbremse an und sprang hinaus. Trotz seiner Schreie und herumfuchtelnden Fäuste, die er erbost gegen den Riesen richtete, suchte dieser unbeeindruckt und abgasspuckend das Weite.

Doch hatten sie Glück gehabt, niemand war ernstlich getroffen worden. Karl-Heinz fehlte nur ein gutes Stück seines Schneidezahns.

Bald sagte er deutlich lispelnd: »Egal! In Kiew biegen sie mir die Sache für ein paar Euro zurecht.«

»Aha«, witzelte Gisbert, »etwa im Lazarett für verwundete Autotouristen aus dem Westen, oder wie?«

Um die Reise fortsetzen zu können, brachte Gisbert ein fußballgroßes Sichtloch auf der Fahrerseite in der rissigen Scheibe an. Er fuhr langsamer, und als sie endlich vom Berg ins Tal auf eine glattgewalzte Fahrbahn hinunterrollten, verlangte der Pfarrer ebenfalls nach einem Guckloch auf seiner Seite. Es sei todlangweilig, die ganze Zeit aus dem Seitenfenster zu starren, sagte er. Zudem würde sein Nacken bald steif wie ein Brett werden.

Versehentlich fiel sein Guckloch um einiges größer als ein Fußball aus, etwa dreißig bis vierzig Zentimeter im Durchmesser, doch draußen herrschte beinahe tropische Hitze. Hätte Karl-Heinz keine Perücke getragen, wäre die Angelegenheit nicht einen Satz wert. Nach zehn Metern stand sie nämlich vom Kopf ab, und er sicherte sie unentwegt mit der Hand.

Gisbert konnte sich nicht verkneifen zu fragen: »Ist was? Tut dir der Kopf weh?«

»Nein! Es ist nur etwas stürmisch. Nicht, dass ich mich noch erkälte ...«

»Vielleicht solltest du dich aber anschnallen.«

Karl-Heinz gehorchte. Zum Glück!

Unmittelbar nach einer scharfen Kurve kreuzten auf einmal Bahnschienen den Weg, die Gisbert leider zu spät erblickte. Viel zu schwungvoll klapperte der Wagen über sie hinweg, hob ein gutes Stück ab und landete mit Wucht wieder auf der Fahrbahn. Es schepperte. Die restliche Windschutzscheibe zerbarst in winzige Splitter, die allesamt auf den Schoß der Insassen rieselten. Karl-Heinz fuchtelte wild mit den Armen und versuchte, sich festzuhalten.

»Stoooopp!«, kläffte er lauthals, als hätte ihn eine Wespe von der Größe eines Frosches gestochen.

Nachdem die Räder den Boden berührt hatten und er tief in den Sitz gedrückt worden war, löste sich die Perücke von seinem Kopf und flog schnurstracks aus dem Seitenfenster davon.

Gisbert machte wiederholt eine Vollbremsung, und fast wäre Karl-Heinz eines zweiten Zahns verlustig gegangen. Die Perücke war nicht einfach nur in den Straßengraben geflogen, sondern hatte sich den weichsten Landeplatz in der Umgebung gesucht – eine Öllache nahe den Bahnschienen. Dass Karl-Heinz sie sich nicht sofort auf den Kopf kitten wollte, war mehr als verständlich. Er verstaute sie schimpfend im Kofferraum, sank mit einem Seufzer auf den Beifahrersitz und befahl:

»Vorwärts! Weiter geht's!«

Gisbert trat aufs Gaspedal, schwieg und presste die Lippen zusammen, er gab sich tierisch Mühe, nicht loszuprusten. Der Pfarrer verlor eine ganze Weile kein Wort und stierte geradewegs in die Ferne. Mit der Glatze und dem splitternackten, blasshäutigen und mageren Oberkörper sah er aus wie ein seit Tagen flüchtiger, Hunger leidender slowakischer Kittchen-Insasse. Gisbert tat, als wäre nichts vorgefallen. Als sei es die stinknormalste Sache der Welt, mal mit und mal ohne Perücke, mal mit und mal ohne Windschutzscheibe über die Straßen zu holpern. In Wirklichkeit wollte er natürlich nicht indiskret sein.

Während der Grenzkontrolle auf der slowakischen Seite hielt der Beamte sie lange auf. Er sah sich sehr konzentriert Karl-Heinz' Pass an, schaute misstrauisch hoch und nahm erneut das Bild im Pass unter die Lupe, auf dem der Pfarrer mit einer wohlgepflegten Frisur abgelichtet war. Er umrundete zweimal den Wagen, starrte erneut Karl-Heinz an und wiederum den Pass, murmelte etwas auf Slowakisch vor sich hin, verschwand im Wachhäuschen und telefonierte. Doch schließlich ließ er sie, beinahe mitleidig hinterherblickend, weiterziehen.

Es galt nur noch eine Hürde zu nehmen, und zwar den ukrainischen Grenzübergang. Karl-Heinz schärfte Gisbert ein, er solle so tun, als verstünde er weder Russisch noch Ukrainisch. Er solle sich also dumm stellen. Es sei ein kluger Tipp eines Freundes, fügte Karl-Heinz hinzu, sonst würden die Grenzbeamten einen nicht so schnell durchlassen.

Nach stundenlanger Wartezeit rollten sie endlich aufs Grenzkontrollhäuschen zu. Bevor Karl-Heinz dem Beamten stillschweigend und zugleich strahlend die Papiere in die Hand drückte, hatte er einen Zehn-Euro-Schein in seinen Reisepass gelegt. Einige Minuten später kehrte der Beamte zurück, kassierte die übliche Gebühr fürs Visum und verkündete in gebrochenem Deutsch: »Willkommen in Ukraina!«

Sie nahmen Kurs auf Mukatschewo, zu Kolja, wo sie zu nächtigen hofften. Die Sonne verschwand hinter dem Horizont. Die Straße, die Bäume und Felder hüllten sich allmählich in Dunkel. Sie fuhren gen Osten, der Nacht entgegen.

Gisbert zweifelte daran, dass Kolja sich um diese Zeit über einen Überraschungsbesuch erfreut zeigen würde.

Vielleicht war er gar nicht zu Hause? Karl-Heinz beruhigte Gisbert jedoch. Er kenne die Mentalität der Ukrainer schließlich besser. Und sollte in der Tat niemand zu Hause sein, gebe es in der Stadt bestimmt ein Hotel.

Kolja freute sich. Und wie er sich freute. Obwohl sie ihm klarzumachen versuchten, dass ihnen nicht nach Feiern zumute war, beförderte er den halben Keller in die Küche und lud zudem zwei Nachbarn samt Familien ein.

»Wir feiern nur ein bisschen«, sagte er, »ein Besuch aus Deutschland ist hier eine Seltenheit ...«

Gisbert zählte zweiundzwanzig Leute. Sie redeten lebhaft durcheinander und sahen ihn immer wieder entzückt an. Die Kinder betatschten Karl-Heinz dann und wann, als wollten sie sich vergewissern, dass er kein Außerirdischer war (vermutlich lag es an seiner im schwachen Licht grünlich-gelb schillernder Glatze, dachte Gisbert). Um zwölf Uhr verließ Gisbert den Raum, unter dem Vorwand, er müsse zur Toilette. Er tippte noch eine SMS an Boris, bat ihn, Julia mitzuteilen, dass sie heil in Mukatschewo angekommen waren, und fiel hundemüde ins Bett.

Karl-Heinz rieb ihm am nächsten Tag unter die Nase, Gisbert habe den Höhepunkt des Abends verpennt. Die schönsten Volkslieder, die er je gehört habe, mit Gitarrenbegleitung. Das Konzert habe bis in die Morgenstunden angedauert. Das würde Gisbert den Rest seines Lebens bereuen!

Eine neue Windschutzscheibe für den Peugeot ließ sich in der Provinzstadt nicht auftreiben. Weder Gisbert noch Karl-Heinz wollte mit demselben Auto bis nach Kiew fahren. Kolja schlug bereitwillig vor, sie mit seinem Motorrad der Marke Ural (mit Beiwagen), die sich zu Sowjetzeiten mehrfach bewährt hat, in die Hauptstadt zu befördern.

Um das Auto und das »Sofa« würde er sich später kümmern, versprach er zudem.

»Ist das nicht ein bisschen zu weit ... mit dem Motorrad?«, zweifelte Gisbert.

»Ach was«, erwiderte Kolja und winkte ab, »ein paar Stunden, und wir sind in Kiew ... Hab ich schon oft gemacht!«

Gisbert nahm hinter dem Fahrer Platz und umklammerte fest seinen Bauch. Karl-Heinz schlüpfte mit angewinkelten Beinen in den Beiwagen. Jeder trug einen Helm auf dem Kopf. Karl-Heinz einen, der zahlreiche Dellen und ein kugelgroßes Einschussloch auf der linken Seite aufwies. Kolja hatte den deutschen Soldatenhelm auf dem Dachboden ausgegraben, einen anderen hatte er nicht. Er gab zu, dass das gute Stück aus dem Trophäennachlass seines verstorbenen Großvaters stammte. Dieser war einst echter Partisan gewesen! Karl-Heinz bekam obendrein eine dunkelgraue Windschutzbrille in die Hand gedrückt, damit er auf dem langen Weg die üppigen Landschaften genießen konnte. Unter anderen Umständen wäre sie glatt für eine uralte Profitaucherbrille durchgegangen. So sah er nun aus wie der Pilot eines Jagdflugzeugs aus dem Ersten Weltkrieg. Der Helm wirkte ziemlich deplatziert.

Es war bereits stockdunkel, als sie nach etwa sechshundert Kilometern halbtot in die Kiewer Vorstadt rollten. Karl-Heinz navigierte Kolja mit Hilfe von Handzeichen zu einem der Hochhäuser, in dem seine Eigentumswohnung lag.

Kolja half ihm aus dem Beiwagen heraus, nahm ihm die Brille samt Helm ab und stützte ihn auf dem Weg zur Wohnung im vierten Stockwerk. Karl-Heinz stöhnte immer wieder auf. Gisbert torkelte kommentarlos, aber o-beinig und mit wundgesessenem Hintern die Treppe hinauf. Als er mit dem Koffer von Karl-Heinz ins Wohnzimmer trat, lag dieser bäuchlings auf dem Sofa und erteilte Befehle. Sein Koffer käme ins Schlafzimmer und müsste ausgepackt werden, die Betten müssten überzogen und die Schuhe in den Schuhschrank im Flur gestellt werden. Zum Schluss musste das Licht ausgeschaltet werden, und es wurde geschlafen.

In Kiew verbrachten sie nur zwei Tage. Gisbert konnte sich in dieser Zeit nur wenige Sehenswürdigkeiten anschauen. Vor allem die Klosterkirche St. Michael und der berühmte Majdan samt dem Europaplatz prägten sich ihm ein. Außerdem der Zentralbahnhof, wo sie sich ihre Tickets nach Jalta besorgten.

Karl-Heinz hatte viel zu erledigen und schleppte ihn überallhin mit. Sehenswürdigkeiten könne Gisbert beim nächsten Besuch bestaunen, sagte Karl-Heinz. Aber zum hiesigen Markt müssten sie! »Das solltest du unbedingt sehen«, beteuerte er.

Von wegen. Darauf hätte Gisbert nur zu gern verzichtet. Der riesige Freiluftmarkt erinnerte ihn an einen etwas größeren Trödelmarkt. Zudem beklauten ihn am Ausgang bunt gekleidete, durcheinandergackernden Roma-Frauen. Handy und Portemonnaie samt Bankkarte kamen ihm abhanden. Als er es nach einer Minute bemerkte und erbost zurückkehrte, fehlte von den Frauen bereits jede Spur. Als hätten sie sich in Luft aufgelöst. Sein Glück war, dass er den Reisepass in der Wohnung liegen gelassen hatte. Sonst hätte er das nächste halbe Jahr vermutlich in der Ukraine zubringen müssen, ehe seine Identität geklärt worden wäre und er sich neue Reisepapiere bei der deutschen Botschaft besorgt hätte.

Er wollte zur Polizei, aber Karl-Heinz redete es ihm aus. Das würde absolut nichts bringen, sagte er. Roma gebe es in Kiew Tausende, und die meisten hätten keine feste Adresse. Gisbert hatte darauf auf der Stelle zum Postamt gehen wollen, um bei seiner Bank anzurufen und das Konto sperren zu lassen. Das könne er auch bequem abends von der Wohnung aus erledigen, belehrte ihn Karl-Heinz. Auf dem Postamt würde es ewig dauern, bis die Verbindung stehe. Er solle sich keine Sorgen machen. Die Roma-Frauen müssten erst jemanden ausfindig machen, der die Kartencodes knacken kann. Dazu sei nicht jeder in Kiew fähig.

Ihr Zimmer im Hotel Jalta war dank der Klimaanlage aus Sowjetzeiten wohltemperiert, hatte jedoch einen Haken. Schaltete man das Gerät ein, begann es zu surren, immer und immer lauter, bis es sich fast wie ein handelsüblicher Betonmischer anhörte. An erholsamen Schlaf war nicht zu denken. Gisbert wachte wiederholt auf, wälzte sich und verfluchte das marode Hotel. Gegen drei Uhr nachts, als sich die Außenluft ein wenig abgekühlt hatte, schaltete er die Anlage aus, riss die Balkontür auf und fiel ins Bett. Nicht einmal Karl-Heinz' penetrantes, wellenartiges Schnarchen (mit ihm teilte er nämlich das Doppelbett) störte ihn mehr. Karl-Heinz hingegen beklagte sich nicht. Er presste gegen Mitternacht die Ohropax in seine Ohren und befahl, ihn bis neun Uhr nicht anzusprechen. Seltsamerweise ging er im Urlaub eher ins Bett als sonst. Die subtropische Hitze setzte ihm offenbar zu oder ihm fehlte einfach nur Schleiermacher, dachte Gisbert mitunter.

Der letzte Morgen in Jalta war sonnig und klar, genauso wie die sieben Tage zuvor. Vor Gisberts Augen breitete sich das Schwarze Meer aus. Es schillerte im Sonnenlicht, spielte alle Farben und lockte in seine Nähe. Er lehnte sich ans Balkongeländer, badete sein Gesicht in der Sonne und rekapitulierte die Eindrücke der letzten Zeit aus Kiew und Jalta. In der Ferne lugte hinter den Bäumen der geschichtsträchtige Liwadija-Palast hervor – einst die Sommerresidenz des letzten russischen Zaren Nikolai II. In diesem Gebäude hatte kurz vor dem Ende des Zweiten Weltkrieges die berühmte Jalta-Konferenz stattgefunden.

In etwa zwanzig Stunden, überschlug Gisbert im Kopf, würden sie sich auf den Weg zu Tante Vera machen, wo Julia dem Plan nach auf sie beide wartete. Inzwischen fragte er sich, ob der Besuch bei Tante Vera überhaupt noch sinnvoll war. Das letzte Telefonat mit Boris, den er zwei Tage zuvor von Jalta aus kontaktiert hatte, war seltsam gewesen. Sein Mitbewohner hatte ihm berichtet, er hätte Julia wieder mit dem Südländer gesehen, mit dem er sie vor einiger Zeit in der Stadt gesichtet hätte. Der Bursche habe sie nun in der Wohnung aufgesucht. Boris durfte sich während des Teetrinkens in der Küche zu den beiden gesellen und den Mann kennenlernen. Ein netter Typ übrigens, dieser Wacho, hatte Boris am Ende des Telefonats bemerkt (sagte er wirklich nett?). Er sei Georgier und von Beruf Arzt! An dieser Stelle hatte Gisbert den Telefonhörer gegen die Wand geknallt, ohne sich zu verabschieden. Boris hatte ihm noch etwas sagen wollen, doch Gisbert war der Kragen geplatzt.

War Julia doch nicht aufrichtig? Wer war dieser Wacho? Und wozu das Ganze hier? Wozu Tante Vera, wozu die Krim?

Er versuchte, auf andere Gedanken zu kommen. Den letzten Urlaubstag wollte er sich dadurch nicht verderben lassen. Ihm fiel Jägermeister ein. Karl-Heinz hatte nämlich beim Aufstehen verkündet, die Jägermeisterfläschchen seien nun alle. Er hatte ein ganzes Dutzend davon in die Ukraine eingeschleust und sie Tag für Tag penibel für Gisbert und sich eingeteilt. Jeweils ein Fläschchen vor dem Frühstück, als Prophylaxe gegen Magenverstimmungen. Seine vor Jahren verschiedene Mutter, beteuerte er, hätte das Mittel mit Erfolg gegen jegliche Bakterienattacken eingesetzt. Gisbert hatte die Prozedur zunächst belächelt (was konnte schon seinem jungen Magen passieren?). Als aber am zweiten Tag nach ihrer Ankunft in Jalta ein unbekannter Virus einem der Hotelgäste den Boden unter den Füßen weggerissen hatte und er mit Blaulicht ins hiesige Hospital mit angeblich miserablen Hygienezuständen abtransportiert worden war, hatte Gisbert inständig gehofft, das Jägermeister-Ritual würde ihn vor einem ähnlichen Schicksal bewahren.

Bis zu diesem Morgen hatte es ausgezeichnet gewirkt, aber nun waren die Fläschchen alle ...

»Probleme?«, ließ sich plötzlich eine tiefe und kratzige Männerstimme ganz in der Nähe vernehmen, sodass Gisbert vor Schreck leicht zusammenfuhr. Auf dem Nachbarbalkon stand Herr Läpple, der Bruder des betroffenen Kranken, blies wohlgeformte Zigarettenrauchringe gen Himmel und schielte fragend zu ihm herüber.

»Ach nein.« Gisbert winkte ab. »Nicht der Rede wert.«

Für ein Gespräch mit dem Schwaben, einem Schwätzer aus Esslingen war er nicht in Stimmung. Der Typ mit der krummen Nase ähnelte auf verblüffende Weise einem böswilligen Fähnrich aus Gisberts Wehrdienstzeit.

»Hasch du hier scho Tomata probiert?«

»Nee, wieso?«

»Die Dinga send super lecka hier.«

Er grinste.

»Ehrlich?«

»Aber hundert Prozent!«

Herr Läpple klopfte gewichtig mit seinen dunkelgelben Fingern die Asche von der Zigarette. Gisbert glaubte einen ironischen Ton in seiner Stimme mitschwingen zu hören.

Sie tauschten einige Sätze aus. Seinem Bruder ginge es sauschlecht und er müsse wohl, bis er gesund sei, allein in der Ukraine bleiben. Fliegen könne der arme Kerl jedenfalls nicht. Er selbst, sagte Herr Läpple, müsse am Montag schon die Nachtschicht antreten. Seine Urlaubstage seien gezählt. Aber sein Bruder sei selbst schuld. Er hätte sie (also seine Frau und ihn) überredet, den Sommerurlaub auf der Krim zu verbringen. Seit Jahren hätte er ihnen in den Ohren gelegen, die Landschaft sei hier unsagbar schön, und vor allem schmeckten die Tomaten so gut wie nirgends sonst auf der Welt.

Er lachte auf und schüttelte missmutig den Kopf. Dann fischte er eine weiße, beinahe durchsichtige Plastiktüte mit vier oder fünf fleischigen, übergroßen Tomaten vom Tisch und reichte sie Gisbert. »Hier«, sagte er, »wenn du scho hier bisch, dann musch du sie unbedingt probiera.«

»Aber nein ...«

»Nimm scho ...«, insistierte er, »mir hoba noch welche. Die send erschte Klasse!«

Gisbert wagte nicht, das Geschenk abzulehnen.

Im selben Moment trat Karl-Heinz auf den Balkon, frisch geduscht, rasiert und einparfümiert.

»Oh«, sagte er, »gibt's hier was umsonst?«

Er schielte auf die Tomaten.

»Uhu ...«

Gisbert legte die Tüte auf dem runden Balkontisch ab.

»Danke«, sagte Karl-Heinz mit leuchtend-freudigem Blick zum Nachbarn. »Die probieren wir gleich nach dem Frühstück.«

»Bitte, bitte«, entgegnete Herr Läpple und zog sich zurück, weil seine Frau nach ihm gerufen hatte.

Gisbert wunderte sich über den Pfarrer. Dieser hatte sich bisher konsequent geweigert, auch nur ein einziges Salatblatt in den Mund zu nehmen, geschweige denn die vielfältigen Früchte vom hiesigen Markt zu kosten. Lediglich einem faustdicken Pfirsich hatte er nicht widerstehen können. Diesen hatte er allerdings erst eine Stunde lang mit dem Wasser aus einer Plastikflasche begossen und geschrubbt, ihm danach sozusagen bei lebendigem Leib die dickpelzige Haut abgezogen, ehe er ihn endlich verspeist hatte. Ein kleines Stück davon durfte Gisbert natürlich versuchen.

Und nun verkündete Karl-Heinz, er wolle die Tomaten essen. Das, nachdem ihnen der Jägermeister ausgegangen war! Wahrscheinlich, schlussfolgerte Gisbert, hatte der Pfarrer die Bemerkung aus purer Höflichkeit gemacht. Trotz seines fortgeschrittenen Alters hatte er offenbar nicht gelernt, im richtigen Augenblick Nein zu sagen. Sein Mund spuckte stattdessen liebenswürdige Worte aus.

Gisbert staunte nicht schlecht, als er nach dem Frühstück ins Zimmer zurückkehrte und Karl-Heinz auf dem Balkon sitzen sah, mit einem Taschenmesser in der einen und einem Stück Tomate in der anderen Hand. Auf dem Tisch stand ein Plastikteller mit nur noch wenigen saftig-roten Tomatenscheiben.

»Was machst du denn da?«, fragte Gisbert und trat auf den Balkon.

»Hm ...« Karl-Heinz legte sich das Stück auf die Zunge und verkündete mit halbvollem Mund: »Du. Du solltest die wirklich probieren. Das hätte ich nicht gedacht. Sie sind echt gut!«

Bevor Gisbert darüber nachdenken konnte, hielt Karl-Heinz ihm schon den Teller unter die Nase.

»Hast du sie gewaschen?«, fragte Gisbert.

»Natürlich.«

»Aber wir haben doch kein Mineralwasser mehr.«

»Ich weiß. Ich hab sie lange unters Leitungswasser gehalten.«

»Bitte?« Gisbert zögerte und starrte ihn unschlüssig an.

»Nimm schon!« Karl-Heinz bestand darauf und schob den Teller näher heran. »Wenn wir bisher alles gut überstanden haben, wird uns diese Tomate nicht umhauen.«

Gisbert ließ das Tomatenstück auf der Zunge zergehen. Es schmeckte in der Tat vorzüglich. Aber da er sich mit Tomaten nicht auskannte, hielt sich seine Begeisterung in Grenzen. Er überlegte, ob er bereits zwei Jahre zuvor in Spanien, als er dort mit Sven zum Campen gewesen war, nicht ebenfalls so gute Tomaten gekostet hatte.

Noch vor der Mittagszeit suchten sie das Tschechow-Haus auf, in dem der weltbekannte Russe einst während seiner Sommerferien logiert hatte und das nun als Museum diente. Mittags verspeisten sie in einem der zahlreichen Restaurants auf der Promenade je einen Teller Borschtsch mit Sauerrahm und frischem Weißbrot. Danach beschlossen sie, den Nachmittag am hoteleigenen Strand zu verbringen.

Sie fanden sich dort mit Badetüchern, Sonnenbrillen und Lesefutter ein und quetschten sich zwischen zwei laut trällernde Mädchengruppen. Einen ruhigeren Platz gab es nicht. Sie hofften, die Mädchen würden bald ins Wasser springen. Nach einer Weile taten sie es tatsächlich.

Karl-Heinz vergrub sich in ein Buch von Albert Schweitzer. Gisbert blätterte in einer Computerzeitschrift, die er bereits vor einem halben Jahr am Bielefelder Bahnhofskiosk erworben hatte. Mitunter ließ er seinen Blick über die blau schillernde Meeresfläche schweifen und träumte davon, sich in nicht allzu ferner Zukunft eine Jacht zuzulegen und damit um die Welt zu segeln. Sein Blick fiel dann und wann unwillkürlich auf die nackten Pobacken. Die meisten jungen Touristinnen bevorzugten in Jalta die Tangas. Das »Oben-ohne« hingegen war ein Tabu. Gaffende Männerblicke schienen sie nicht zu stören.

»Ah ja ... Das Leben ist schön!«, schwärmte Gisbert. Natürlich würde er nicht allein um die Welt segeln wollen. Es gab Tausende hübsche Frauen. Er taxierte eine Wasserball spielende und um sich spritzende Mädchengruppe. Sollte die Beziehung mit Julia in die Brüche gehen, würde er bald nach Jalta zurückkehren. Unbedingt! Dieser Urlaub hatte sich auf jeden Fall gelohnt.

Plötzlich tauchte vor ihm wie aus dem Nichts eine uralte Babuschka auf und versperrte ihm die Aussicht auf das Meer und die Mädchen. Sie trug ein blumig-buntes Kopftuch und ein handgeflochtenes Körbchen in der Hand, voll mit frisch gekochten und meterweit duftenden Maiskolben. Sie lächelte verlegen, ließ eine Lücke in der oberen Zahnreihe aufblitzen und machte mit knotigen Fingern deutlich, dass sie nur zwei Griwna pro Maiskolben haben wollte.

Gisbert griff gleich zweimal zu. Den zweiten Kolben hielt er dem Pfarrer unter die Nase, der einen Augenblick zögerte. Wie zwei Biber hockten sie nun da, nagten und saugten am Mais. Karl-Heinz tat sich recht schwer damit, ihm fehlte immer noch ein halber Schneidezahn. Für einen Zahnarzt hatten sie in Kiew schlichtweg keine Zeit gehabt. Während er noch dabei war, die allerletzten Maiskörner abzuknabbern, begann sein Magen grimmig zu rumoren. Zunehmend lauter. Nach einer Weile krümmte sich der Pfarrer auf einmal, fasste sich an den Bauch und keuchte: »Du ... i... ich glaub, ich muss ins Hotel. Pass bitte auf die Sachen auf, ich bin gleich zurück.«

Gisbert nickte verständnisvoll. Am Strand gab es zwar eine öffentliche Toilette, nachdem sie diese aber getestet hatten, machten sie einen großen Bogen darum.

Gisbert genoss weiterhin die Aussicht aufs bläulich-schillernde Wasser und die darin planschenden und kreischenden Mädchen. Etwa zehn Minuten später registrierte er allerdings, dass sich sein Magen ebenfalls knurrend zusammenzog. Die messerscharfen Stiche und das Rumoren schlugen kurz darauf zu. Er kramte blitzschnell die Sachen zusammen und trippelte leicht gebeugt in Richtung Hotel. Da es zwei- bis dreihundert Meter vom Strand entfernt lag und das Brodeln im Bauch immer bedrohlicher klang, beschleunigte er zunehmend seinen Schritt. Durch die Hoteltür fegte er wie ein Sturmwind. Vor dem Fahrstuhl hatte sich eine Schlange gebildet. Gisberts Blick fiel auf das Treppenhaus. Sobald er die Treppe erreichte, schleuderte er die Strandtaschen zur Seite und düste wie eine Rakete über mehrere Stufen zugleich hinweg, bis er im vierten Stock anlangte. Er spurtete in den Flur, steuerte hochkonzentriert seine Zimmertür an und steckte mit zittriger Hand den Schlüssel ins Schloss. Die Tür gab nach. Als er jedoch erwartungsvoll die Türklinke des Badezimmers umklammerte, stellte er ebenso verblüfft wie enttäuscht fest, dass die Tür verschlossen war.

»Das gibt's ja nicht ...«, gab er von sich. Hockte sein Freund etwa noch auf der Schüssel?

»Karl-Heinz?«, rief er und trommelte mit beiden Fäusten entschlossen gegen die Tür. »Bist du da drin?«

»Jaaa ...«

»Mach bitte schnell auf!«

»Wieso?«

»Ich muss dringend.«

»D... das geht nicht.«

»Mach die verdammte Tür auf!«

»I... ich kann nicht.«

»Ich schlag sie gleich ein!«

»NEIN! Es ... tut mir leid. Das geht JETZT wirklich nicht«, krächzte der Pfarrer.

Die nächste messerscharfe Attacke zwang Gisbert in die Hocke. »Aua ...Verdammt ...«

Er kniff mit letzter Kraft die Pobacken zusammen. Einen Augenblick lang überlegte er, bei Herrn Läpple zu klopfen, bezweifelte aber, dass dieser sich im Hotelzimmer aufhielt. Was, wenn seine Frau öffnete? Ihr die Situation zu erklären fand er zu peinlich, außerdem hatte er keine Zeit dazu.

Er schaute auf die gekippte Balkontür, dann auf die Badezimmertür, wiederum auf die Balkontür und auf die Badezimmertür. In wenigen Sprüngen erreichte er die Balkontür, riss sie auf, suchte alle Ecken nach passenden Behältern ab und sah plötzlich die Tüte mit den Tomaten. Sie hatten sie vormittags auf dem Tisch liegen lassen. Blitzschnell streifte er seine Hose hinunter, griff nach der Tomatentüte, hockte sich hin und hielt sie samt den Tomaten unters Gesäß. Ein Wonnegefühl durchströmte seinen Körper wie nie zuvor im Leben, und er schloss erleichtert die Augen. Die Katastrophe konnte er verhindern.

»Probleme?«, ließ sich plötzlich aufs Neue die kratzige Stimme des Nachbarn vernehmen, die Gisbert bis ins Mark erschütterte. Es war wie ein Déjà-vu.

Herr Läpple lehnte lässig am Geländer und starrte unverblümt Gisbert an. Dabei schickte er verschmitzt seine gekonnten Rauchringe in die Luft.

Gisbert verschlug es die Sprache. Was sagte man in solch einer Situation? Er hockte nur da und glotzte wie ein halbtoter Hecht mit hochrotem Kopf den dickbäuchigen Schwaben an.

»Schad um die guten Tomata«, legte der Nachbar nach und grinste hämisch.

»Hauen Sie ... hau ..., hau ab, du ... du ...!«, polterte Gisbert.

»Ha, ha ... ich ... ha, ha ... i geh ja scho ...«, prustete dieser und brach schließlich in Gelächter aus.

»Was isch denn mit dir los?« Gisbert erkannte die Stimme von Frau Läpple.

Die Balkontür der Nachbarn fiel lautstark zu. Die wellenartigen Lachsalven hallten noch eine Weile aus ihrem Zimmer.

Nie wieder Ukraine, schwor Gisbert sich. Nie wieder eine Freundin von der Krim!

Der Virus erwies sich als hartnäckig. Dennoch blieben sie vom Aufenthalt in Jaltas »Lazarett« dank Karl-Heinz verschont. Er engagierte eine pralle Ärztin, die sie auf Privatrechnung versorgte, denn sie hielt ohnehin tagein, tagaus Wache im medizinischen Versorgungsraum des Hotels. Schlug ein Virus in irgendeinem Zimmer zu, hatte sie die Gewalt zu entscheiden, was mit dem betroffenen Hotelgast passierte. Krankenhauseinweisung, Quarantäne im Hotelzimmer (was so gut wie nie vorkam) oder Zwangsevakuierung, wohin auch immer. Während Gisbert und Karl-Heinz im Hotel logierten, geschah es sogar, dass sie einen Leichentransport bestellte (auch dies kam laut Personal nur selten vor). Die Hotelverwaltung ließ mit sich reden. Gegen einen enormen Aufpreis durften die beiden einige Tage in ihrer Hotelzelle verweilen. Unter einer Bedingung: ihre Tür musste luftdicht verschlossen bleiben. Kein Schritt in den Flur, geschweige denn ins Foyer. Ausschließlich auf den Balkon. Alles, was sie benötigten, wurde ihnen geliefert. Die Ärztin schaute zweimal am Tag nach ihnen. Vermummt und manchmal mit zwei ungewohnt großen Mehrwegspritzen bewaffnet kam sie vorbei und jagte diese schwungvoll in die leiderprobten Pobacken von Gisbert und Karl-Heinz. Sie machte dabei von einer eigens von ihr entwickelten Einstichmethode

Gebrauch, die den Schmerz angeblich lindern sollte. Sie hielt die Nadel wie einen Dartpfeil zwischen ihrem Zeigefinger und Daumen hoch, schwenkte den Arm nach hinten, zielte präzise mit zusammengekniffenen Augen und schleuderte den Pfeil ins weiche Fleisch. Gisbert gab stets einen Aufschrei von sich und biss vor Schmerz fest ins Kissen. Erst dann setzte sie den Zylinder samt Kolben auf die Nadel drauf und presste die Flüssigkeit langsam hinein. Diese Methode war alles andere als schmerzlindernd, doch kam er gegen die robuste Frau mit der dicken Brille nicht an.

Der stiernackige Taxifahrer, der sie mit vier Tagen Verspätung nach Olexandriwka fuhr, war wortkarg und machte sich offenbar keine Mühe, das gebrochene Russisch von Karl-Heinz zu verstehen. Dreimal hatte Karl-Heinz ihn bereits gebeten, das Schiebedach wegen des Zugwindes zu schließen. Er jedoch schaltete auf stur und starrte auf die Straße. Nach dem Motto: »Das ist mein Auto. Ich bin hier der Boss!«

Karl-Heinz hatte sein ölverschmiertes Toupet immer noch nicht über die Glatze drapiert und hatte eigentlich keinen Grund, sich zu sorgen, außer dass er sich eine Erkältung einfing. Er verstummte und schüttelte verdrießlich den Kopf, als der Taxifahrer sein nächstes lebensgefährliches Überholmanöver startete. Gisbert schloss die Augen und betete. Wie gut kann es doch sein, sagte er sich jedes Mal, bei so einer Reise einen Geistlichen an Bord zu haben. Karl-Heinz' Gebete wogen sicherlich mehr.

Der Taxifahrer verfuhr sich auf der spärlich ausgeschilderten, staubigen Landstraße und gab bald unverständliche Laute von sich. Schließlich gestand er, dass er noch nie in diesem Ort gewesen war. Erst nachmittags rollten sie in das verschlafene Dorf Olexandriwka ein. Es bestand aus nur wenigen nicht asphaltierten und von Pappeln gesäumten Straßen. Links und rechts zogen sich hölzerne Zäune entlang, dahinter blickte ein Dutzend alter Häuschen hervor, hier und da streckte ein Obstbaum seine Arme über den Zaun. Hühner, Enten und Gänse gingen unbeaufsichtigt am Straßenrand spazieren und glotzten hinter dem Taxi her. Plötzlich schoss eine schwarze Katze unter dem Zaun hervor und flitzte unmittelbar vor dem Auto über den Weg. Der Fahrer ballte die Faust, schickte ihr einen Fluch hinterher und bekreuzigte sich. Dabei fuhr er an der Nummer 32 vorbei. Er bremste abrupt, legte den Rückwärtsgang ein, setzte zurück und bog in eine Hofeinfahrt ein.

Das Garagentor stand offen. Im Inneren werkelten zwei Männer mit ölverschmierten Gesichtern an einem Kleinwagen herum. War das ein Trabi, fragte sich Gisbert im ersten Moment. Nein, es war keiner.

Die Männer lugten unter dem Auto hervor. Und als Gisbert ausstieg, legte einer das Werkzeug zur Seite und bemühte sich, auf die Beine zu kommen.

»Äh … hier wohnen … Tante Vera?«, fragte Gisbert auf Russisch und deutete auf das Haus, beschämt darüber, dass ihm der Familienname entfallen war.

»Ja«, sagte der muskulöse Mann mit blondgelocktem Haar, den Gisbert auf etwa sein eigenes Alter schätzte, »hier wohnt Tante Vera.« Er rieb sich mit dem Handrücken den Schweiß von der Stirn und fragte plötzlich: »Und du bist Gisbert?«

Gisbert taxierte ihn etwas verdutzt. »D… das stimmt, der bin ich. Aber woher …?«

»Julia!«

»Ach ... Dann bist du Alexander?«, kombinierte Gisbert augenblicklich.

»Ja.«

Sein Freund hörte auf den Namen Sergei.

Gisbert machte Karl-Heinz mit Handzeichen klar, dass sie am richtigen Ort waren. Sie luden ihre Sachen aus, bezahlten den Fahrer, der einen Wirbel aus Staub erzeugend davonjagte.

Aus dem Haus kam hocherfreut und laut zwitschernd eine Frau auf sie zu. Gisbert hielt sie erst für Julias Mutter. So verblüffend ähnlich sah sie ihr. Aber kein Wunder, es war Tante Vera, die Zwillingsschwester von Frau Sawadskij. Sie trug einen verblassten, flauschigen Kittel und ein blumenverziertes Kopftuch und hatte zudem ein von der Sonne mit tiefen Falten gezeichnetes Gesicht. Ihre Füße steckten in ebenso flauschigen, dunkelgrünen Hauspantoffeln. Ein weiteres Merkmal, das sie von Frau Sawadskij unterschied, war ihre unglaubliche Herzlichkeit. Ohne zu fragen, ob Gisbert tatsächlich Julias Freund war, schloss sie ihn fest in die Arme und verpasste ihm einen saftig-nassen Schlabberkuss auf die Wange.

»Herzlich willkommen bei uns, liebe Gäste!«, sagte sie und wiederholte die Floskel dreimal. Sie verströmte einen abgestandenen, süßlichen Knoblauchgeruch. Gisbert hielt den Atem an, und nachdem er sich aus ihrer Umarmung löste, trat er unwillkürlich zwei Schritte zurück. Während sie seine Hand schüttelte, spürte er die rissige, dürre Haut ihrer Finger.

Sie wandte sich darauf Karl-Heinz zu, der sie, ohne mit der Wimper zu zucken, ebenfalls mit offenen Armen und freudestrahlend empfing. So, als würden sie sich seit ihrer

Grundschulzeit kennen. Sie zögerte kurz und musterte den schmächtigen Mann mit dem nackten Oberkörper und der modischen Sonnenbrille von oben bis unten, ehe sie sich von ihm umarmen ließ. Sie wusste, dass Gisbert in Begleitung eines Pfarrers unterwegs war (Gisbert ging davon aus, dass Julia ihr das berichtet hatte) und schien nun über die äußere Erscheinung eines deutschen Geistlichen offenbar ein wenig verwundert zu sein.

Karl-Heinz waren die sauberen Hemden ausgegangen. Während er sich im Hotel Jalta auskuriert hatte, hatte er es versäumt, sich darum zu kümmern. Als sie sich dann auf den Weg machen wollten, hatte Gisbert ihm sein Lieblings-T-Shirt angeboten, mit einem Fußball vorn und blau-schwarz-weißem Arminia-Logo auf dem Rücken. Karl-Heinz hatte es zunächst mit einem Wink abgelehnt. Hier laufe schließlich die halbe Männerwelt »oben-ohne« herum. Warum könne er bei dieser Hammerhitze nicht einen Tag lang mit nacktem Bauch losziehen? Das könne er, gab Gisbert zur Antwort und registrierte im Stillen, dass Karl-Heinz ungewohnt ausgelassen auftrat, ein permanentes Grinsen im Gesicht hatte und seit Stunden unentwegt ein Kirchenlied vor sich hin summte. Entweder waren es die Auswirkungen der Medikamente, die sie seit Tagen gespritzt bekommen hatten, oder die »Hammerhitze« hatte dafür gesorgt, dass beim Pfarrer die Sicherungen allmählich durchbrannten.

Gewiss bekamen die Menschen in der Ukraine nicht alle Tage einen waschechten Geistlichen ohne Bart, mit Glatze und splitternacktem Bauch zu Gesicht. Bei den Popen war die Welt noch in Ordnung, sie legten Wert drauf, sich anständig zu kleiden. Da Gisbert Tante Veras Irritation bemerkte, versuchte er es mit einem Ablenkungsmanöver:

»Wo ist eigentlich Julia?«

Er fragte sich auch, warum sich seine Freundin bisher nicht gezeigt und zusammen mit Tante Vera die Schlabberküsse verteilt hatte.

»Julia kommt bald«, antwortete Tante Vera und trat dabei von einem Bein auf das andere. Dann fügte sie unverblümt hinzu: »Nächste Woche schon.«

Gisbert taxierte sie mit hochgezogenen Augenbrauen. Hat er richtig gehört? »N... nächste Woche? W... wo ist sie denn?«

»Na in Deutschland!«

»Bitte? Ich dachte, sie wartet hier schon lange auf uns ...«

Da Tante Vera über keinen Telefonanschluss verfügte, hatte er damit gerechnet, dass sich Julia aufgrund der Verspätung um ihn tierische Sorgen machte. Er hatte sie nicht informieren können, dass Karl-Heinz und er krankt waren. Nun hörte er, sie sei noch in Deutschland, und höchstwahrscheinlich trieb sie sich dort mit dem verdammten Georgier herum. Boris hatte also recht.

»Sie hat eine Prüfung«, meinte Tante Vera.

»Die Prüfung hatte sie schon doch.«

»Ich weiß nicht, sie hat uns ein Telegramm geschickt ... Es ist gestern gekommen.« Sie deutete mit dem Zeigefinger auf ihre Hütte. »Kommt doch herein, ich zeig's euch.«

Gisbert und Karl-Heinz wechselten fragende Blicke, nahmen die Taschen unter die Arme und trotteten ihr hinterher. Alexander verzog sich kommentarlos in die Garage. Gisbert hörte bald das lautstarke Hämmern des Werkzeugs.

Als Gisbert den niedrigen, zugleich als Diele und Küche dienenden Vorbau betreten wollte, bückte er sich leicht, um nicht mit dem Kopf gegen den Türrahmen zu laufen.

Die andere Tür, die ins Hausinnere führte, war ebenfalls auffallend tief angesetzt, und der dunkelbraune Holzboden schien ebenerdig zu sein. In der Diele lag ein verwaschener, löchrig getretener Läufer. Eine der Innenwände des Wohnzimmers zierte ein kunterbunter, mit Ornamenten versehener Teppich. Vor den zwei ebenfalls sehr tief eingebauten Fenstern, durch die nur spärlich Tageslicht ins Innere gelangte, hingen lange Tüllgardinen. Hier und da schmückte ein in dunkles Holz gerahmtes Schwarzweiß-Foto die mit ehemals bunten, inzwischen vergilbten Tapeten beklebten Wände. Mitten im Zimmer stand ein rechteckiger Tisch, um ihn herum sechs Stühle. In der Ecke nahe dem Fenster stand ein grünlicher Sessel mit einer flaumweichen, dunkelbeigen Tagesdecke. An der Wand hinter dem Sessel tickte gemächlich eine antik anmutende Kuckucksuhr.

»Lebt noch der Kuckuck?«, fragte Gisbert Tante Vera im Spaß.

»Ja, ja, das tut er noch.« Sie lächelte. »Er ist nur alt und übergeschnappt. Er lugt, wann er will, aus der Uhr hervor. Fast nie zur richtigen Zeit.«

Gisbert war es, als wäre er um ein halbes Jahrhundert zurückversetzt. Alles hier – der Teppich, die Wände, die Gardinen, der Sessel – schien den ganzen Kräutermix aus Tante Veras Garten im Laufe der Jahre tief in sich aufgesaugt zu haben. Es roch nicht muffig, aber befremdlich.

Tante Vera fischte Julias Telegramm aus der Schublade eines etwas zerkratzten Buffetschranks hervor und hielt es Gisbert hin.

»Komme Dienstag ... nächste Woche ... wegen Prüfung ... Julia«, las er laut vor und fügte sogleich hinzu: »Hm ... Das verstehe ich nicht.«

Tante Vera zuckte mit den Achseln.

»Gibt es hier irgendwo ein Telefon?«, fragte Gisbert.

»Auf der Post.«

»Und wo ist sie?«

»Dort ist sowieso niemand«, sagte Tante Vera, »fast nie ist dort jemand.«

»Warum?«

»Nur manchmal ... Montag und Mittwoch, und nur vormittags um zehn Uhr.«

»Warum?«, wiederholte Gisbert die Frage. Er bemühte sich, deutlich russisch zu sprechen.

»Woher soll ich das wissen? Sie haben kein Geld. Zu Sowjetzeiten war alles besser ... Und im Kulturhaus ist auch keiner mehr zu sehen. Früher haben sie dort jeden Freitag und Samstag Filme gezeigt ... Und es war alles nicht so teuer wie jetzt ... und ... und ... die Jugend hat Disko gemacht ... und ...«

Tante Vera war nicht zu bremsen. Gleich einem Wasserfall überschüttete sie die Gäste mit ihren Klagen.

Gisbert verstand nur jedes zweite Wort, obwohl er seine Ohren spitzte wie noch nie. »Ein weiteres Unterscheidungsmerkmal«, stellte er fest. So ein lebhaftes Gelaber hätte Julias Mutter nie zustande gebracht. Das war klar.

»Heute ist Donnerstag«, überschlug er im Kopf. »Bis Julia aufkreuzt, vergeht fast eine Woche. Was sollten wir hier ohne sie tun? Pilze suchen gehen oder Hühner jagen?«

Er verspürte den scharfkantigen Taschengurt auf seiner Schulter, der ihn allmählich in die Knie zwang. Der Schweiß trat ihm von der stickigen Luft auf die Stirn. Karl-Heinz grinste lässig mit entzücktem Blick und machte den Anschein, als würde er Tante Vera interessiert zuhören. In Wirklichkeit traute er sich vermutlich aus Höflichkeit nicht, ihr ins Wort zu fallen. Gisbert schob den Gurt von der Schulter hinunter und ließ die Tasche auf den Dielenboden knallen. »Buff!«, machte sie.

Tante Vera fuhr zusammen und sah zu ihm erschrocken auf. Ebenso Karl-Heinz.

»Hat hier denn kein Mensch ein Handy?«, fragte Gisbert, wobei er das Wort Handy in Deutsch verwendete (das müsste international zu verstehen sein, war er der Meinung).

»Was?« Tante Vera kapierte nicht.

»Ein Han-dy!«

Karl-Heinz lachte auf. »Das Ding heißt hier Mobilnik«, korrigierte er und witzelte weiter. »Das heißt nur auf Deutsch Handy, du dumme Socke!«

»Bitte?« Gisbert stutzte über die Frechheit des Pfarrers.

»Ach ... Mobilnik!« Tante Vera amüsierte sich ebenfalls. »Nein, so was haben wir nicht ... ähm ...« Ihr fiel nun etwas ein. Sie deutete in Richtung Garage und setzte hinzu: »Aber Sergei ... ähm ... er .... er war übrigens früher Julias Freund.« Sie zwinkerte Gisbert schelmenhaft zu und stupste plötzlich seine Brust mit dem Finger an. »Aber sein Telefon geht hier leider nicht.«

»Warum?«

Sie zuckte erneut mit den Schultern. »Er sagt, es gibt hier kein ... kein ... irgendein Netz.«

»Und wozu hat er das Ding dann?«

»Für den Notfall«, sagte Tante Vera. »Wenn er auf die Jagd geht und so. Frag ihn selbst. Früher, als wir den Rubel hatten, war alles besser hier und ... und ...«

Gisbert griff nach dem Stuhl, schleifte ihn hörbar über den Boden unter dem Tisch hervor und ließ sich völlig entkräftet draufplumpsen. In diesem Augenblick meldete sich der Vogel an der Wand: »Kuck-kuck, kuck-kuck … früher … kuck-kuck … war alles besser hier … kuck-kuck … Sergei … kuck-kuck … war auch besser … kuck-kuck …«

Gisberts Magen gluckerte vor Vorfreude, wurde zunehmend ungeduldiger, knurrte. Bis ins Schlafzimmer drang ein berückendes Duftbukett aus Schnittlauch, Dill, Knoblauch und einigem mehr, das Gisberts Nase fremd vorkam. Sie hatten sich inzwischen ein wenig erholt, und zwar in dem hoffnungslos durchgelegenen und durchgeschaukelten Ehebett der Gastgeber. Tante Vera hatte nämlich auf die Schnelle die Betten frisch bezogen und den beiden ihr Schlafgemach überlassen. Obwohl Gisbert protestiert und versichert hatte, ihm würde eine lausige Matratze oder eine alte Couch irgendwo in der Ecke völlig genügen, hatte er sich gegen Tante Vera nicht durchsetzen können. So etwas käme nicht in Frage, war ihre Antwort gewesen. Gäste schliefen bei ihr ausschließlich im richtigen Bett! Das Gästebett im alten Kinderzimmer war belegt, deshalb bliebe nur noch das Ehebett. Zumal es sich dank den Rädchen darunter ohne nennenswerten Aufwand in zwei Einzelbetten verwandeln ließ. Sie umklammerte das silbern glänzende Metallgerüst eines Bettes und rollte es energisch zur Seite. Quietschend hoppelte es über den alten Dielenboden.

»Aber wo schlafen Sie dann?«, wollte Karl-Heinz wissen.

»Keine Sorge! Wir haben eine Klappliege im Schuppen. Die stellt mein Mann heute Abend im Wohnzimmer auf. Da schlafe ich drauf. Und Fedja kann bei dem Wetter draußen pennen«, sagte Tante Vera, krempelte die Ärmel hoch und ging in die Küche.

Als ersten Gang gab es Hühnernudelsuppe, als zweiten gebratenes Hähnchen mit ungeschälten, mit Dill bestreuten Frühkartoffeln aus dem eigenen Garten. Onkel Fedja, ein urgemütlicher Kerl mit einem markanten Schnauzbärtchen, hatte sich soeben auch eingefunden. Er war aufgetaucht, als Tante Vera den dampfenden Suppentopf auf den Untersetzer mitten auf dem Tisch platziert hatte. Alle Gäste hatten bereits Platz genommen, und Gisbert reichte gerade ohne Aufforderung als Erster Tante Vera seinen Teller, damit sie ihn mit Suppe füllte.

»Endlich was Hausgemachtes«, raunte er Karl-Heinz zu, »nach den vielen Tagen im Hotel ...«

Karl-Heinz nickte kommentarlos, warf einen neidvollen Blick auf Gisberts dampfenden Teller und schluckte. Tante Vera griff nach seinem Teller und kippte vorsichtig ebenfalls zwei Schöpfer voll hinein.

Onkel Fedja streifte währenddessen seine grau-weiß karierte Mütze vom Kopf, strich seine dunklen Haare mit der linken Hand zurecht und musterte die Gäste mit zugekniffenen Augen und einem schelmenhaften Lächeln. »Seid willkommen, liebe Gäste!«, ließ er verlauten, trat näher heran und stellte demonstrativ eine Karaffe mitten auf den Tisch, vollgefüllt mit hausgemachtem Rotwein. Dann schüttelte er den Männern der Reihe nach lebhaft die Hand.

»Ist das der gute von gestern?«, fragte Alexander.

»Ja, ja. Das ist wieder der gute«, gab Onkel Fedja stolz zur Antwort.

»Dann verzichte ich heute lieber darauf.«

»Warum?«

»Ich will noch mit dem Mofa los. Uns fehlt ein Ersatzteil fürs Auto«, erklärte Alexander, während er auf den Suppenlöffel pustete.

»Ein Gläschen schadet nie«, brummte ihm Onkel Fedja entgegen, griff nach der Karaffe und goss den »guten« Wein der Reihe nach in die Gläser. Alexander versuchte zu protestieren, indem er vor sich hinkauend die Hand hob. Aber ehe er sich versah, war sein Glas ebenfalls randvoll.

»Auf das Wohl der Gäste musst du aber einmal anstoßen«, insistierte Onkel Fedja. »Es ist eine Sünde, das nicht zu tun!«

»Das kann ich nur bestätigen«, meldete sich plötzlich Karl-Heinz, hielt seinen Wein hoch und grinste.

Immer dann, wenn Onkel Fedjas Glas das Glas seines Gegenübers klangvoll berührte, leierte er denselben Spruch herunter: »Zum Wohl, ehrwürdiger Gast, zum Wohl …«

Zu Gisberts Linken, übers Eck, saß Sergei. Auf den ersten Blick ein stiller, in sich gekehrter Kerl, von der Statur her allerdings respekteinflößend. Als er an der Reihe war, mit Onkel Fedja anzustoßen, verkniff er sich das obligatorische »Zum Wohl«. Er nickte bloß müde, kippte den Wein in einem Zug hinunter und löffelte laut schlürfend weiter seine Suppe. Dazu stopfte er ein Brotstück nach dem anderen in sich hinein und schniefte und schmatzte, erst leise, dann zunehmend lauter, was Gisbert sehr irritierte. Hätten sie nicht bei Tante Vera gespeist, sondern in irgendeiner deutschen Mensa, hätte er sich beschwert und obendrein demonstrativ den Tisch gewechselt.

Und dieser Dorfbursche sollte also Julias Freund gewesen sein? Was hatte sie bloß an ihm gut gefunden, fragte sich Gisbert und schielte aus den Augenwinkeln zu dem breitschultrigen Kerl, genauer gesagt auf seinen stahlharten Bizeps und das vulgär-billige Tattoo auf dem rechten Oberarm. Ein blutendes Herz sah er dort, durchstochen von einem Amor-Pfeil, mittendrin auf Kyrillisch »Ю + C« eingeritzt, was vermutlich »Julia + Sergei« bedeutete. Darunter befanden sich weitere Wörter in geschwungener Schrift, die Gisbert nur halbwegs entziffern konnte. Irgendetwas mit »ewig« meinte er zu erkennen.

Sergei starrte auf seinen Teller und stützte herausfordernd seine beiden Ellbogen auf der Tischkante ab. Er hatte nicht einmal ein T-Shirt beim Essen an, sondern lediglich ein mit Öl und Schweiß getränktes, ärmelloses Unterhemd, als wollte er mit Absicht seine durchtrainierten Muskelpartien zur Schau stellen. Aber gut, sagte sich Gisbert, Karl-Heinz hatte schließlich auch nichts Anständiges an. Vor dem Essen hatte er ebenfalls ein ärmelloses Unterhemd aus seiner Tasche hervorgekramt, das er im Urlaub bisher nur zum Schlafen benutzt hatte.

Gisbert wusste über Julias Schwäche für athletisch gebaute Typen Bescheid, konnte es aber kaum fassen, warum sie sich auf diesen Dorfburschen eingelassen hatte. Es ärgerte ihn maßlos, dass er hier gleich am ersten Tag mit ihrem Exfreund Bekanntschaft machen und obendrein an einem Tisch speisen musste. Immer dann, wenn Sergei den Löffel zum Mund führte, zog sich sein runder, stahlharter Bizeps zusammen.

»Ich hab die Banja angeheizt«, verkündete Onkel Fedja plötzlich. Er schaute kurz Alexander an und verteilte den Wein auf die Gläser. »Die Gäste müsst ihr natürlich auch mitnehmen.«

»Aber klar doch«, brummte Alexander.

Karl-Heinz klang begeistert. »Oh jaaa ... Das ist ja fabelhaft! Wir sind dabei. Nicht wahr, Gisbert?« Seine Augen funkelten geradezu.

»Ähm ...«, stammelte Gisbert. »ich weiß nicht ...«

»Aber wieso?«, empörte sich Karl-Heinz. »Warst du schon mal in einer echten russischen Banja?«

Gisbert hätte gern ein ordentliches Bad genommen (zumal in einer russischen Banja), doch gemeinsam mit Alexander und Sergei? Hm ... Er sah die beiden zum ersten Mal im Leben, fühlte sich in ihrer Gesellschaft unbehaglich und hatte keine Lust, sich gleich vor ihnen zu entblößen.

»Zum Wohl!«

Onkel Fedja hielt erneut sein Glas hoch.

»Zum Wohl!«

Die anderen taten es ihm nach.

Tante Vera schaffte währenddessen den Topf mit gekochten Kartoffeln und die Bratpfanne mit Fleisch herbei, legte den Topfdeckel klappernd beiseite und warf das farblose, zerknitterte Küchentuch, mit dem sie die Topfgriffe umwickelt hatte, lässig über die Stuhllehne.

Gisbert hatte bisher die Wirkung von Wein immer erst nach dem zweiten Glas bemerkt. Nun aber umhüllte sachter Nebel seinen Verstand bereits nach drei Schlucken. Er wunderte sich etwas darüber, dachte aber lediglich, das ist es also, was manche Leute an Onkel Fedjas Wein zu schätzen wussten. Nachdem er das zweite Glas ausgetrunken hatte, war es ihm allerdings, als hätte er eine ganze Flasche in einem Zug allein geleert. Alle redeten plötzlich schneller. Es fiel ihm schwer, die röchelnd-zischenden russischen Laute auseinanderzuhalten. Gisbert schob es teils auf seine Müdigkeit, teils auf die drückende Schwüle in der Luft. Die brühendheiße Suppe hatte vermutlich ihr Übriges getan.

Er hörte Sergei zum ersten Mal zusammenhängende Worte sprechen und war ganz Ohr. Da er im Gegensatz zu den anderen etwas bedächtiger sprach, konnte Gisbert ihm folgen.

»... damals habe ich mit Julia und Tanja in Jalta am Strand übernachtet ... war echt geil ... das haben wir mehrmals gemacht und ... und ...«, erzählte Sergei.

In Gisberts Kopf schrillte die Alarmglocke. Sergei schwärmte offenbar von der Zeit, als er mit Julia ein Verhältnis gehabt hatte. In Gisberts Anwesenheit! Wollte der Bursche ihn etwa demütigen? Nach dem Motto: »Ich habe mit Julia vor dir alle Freuden der Liebe durchlebt und meinen Spaß gehabt. Nun kannst du sie haben ...«

Gisbert spürte, wie sein Hals anschwoll. Er war kurz davor, Sergeis leiernden Mund mit dem knusprig gebratenen Huhn zu stopfen und die übriggebliebene Suppenbrühe auf dessen Kopf zu verteilen. Und er hätte das sicher getan, hätte sein Blick nicht wiederholt Sergeis Bizeps gestreift.

»Wie geht es eigentlich Tanja?«, fragte Onkel Fedja plötzlich unverblümt und schaute dabei Gisbert an. Darauf nahm er die Karaffe an sich und füllte nach.

Am Tisch breitete sich Stille aus. Gisbert war sich sicher, dass die Frage nicht an ihn gerichtet war. Eine Tanja kannte er nicht, zumindest konnte er sich nicht entsinnen.

Doch Onkel Fedja stellte die Karaffe ab und taxierte erneut ihn. »Geht es ihr gut?«, hakte er nach.

Tante Vera hüstelte auf einmal in ihre Hand und begann auffällig hin- und herzuruckeln.

»Meinen Sie mich?«, erwiderte Gisbert.

»Wen denn sonst?«

»A... aber ... ich kenne keine Tanja!«

»Wie das?!« Onkel Fedja zog die Augenbrauen hoch. »Unsere Tanja, deine Freundin!«

»Ach! Sie meinen Julia?«

»Nein, ich meine Tanja!«, insistierte Onkel Fedja.

Tante Vera zupfte energisch an Onkel Fedjas Ärmel und hustete lautstark, als hätte sie eine fingerdicke Fischgräte (oder einen Hühnerschenkelknochen) verschluckt

»Ich ... ich bin mit Julia befreundet«, sagte Gisbert laut und deutlich. Er nahm es gelassen. Onkel Fedja war schon alt, dachte er, und schon ein bisschen schrumpelig, vermutlich war er weit über sechzig. In so einem Alter musste jeder damit rechnen, dass einem die Festplatte allmählich versagte und dabei die Namen durcheinanderwarf. Zumal bei dem guten Wein ...

»Ich ... ich dachte, Julia ist ... mit ... mit Sergei zusammen«, ließ Onkel Fedja vernehmen, und er blickte ratlos und zugleich enttäuscht in die Runde.

»Das dachte ich bis vor ein paar Wochen auch«, meldete sich Sergei plötzlich.

Gisbert verschluckte beinahe die Gabel. »B... bitte?! Kchu, kchu ... W... was sagtest du eben?«

Tante Vera schnaufte und ruckelte so heftig, als säße sie auf glühend heißen Kohlen.

»Schmeckt es euch denn nicht? Möchte vielleicht jemand Nachschlag?«, fragte sie und griff nach dem im Kartoffeltopf steckenden Löffel. Doch niemand reagierte auf ihre Frage.

»Hast du Bohnen in den Ohren?« Sergei ließ den Löffel auf dem Teller liegen, schaute Gisbert direkt in die Augen und fügte nach einer kurzen Pause hinzu: »Wir haben uns eigentlich nur auf Zeit getrennt. Als ich erfahren habe, dass Julia einen anderen hat, war mir das ganz neu.«

Gisbert schluckte, seine Kinnlade klappte hinunter.

»Ich verstehe gerade nur Bahnhof«, mischte sich plötzlich Karl-Heinz ein, biss darauf kräftig in einen knusprigen Hähnchenschenkel, leckte seine Finger ab und fuhr mit vollem Mund fort: »Und ... und ... wer ist eigentlich Tanja?«

»Julias Freundin! Julias Schwester!«, riefen Tante Vera und Sergei gleichzeitig, wobei »Schwester« aus Sergeis Mund kam.

»Wie ... Schwester?!«, fragte Gisbert und ließ die Gabel klimpernd auf den Teller fallen.

»Sie ist ... sie ist nur ihre allerbeste Freundin«, sprudelte es aus Tante Veras Mund, »sie haben sich als Kinder oft Schwestern genannt ... Sie sind schon seit dem Kindergarten befreundet ... haben sich so gut wie nie gestritten!«

Gute zehn Minuten erzählte sie und ließ sich von niemandem unterbrechen. Julia und Tanja wären fast immer zusammen gewesen und hätten sich nur dann getrennt, wenn sie zum Schlafen nach Hause mussten. So eine Freundschaft gebe es kein zweites Mal auf der Welt ... Sie berichtete einiges mehr. Allerdings bekam Gisbert nicht alles mit. Als sie keine Worte mehr fand, hielt sie ihr Glas hoch, stand entschlossen auf und rief leidenschaftlich: »Auf die Freundschaft!«

»Auf die Freundschaft!«, pflichtete ihr Onkel Fedja bei und schnellte ebenfalls mit dem Glas in der Hand hoch.

»Auf ... auf die ... die Freundschaft«, lallte Karl-Heinz und packte seinen Stuhl fest an der Lehne. Er hatte ihn beim Aufstehen beinah umgeworfen. »Und natürlich auch auf ... auf die Liebe!«

Sobald Tante Vera ihr Glas in einem Zug leergetrunken und auf den Tisch gestellt hatte, stiefelte sie rasch auf Sergei zu, legte ihre linke Hand auf seine Schulter und befahl: »Komm du mal bitte mit in die Küche. Ich brauche da gerade einen starken Mann.«

»Aber klar!« Er folgte ihr bereitwillig, wirkte aber zugleich konfus.

Während die beiden in der Küche mit den Töpfen klapperten, kam das Gespräch am Tisch ins Stocken. Gisbert quälte die Frage, warum Julia ihre allerbeste Freundin nie erwähnt hatte.

Er fragte nun in die Runde: »Wo ist eigentlich jetzt diese ... diese Tanja?«

Onkel Fedja und Alexander schauten ihn bedeppert an, wechselten Blicke und stierten daraufhin auf den Tisch.

»In Deutschland ist sie«, sagte Alexander kleinlaut.

»Ach ... Und wo da?«

»Das weiß ich nicht genau. Sie war mal in Hamburg, dann in Stuttgart. Wo sie sich jetzt rumtreibt, hab ich keine Ahnung.«

»I... ich weiß auch nichts!«, setzte Onkel Fedja hinzu und umklammerte erneut den Hals der Karaffe.

»Hat Julia dir nichts von ihr erzählt?« Alexander zeigte sich verwundert.

»Nein, hat sie leider nicht.«

In diesem Augenblick ging die Küchentür auf. Tante Vera erschien mit einer flachen, bis knapp über die Hälfte mit gelbweißer Masse gefüllten Glasschale in der Hand. Sergei folgte ihr mit gesenktem Kopf und trug weitere Küchenutensilien, die Gisbert nicht weiter beachtete.

»Sooo ...«, tönte Tante Vera. »Wer möchte jetzt einen Nachtisch?«

»Ich nehme gern welchen«, sagte Gisbert, und nachdem Tante Vera die Schale (eher ein Schälchen) auf Gisberts Tischhälfte abgestellt hatte, zog er diese schnell an sich, griff zum daneben liegenden Löffel und futterte geschwind, weder nach rechts noch links blickend, die Schale mehr als zur Hälfte leer.

»Mmh ... lecker!«, sagte er und registrierte erneut die bedrückende Stille am Tisch. Ihm fiel zudem auf, dass niemand außer ihm ein Dessertschälchen vor sich stehen hatte. Nicht einmal Tante Vera. Mochten sie alle keins? Er blickte interessiert in die Runde. Alle bis auf Sergei grinsten. Tante Veras Gesicht war hochrot angelaufen. Sie hielt ihre Hand vor den Mund, als wollte sie ihr Lächeln verbergen. Das gelang ihr mehr schlecht als recht.

»Was ist denn?«, fragte Gisbert.

Statt zu antworten, prustete Tante Vera drauf los, schnellte hoch und rannte wie der Wind in die Küche. Der Rest der Gesellschaft stimmte ein schallendes Gelächter an. Sergei grölte nun am lautesten.

»Was habt ihr, verdammt?«

Gisbert bemerkte einen Stapel aus kleinen Schälchen auf der anderen Seite des Tisches. Daneben warteten fünf oder sechs Dessertlöffel auf ihren Einsatz. Er betrachtete seine Dessertschale mit den Puddingresten eingehend und plötzlich dämmerte es ihm, was der Grund für dieses unsägliche Gelächter war.

»Oh! Ich hab ja ... ich habe ...«, sagte er und spürte die Röte in sein Gesicht steigen.

Sergei fiel ihm lapidar ins Wort: »Jemand hat wohl unseren Nachtisch aufgefuttert, nicht wahr?«

Sie gackerten so laut, dass bald das Geschirr im Buffet zu vibrieren und zu klirren begann. Karl-Heinz wischte sich

Tränen aus dem Gesicht und putzte sich mit einem dunkelblauen Stofftaschentuch die Nase. »Das kann echt ... nicht wahr sein, Gisbert ... Ha, ha ...«

Er prustete erneut los.

»Das ist nicht schlimm, Gisbert«, tröstete ihn Tante Vera, die mit vor Lachen verweinten Augen am Türrahmen lehnte. »Ich mach gleich noch mehr von dem Pudding.«

»Auf die Freundschaft!«, deklamierte Onkel Fedja, erhob sich und streckte seinen Arm samt Weinglas in Gisberts Richtung aus. Seine Mundwinkel schienen jeweils an den Ohren festgetackert zu sein. Er tapste von einem Bein aufs andere und taumelte wie ein in eine leichte Brise geratener Wackeldackel.

Während Gisbert Onkel Fedja beschämt zuprostete, meldete sich plötzlich wieder der Kuckuck zu Wort: »Kuck-kuck ... auf die ... kuck-kuck ... Freundschaft ...«

»Kikeriki«, pflichtete ihm frohgemut der Hofhahn von draußen zu, als hätte er das Gespräch durch das offene Fenster verfolgt.

»Was hat mein lieber Petja nur?«, rief Tante Vera verwundert, schaute ihren Mann an und fragte: »Hast du die Hühner schon gefüttert?«

»Noch nicht, m... mach ich gleich!«

»Meinen Petja«, wandte sich Tante Vera schwärmend an die Gäste, »müsst ihr unbedingt morgen kennenlernen. Das ist ein Prachtvogel, das sag ich euch. Es gibt weit und breit keinen schöneren!«

20

Als Gisbert die Augen aufschlug, hörte er das Gackern der Hühner im Hof. Obwohl es, dem Tageslicht nach zu urteilen, bereits etwa acht oder neun Uhr morgens sein musste, krähte unentwegt der Hahn Petja in voller Lautstärke. Als wollte er alle Hühner des Dorfes zu einer brandeiligen Besprechung wegen der kriselnden Eierproduktion einberufen. Noch halb im Schlaf ärgerte sich Gisbert über den übereifrigen Hahn, wälzte sich auf die andere Seite und drückte sich das Kissen auf die Ohren. Immer wenn der Vogel sein Lied anstimmte, war es Gisbert, als würde ihm jeden Augenblick der Schädel vor Schmerz zerplatzen. Idyllische Ruhe in einem ukrainischen Kaff hatte er sich anders vorgestellt. Andererseits sah er ein, dass sich so ein Morgen natürlich leichter ertragen ließe, wenn er am Abend zuvor nicht zu tief in Onkel Fedjas Karaffe geschaut hätte.

Karl-Heinz war nicht mehr im Bett. Wo trieb sich der Kerl eigentlich in aller Frühe herum? Weder im Haus noch im Hof schien eine Menschenseele zu sein. Gisbert hörte keine Stimmen, kein Klappern von Geschirr und nicht einmal Alexanders dröhnendes Schnarchgetöse aus dem Zimmer nebenan, das ihn nachts mehrfach aus dem Schlaf gerissen hatte (Wie konnte es auch anders sein? Er war schließlich Julias Bruder!). Die Zwischenwände schienen aus Pappe zu sein. Immer wenn Gisbert wach wurde, hatte es so geklungen, als würde eine Panzerdivision das Dorf umkreisen. Als dann noch in der Morgendämmerung alle Hunde im Chor zu bellen begonnen hatten, hatte Gisbert gedacht, er könne keine einzige Nacht mehr in diesem Hause verbringen. Nun aber war ihm klar, dass kein Weg daran vorbeiführen würde. Er musste auf Julia warten. Noch drei Tage lang! Mindestens. Ob er wollte oder nicht.

Er hatte einen seltsamen Traum gehabt. Oder war es doch kein Traum gewesen? Gisbert dämmerte es plötzlich. Nach und nach rekapitulierte er in seinem Gedächtnis den Verlauf des Abends nach dem Essen. Einem Puzzle gleich schoben sich in seinem schmerzgeplagten Kopf die einzelnen Erinnerungsfetzen zu einem Bild zusammen, das er an diesem strahlenden Morgen zunächst für völlig unrealistisch hielt. Allmählich wurde ihm jedoch klar, dass er das nicht geträumt, sondern tatsächlich erlebt hatte.

Er hatte dem gemeinschaftlichen Baden in der Banja ausweichen wollen, wusste nun aber nicht mehr, wie es doch dazu gekommen war. Alle waren dabei gewesen, außer natürlich Tante Vera, die offenbar etwas Besseres zu tun gehabt hatte, als mit fünf sturzbesoffenen Kerlen alberne Witze zu erzählen und sich gegenseitig mit eiskaltem Wasser zu begießen. Bei dieser Erinnerung zuckte Gisbert, ein unangenehmes Kribbeln durchfuhr ihn von Kopf bis Fuß, als hätte ihn ein Stromschlag getroffen. Genau das, entsann er sich nun, hatte ihn schlussendlich dazu bewogen, Hals über Kopf aus der Banja zu flüchten.

Anfangs hatte ihm das Saunieren Freude bereitet. Es war das erste Mal, dass er die russische Banja sozusagen hautnah erlebt hatte. Sie hockten zu fünft wie Hühner im Stall auf der obersten Stufe, umhüllt vom dichten, heißen Nebel, und schnauften zufrieden. Onkel Fedja sah ab und an nach dem Ofen, schleppte das Wasser heran und goss es auf die glühend heißen Steine. Zischend und fauchend traf es auf und verwandelte sich im Nu in einen undurchsichtigen Dunst, der rasch alle Ecken eroberte. Schon bald tauschte Gisbert die oberste Stufe gegen die mittlere ein, kroch tastend herunter und machte sich ernsthaft Sorgen, dass ihm bei der höllisch hohen Temperatur (ein Thermometer war weit und breit nicht zu sehen) das eine oder andere sensible Körperteil angesengt werden könnte. Auf seiner Körperbehaarung, so kam es ihm vor, blitzte sogar einmal ein Funke auf.

Als er auf der untersten Bank angelangt war, holte Onkel Fedja einen selbstgebastelten Besen aus Birkenreisig hervor und befahl Karl-Heinz, sich bäuchlings auf eine Bank zu legen. Er schlug mit dem Besen kräftig auf seinen bleichen Rücken ein. Karl-Heinz stöhnte bei jedem Schlag beseelt auf und schien das Geißeln erstaunlicherweise zu genießen, denn er kommentierte jeden Aufschlag mit den Worten: »Oh, Gott, tut das gut ... herrlich!«

Dann war Gisbert an der Reihe. Natürlich konnte er sich nicht ohne Grund aus dem Staub machen. Es wurde ihm zwar ein bisschen unheimlich zumute, als Onkel Fedja ihn aufforderte, sich hinzulegen, doch nach kurzem Zögern stellte er sich der Prüfung. Wenn er schon einmal in der russischen Banja war, sagte er sich, sollte er sie in allen Facetten erleben. Außerdem: Wer verlor schon gern sein Gesicht? Er wollte von den abgehärteten ukrainischen Männern auf keinen Fall als Weichei abgestempelt werden.

Er breitete daher sein Handtuch auf der heißen Holzbank aus, legte sich auf den Bauch und schloss die Augen.

Sobald der Besen seinen Rücken berührte, fuhr er beinahe aus der Haut, winselte wie ein Hund, umklammerte mit seinen Fingern die Bretter und biss fest ins Holz. Auf den Kommentar »Oh, Gott, tut mir das gut!« verzichtete er. Er zählte die Schläge nicht, aber gefühlt waren es um die fünfzig. Als er sich von dieser Tortur erlöst glaubte (weil Onkel Fedja nicht mehr zum Schlag ausholte), atmete er auf und schickte sich an aufzustehen. Doch genau in diesem Augenblick zwang ihn plötzlich ein eiskalter, harter Wasserstrahl (der ihm vorkam wie ein Stromschlag von 1000 Ampere) wieder auf die Bank. Darauf schnellte er nach Luft ringend hoch und blieb für einige Sekunden mit aufgerissenen Augen und heruntergeklappter Kinnlade wie ein Eisklotz stehen. Das Wasser rann ihm vom Kopf über den Körper hinunter auf den hölzernen Boden. Die anderen krümmten sich schon wieder vor Lachen. Vermutlich war Sergei es gewesen, der eine randvolle Schüssel Brunnenwasser über Gisberts Kopf ausgekippt hatte.

»A… a… aber…«, setzte Gisbert an, brachte jedoch kein Wort mehr über die Lippen.

Onkel Fedja klopfte ihm anerkennend auf die Schulter und lobte: »Du bist echt ein richtiger Mann, Gisbjord. Jetzt weißt du, wie toll die russische Banja ist!«

Als dieser darauf seine Arme nach einer Schüssel mit Wasser ausstreckte, suchte Gisbert blindlings den Ausgang und stolperte fluchend davon. Im Vorraum der Banja überrannte er beinahe Tante Vera. Sie stand wie einbetoniert in der Tür, mit einem Tablett voller Weintrauben in der einen Hand und einer Wasserkaraffe in der anderen.

Ihr Gesicht war hochrot, der Blick irrte (nachdem er flüchtig Gisberts entblößten Körper gemustert hatte) etwas suchend durch den halbdunklen Raum.

»I… ich wollte …«, stammelte sie und deutete mit den Augen aufs Tablett.

»Danke!«, sagte Gisbert, riss ihr das Tablett und die Karaffe aus der Hand und wartete, bis sie das Weite suchte. Er trocknete sich gründlich ab, streifte sich die Klamotten über, griff sich eine Handvoll Weintrauben und ging die Dorfstraße entlang spazieren. Nach einer Zeitlang fand er sich auf einer Wiese außerhalb der Siedlung liegend wieder, fröstelte, sah die Sterne, den Mond und begriff, dass es höchste Zeit war, in die Siedlung zurückzuwandern. Zum Glück hatte er sich nicht allzu weit entfernt. Die beleuchteten Fenster hatten ihm als Wegweiser gedient.

»Kikerikiii!«, krähte plötzlich erneut der Hahn draußen.

Gisbert bemühte sich krächzend aus dem Bett, zog sich an und schlüpfte in seine Schuhe. Wegen der drückenden Blase konnte er nicht mehr länger liegen bleiben. Er warf einen Blick auf seine Uhr und legte sie an. Es war bereits zwanzig nach zehn!

Die Haustür stand weit offen. Sowohl im Haus als auch im Hof war kein Mensch zu sehen. Auf einer Wäscheleine unmittelbar gegenüber dem Eingang hingen etliche leuchtendweiße Hemden. Vermutlich gehörten sie Karl-Heinz, dachte Gisbert. Tante Vera hatte sie wahrscheinlich in aller Frühe gewaschen. Die Sonne strahlte ungehemmt, die Luft schien mit jeder Sekunde heißer zu werden. Einige Hühner tapsten faul quer durch den Hof, piksten in den Boden und gurgelten etwas vor sich hin, dabei schielten sie misstrauisch zu Gisbert herüber. »Ich tu euch schon nichts«, beruhigte er zwei fette Hennen, die übertrieben ängstlich von ihm wegtrippelten, während er den schmalen, betonierten Weg zwischen dem Stall und dem schulterhohen Gartenzaun zum Plumpsklo einschlug (eine andere Toilette gab es nicht). Kurz vor dem Toilettenhäuschen auf der rechten Seite vernahm er ein aufgeregtes Schweinegrunzen, linste durch den Schlitz des dunklen Stalls und wich augenblicklich drei Schritte vor dem höllischen Gestank zurück, wobei er fast über ein Huhn gestolpert wäre. Er befürchtete, dass ihn im Toilettenhäuschen auch das übelste Duftbukett erwarten würde. Aber hatte er eine Wahl? Vielleicht ... Sein Blick wanderte durch den Garten – kein Mensch weit und breit –, streifte die graue, unbehandelte Holztür des Toilettenhäuschens und fixierte die grob verputzte Rückwand des Stalls. Ohne zu zögern ging er auf sie zu, knöpfte die Hose auf und urinierte gedankenversunken auf den alten Putz.

»Wo treibt sich eigentlich Karl-Heinz rum?«, fragte er sich und sah im selben Moment aus dem Augenwinkel etwas direkt auf sich zufliegen. Er fuhr vor Schreck zusammen, zuckte, schlug die Arme über den Kopf und machte sich dabei die Hosenbeine nass.

»Kikeriki!«

Ein großer, fettleibiger Vogel landete auf seinem Kopf und pikste ihm drei- oder viermal mit dem Schnabel ins linke Ohr.

»Aua!«, schrie Gisbert auf, fuchtelte mit den Armen herum und realisierte: Petja, der Hahn!

Dieser sprang nun hinunter auf den Boden, trippelte etwa zehn Schritte von ihm weg, drehte sich um und nahm Angriffsstellung ein. »Kikerikiii!«, tönte er erneut, breitete die Flügel aus, schlug damit um sich, presste sie dann dicht an die braungefiederte Brust und düste wie eine Rakete auf Gisbert zu. Den Angriff wehrte Gisbert heldenhaft mit bloßen Händen ab und musste einige brennende Kratzer auf den Unterarmen einstecken. Während der Hahn sich zum nächsten Angriff startklar machte, erblickte Gisbert zu seiner Linken einen an die Wand gelehnten Spaten. Er packte ihn und schwang ihn hin und her wie ein kampferprobter Samurai das Schwert. Und als sich Petja im Anflug befand, traf ihn Gisbert mit der spitzen Spatenkante am Kopf.

»Kike... ri...«, gab der Vogel nur mehr von sich und plumpste mit ausgebreiteten Flügeln vor Gisberts Füße. »Kike... kik...«, keuchte er noch einmal, zuckte mit den Beinen, verdrehte die Augen und verstummte.

»Was wird das jetzt?« Gisbert nahm erst jetzt sein eigenes Herzrasen wahr. Das Herz war kurz davor, aus der Brust zu springen. Als er das am Schnabel herunterrinnende Blut bemerkte, realisierte er, was soeben geschehen war.

»Nein, nein ...«, stammelte er und stupste den Hahn leicht mit der Spatenspitze an, »mach mir bloß nicht schlapp, du dummes Huhn!«

Der Gedanke, dass er den stolzen, buntgefiederten Hühnerhäuptling, den Beschützer und Kükenerzeuger, das Lieblingstier von Tante Vera erschlagen hatte, verursachte ihm Übelkeit. Er vermochte sich nicht vorzustellen, wie Tante Vera darauf reagieren würde. Und erst recht nicht, was Julias Mutter dazu sagen würde.

»Verdammt!«, presste Gisbert durch die Zähne und schleuderte verärgert den Spaten auf einen halbtrockenen Misthaufen hinter sich. Als er sich den Haufen aber näher ansah, schoss ihm die Problemlösung wie ein Blitz durch den Kopf.

Sein Blick schweifte erneut durch den Garten. Niemand

beobachtete ihn. Er umklammerte den Spaten, inspizierte den Misthaufen, indem er diesen einmal umkreiste, und schaufelte schließlich auf der Rückseite an der tiefsten Stelle ein Loch. »Pfui …« Er rümpfte die Nase, als die modrige, scharfe Duftwolke aus der Tiefe des Haufens hochstieg, hielt den Atem an und grub weiter. Weiße, glitschige Würmer krochen nach allen Seiten um ihr Leben. Sie schlüpften unter die Mistkrümel, der eine oder andere wurde vom Spaten zermalmt. Als Gisbert die Aushöhlung groß genug zu sein schien, packte er den Vogel an den noch lauwarmen Beinen und versenkte ihn in der Grube. Mit der rechten Sandale drückte er ihn in die Tiefe, deckte mit dem Mist zu und klopfte die Stelle mit dem Spaten platt. Dann schaute er sich wieder um, lehnte den Spaten an die Wand und schlenderte schweren Herzens zurück ins Haus. Dort war noch niemand anzutreffen außer einem frechen Huhn auf dem Herd. Es hockte mitten in der Pfanne und ergriff panisch und gackernd die Flucht, als Gisbert den Vorbau betrat.

»Wo sind sie bloß alle?«, fragte er sich aufs Neue.

21

Erst gegen zwölf vernahm Gisbert das Klappern von Geschirr in der Küche. Tante Vera erzählte, sie sei mit Onkel Fedja auf ihrer Weinplantage gewesen und sei ihm vorausgegangen, um das Mittagessen vorzubereiten. Karl-Heinz sei mit Alexander nach dem Frühstück auf Sergeis Mofa in den Nachbarort gefahren, um dort irgendein Teil fürs Auto zu besorgen. Und eigentlich müssten sie längst da sein …

»Karl-Heinz ist mitgefahren?«, fragte Gisbert verwundert nach. »Auf dem Mofa?«

»Ja. Wieso?« Tante Vera zog ihre Augenbrauen hoch.

»Ach … nur so …« Gisbert wusste von Karl-Heinz' Vorliebe für allerlei Zweiräder (dieser besaß nämlich eine Harley-Davidson, mit der er ausschließlich unter wolkenlosem Himmel spazieren fuhr), doch ihn sich auf einem ukrainischen Moped vorzustellen, ohne jegliche Motorradausrüstung, fiel Gisbert schwer.

»Sie wollen heute das Auto fertig reparieren«, fügte Tante Vera, ohne aufzublicken, hinzu, während sie Kartoffeln schälte. »Morgen gehen sie auf die Jagd!«

»Auf die Jagd?!«

»Ja. Und … und der Pastor will auch mit.«

»Der Pastor …?«

»Ja, dein Freund.«

»Was jagt man hier so in der Gegend?«, fragte Gisbert nach einer kurzen Pause, in der ihm klar geworden war, dass bei Karl-Heinz in der Tat die Sicherungen durchgebrannt waren.

»Wildschweine, Hirsche und ... und Hasen. Aber nicht bei uns hier. Man muss tief ins Landesinnere fahren. Sie übernachten dort. Fährst du auch mit?«

Gisbert schaute sie verdutzt an, schüttelte verneinend den Kopf und zog sich zurück. Er beschloss, auf Karl-Heinz zu warten. Was dachte der sich eigentlich? Wie kam er nach den Erfahrungen in Jalta überhaupt auf die Idee, irgendwo im ukrainischen Dschungel Hasen zu jagen und obendrein im Zelt zu nächtigen? Und das mit den beiden ... Schließlich kannten sie Sergei und Alexander erst seit einem Tag.

Den Pfarrer packte durchaus gelegentlich die Abenteuerlust, doch hatte er auch stets eine Schwäche für einen gewissen Grundkomfort gehabt. Das hatte ihn davon abgehalten, sich extremen Situationen auszusetzen.

Als das Moped auf den Hof rollte, saß Karl-Heinz am Lenkrad. Mit Sonnenbrille, aber ohne Motorradhelm. Er trug Gisberts Arminia-T-Shirt, das er sich am Vortag geweigert hatte anzuziehen. In Ermangelung der Hemden hatte er es offenbar doch aus Gisberts Reisetasche hervorgekramt, während dieser geschlafen hatte. Gisbert nahm ihn beiseite und stellte ihn zur Rede. Aber je länger sie miteinander sprachen, desto gelassener gab sich Karl-Heinz.

»Du. In meinem Alter muss ich nicht mehr so sehr darauf achten, ob mir etwas zustößt. Mir bleiben vielleicht nur noch ein paar Jahre«, sagte er nüchtern. »Die will ich auskosten. Außerdem, was kann mir bei einer Hasenjagd schon passieren«?

»Aber du hast doch noch nie ein Tier abgeschossen«, warf Gisbert ein.

»Eben deshalb will ich ja mit!« Karl-Heinz grinste lässig, setzte aber hinzu: »Ich hab auch nicht vor, einen Hasen oder ein Wildschwein zu erlegen. Ich meine, solange die mich nicht angreifen. Ich möchte nur dabei sein, Abenteuer erleben. Verstehst du?«

Gisbert fiel kein passendes Argument mehr ein. Im Gegenteil. Je länger er über diese Frage nachsann und überlegte, ob bei der Jagd etwas Schlimmes vorfallen könnte, desto mehr überkam ihn die Lust, mitzufahren. Ihn störte einzig und allein, dass Sergei mit von der Partie sein würde. Es war offensichtlich, dass der Bursche einen Groll gegen ihn hegte. Auf der anderen Seite, dachte Gisbert, wäre es vielleicht eine gute Gelegenheit, um sich kennen zu lernen und Sergei zu zeigen, dass er auch nicht auf den Kopf gefallen war, ja ... dass er einfach nur nett war ... Und schließlich könnte er bei Julias Mutter damit angeben, dass er bei einer richtigen Jagd dabei gewesen war. Vielleicht würde er sogar einen eigenhändig abgeschossenen Hasen als Trophäe für sie nach Hannover mitbringen ...

Als Sergei erfuhr, dass die Gäste auf die Wildpirsch mitgehen wollten, zeigte er sich wenig erfreut darüber. »Wir haben doch keinen Platz«, protestierte er. »Wo soll dann die Beute hin?«

»Vorn in den Kofferraum«, hielt ihm Alexander entgegen und scherzte gleich: »Im Notfall legen wir Gisbert in den Kofferraum! Zusammen mit dem Wildschwein, he, he!« Er grinste ungeniert und kaute an einem Zigarettenstummel.

Onkel Fedjas Auto der alten sowjetischen Marke Saporoschez, an dem die beiden seit Tagen herumgewerkelt hatten, war planmäßig am späten Nachmittag startklar. Sergei fuhr mit dem verdächtig brummenden Gefährt eine Proberunde durchs Dorf und verkündete: »Wir können packen!«

»Hat das Ding überhaupt einen Auspuff?«, fragte ihn Gisbert aus Jux. Er gab sich Mühe, möglichst lässig zu wirken, machte sich aber in Wirklichkeit ernsthaft Sorgen darüber, ob der am rechten hinteren Kotflügel sichtlich durchgerostete Wagen die Strapazen der Fahrt mit vier kräftigen Jägern an Bord und auf der Rückfahrt vielleicht auch noch zwei oder drei mausetoten Wildschweinen (und einem Dutzend Hasen) überstehen würde. Immerhin sollte es etwa drei- bis vierhundert Kilometer in den Norden gehen.

»Wo denkst du hin?«, polterte Alexander scheinbar beleidigt, »natürlich hat es einen ...«

Sie planten, mitten in der Nacht loszufahren, deshalb begaben sie sich schon um neun Uhr ins Bett. Gisbert machte kein Auge zu. Das Kikeriki des Hahns klang ihm unablässig in den Ohren, denn sein Gewissen plagte ihn natürlich. Es war doch gut, überlegte er, dass er ein paar Tage unterwegs sein würde. Eine Ablenkung konnte er gut vertragen und obendrein hätte er dann ein Alibi. Tante Vera schien nämlich das Verschwinden ihres Lieblingsvogels noch nicht bemerkt zu haben. Wahrscheinlich würde ihr die Sache wegen des ausbleibenden Krähens erst am nächsten Morgen auffallen. Zu dem Zeitpunkt wäre Gisbert mit den anderen Jägern längst über alle Berge.

22

Wieder Auto fahren, wieder unendlich lange Landstraßen. Rechts und links abwechselnd dichte Wälder und Felder, soweit das Auge reichte. Alexander ließ sie wissen, dass sie ihr erstes Ziel wahrscheinlich erst am frühen Abend erreichen würden. Es gab in der Gegend kaum Autobahnen, und Onkel Fedjas immerfort klappernder, krächzender Saporoschez war zudem nicht in der Lage, auf mehr als zweiundachtzig Stundenkilometer zu beschleunigen. Die vielen neuen Ortsnamen konnte sich Gisbert längst nicht mehr einprägen. Anfangs hatte er die Route aufmerksam verfolgt, im Verlauf des Tages aber änderte sich das. Je länger die sengende Sonne auf das dünne Blechdach prallte, desto deutlicher verspürte er das Bedürfnis, aus dieser Sauna auf Rädern auszusteigen und umzukehren. Er hatte schon nach wenigen Stunden Fahrt bereut, sich bei dem Wetter auf das Abenteuer eingelassen zu haben. Was hätte er nicht alles dafür gegeben, nun in Jaltas Meeresbucht im angenehm kühlen Wasser rücklings zu planschen, verträumt am azurblauen Himmelszelt die Wolken zu zählen und vielleicht hin und wieder unauffällig ausgefallene Tangas zu bewundern.

Karl-Heinz saß ... nein, schmorte neben ihm mit geöffnetem Mund auf dem Rücksitz, den Kopf nach hinten gekippt, schon wieder mit freiem Oberkörper. Er schwitzte aus allen Poren, schlief, schnaufte, und es schien, als würde er jede Sekunde seine Zunge herausstrecken und hecheln wie ein durstgeplagter Hund. Trotz der zahlreichen Kurven, bei denen sein schweißnasser Kahlkopf stets zur Seite geschleudert wurde, döste er unbeirrt vor sich hin.

Gisbert hingegen konnte keine Sekunde schlafen, denn seine Gedanken kreisten immerzu um Julia. Er hatte sie inzwischen kurz angerufen, nämlich von Sergeis Handy aus, während sie am frühen Morgen eine dicht bevölkerte Gegend durchquert hatten. Da hatte Sergeis Telefon zum ersten Mal unaufdringlich gepiept, und Gisbert hatte augenblicklich daraus gefolgert, es hatte Netzempfang. Nach kurzem Zögern hatte er Sergei gefragt, ob er Julia damit anrufen dürfte. Nur zwei Sätze wollte er mit ihr reden.

Sergei rümpfte erst die Nase, willigte jedoch ein: »Aber nur ganz kurz! Ausland ist teuer, und die Karte ist fast leer«, warnte er. »Wir brauchen das Ding noch.«

»Keine Sorge!«, gab Gisberts zur Antwort.

Sowohl der Empfang als auch die Verbindung waren vorzüglich, als ob Gisbert übers deutsche Festnetz anrufen würde. Julia meldete sich bereits nach dem zweiten Freizeichen und begrüßte ihn auf Russisch recht überschwänglich mit folgenden Worten:

»Ach ... hallo, lieber Sergei! Mit dir hab ich gerade gar nicht gerechnet. Ist was passiert?«

Gisbert schwieg, als hätte er seine Zunge verschluckt. In seinem Kopf ratterte es, denn er fragte sich im ersten Moment, wie sie ausgerechnet auf Sergei gekommen war, ehe ihm plötzlich aufging, dass ihr diese Handynummer offenbar von früher vertraut war und sie diese vermutlich auf dem Display ablesen konnte.

»Hallo! Sergei? Kannst du mich hören?«, hakte sie nach.

»H… hallo Julia. Ich bin's.«

»Wer ist bitte da?«

»Gisbert!«

»Oh …«, sagte sie überrascht. »W… wie kommt das jetzt? Was ist eigentlich mit deinem Handy los? Ich kann dich seit einer Woche nicht erreichen.«

»Gestohlen! Hat dir Boris nichts davon erzählt?«

»Nee, hat er nicht.«

»Hm… blöd. Ich hatte ihn darum gebeten.«

»Wo bist du?«

»Ich weiß nicht so recht.« Er schaute aus dem Fenster und sah sich die heruntergekommenen Häuser an. »Wir fahren auf die Jagd«, sagte er.

»Bitte, wohin?«

»Wir sind unterwegs auf die Jagd!«, wiederholte er etwas lauter.

»Nimmst du mich auf den Arm?«

»Nein, überhaupt nicht.«

»Wohin fahrt ihr? Und was heißt wir?«

»Na, wir alle: dein Bruder, Sergei, Karl-Heinz und … und ich … Wir wollen Hasen jagen.«

»H… Hasen?! Was soll der Schwachsinn?«

Gisbert schwieg einen Augenblick und fragte: »Soll ich dir Sergei geben?«

»Hm … Nein, brauchst du nicht.«

»Jetzt mach Schluss«, redete Sergei auf ihn ein, »du hast gesagt, zwei Sätze!«

»Ja, ja, schon gut«, winkte Gisbert ab, »noch eine Sekunde.«

»Ich muss dir was erzählen«, ließ Julia todernst verlauten. »Aber nicht jetzt. Ich komm ja die Tage zu euch. Ich will nicht am Telefon …«

»Aha ...« Gisbert dachte an den Georgier, und er schwieg sogleich tief betroffen. Er traute sich nicht nachzufragen. Denn wollte Julia ihm tatsächlich den Laufpass geben, so wäre es ihm auch mehr als unangenehm, wenn das am Telefon geschehen würde, zumal er gerade mit ihrem Exfreund auf Hasenjagd fuhr.

»Gib das Ding her, verdammt«, grölte Sergei und streckte seinen rechten Arm nach hinten aus, ohne den Kopf zu wenden. »Das ist ein Aus-lands-te-le-fo-nat!«

»Eine Sache noch«, fuhr Julia fort. »Boris sagte mir gestern, dass es Schwierigkeiten in eurer Firma gibt.«

»In welcher Firma?«

»Na, in eurer Geldanlagen ... dingsbums...beratung, oder wie das heißt.«

»Was ist damit?«

»Ich kenne die Details nicht. Irgendwelche Boni... Bonitätenprobleme ... Du sollst ihn anrufen.«

»Anrufen? Ich bin im ukrainischen Hinterland. Und Sergeis Telefon ist gleich mausetot.«

»Dann ... dann weiß ich auch nicht ... Wir sehen uns bald. Tschüs. Grüß alle schön, ich hab euch alle lieb!«

»Tschüs«, sagte Gisbert und drückte gereizt auf die rote Taste. »Bonitätenprobleme ... verdammte Sch...«, zischte er. Nun wusste er, woran er war. Den Rest der Fahrt starrte er deprimiert zum Autofenster hinaus, wechselte kaum ein Wort mit den anderen Jägern und verspürte zunehmend Lust, sich ein Gewehr zu schnappen und damit herumzuballern. Zum Glück lagen die Jagdflinten im Kofferraum ... und bald bekäme er ohnehin Gelegenheit dazu. Er atmete tief ein, hielt die Luft an und zählte bis zehn. Dann atmete er aus, hielt die Luft an und zählte wieder bis zehn. Er wiederholte die Übung einige Male.

Etwa gegen sechs Uhr abends machten sie Rast und stärkten sich. Sergei drängte zur Weiterfahrt, setzte sich ans Steuer und startete den Motor. Er wolle los, sonst kämen sie zu spät zur Verabredung. Zwei Stunden zuvor waren auf seinem Telefon zwei SMS eingegangen, und er hatte daraufhin bekanntgegeben, dass sie gegen neun Uhr eine Waldlichtung nahe der Ortschaft P. erreichen müssten. Dort würden zwei alte Freunde aus der Armeezeit auf ihn warten.

»Wollen sie auch mit uns jagen?«, fragte ihn Karl-Heinz, als sie alle im Auto saßen und Sergei den schmalen, serpentinenartigen Waldweg ein wenig zu gewagt nahm.

»Nein«, sagte Sergei kurz angebunden und schwieg.

»Was dann?«, hakte Gisbert nach.

Sowohl Sergei als auch Alexander zögerten zu antworten.

»Wir müssen ...«, setzte Alexander an, »sie bringen uns nur etwas mit.«

»Aha«, sagte Gisbert.

»Aber dort gibt es auch einen guten Platz zum Übernachten«, fügte Sergei hinzu. »Wir bleiben da am besten bis ...« Er bremste plötzlich ab, sodass die Reifen quietschten, und fuhr langsamer in die Kurve, »... morgen.«

»Ist es eine Art Campingplatz?«, fragte Karl-Heinz. »Ich meine, gibt's da Duschkabinen und Toiletten?«

Sergei und Alexander lachten verschwörerisch.

»Ja ... und ein weiches Doppelbett auch«, witzelte Alexander.

»Und einen Pool mit Masseur und Mädels und so«, ergänzte Sergei. Beide brachen in ein schallendes Gelächter aus.

»Ich finde das überhaupt nicht lustig.«

Karl-Heinz verschränkte die Arme, lehnte sich zurück und schaute schmallippig aus dem Seitenfenster.

Der Wagen rollte in die nächste Kurve, Sergei gackerte, und just als er sich die Lachtränen mit dem Ärmel abwischte, brüllte Alexander plötzlich los, als wäre er von einem Bären gebissen worden: »Vorsicht! Verdammt ...« Unmittelbar vor ihrem Wagen waren wie aus dem Nichts zwei hirschartige Tiere aufgetaucht. Eines lief fluchtartig davon, das andere blieb wie einbetoniert mitten auf der Straße stehen und glotzte neugierig. Sergei legte eine Vollbremsung hin, doch vergebens.

»Buff!!!«, machte es. Das Auto raste mit voller Wucht in das Tier, das ohne einen Mucks von sich zu geben umkippte. Da der Wagen keine Sicherheitsgurte auf der Rückbank hatte, prallte Gisbert mit dem Kopf gegen die Kopflehne vor sich und stöhnte. Karl-Heinz erging es schlimmer. Durch den heftigen Ruck flog er zwischen den beiden vorderen Sitzen hindurch nach vorn. Sein Kopf blieb im Fußraum auf Alexanders Seite stecken, die Beine zappelten unter dem Dach.

Das Tier, ein Sikahirsch, war kurz nach dem Aufprall des Autos sofort tot. So waren sie plötzlich, ohne einen einzigen Schuss abzugeben, im Besitz einer Trophäe. Rechte Freude darüber wollte jedoch bei niemandem aufkommen. Erstens hatten sie sich alle beim Unfall etliche Verletzungen zugezogen, die zum Glück nicht so gravierend wie die des Hirsches ausfielen, zweitens war das Wildtier viel zu massig und passte nicht vorn in den Kofferraum. Zu allem Überfluss ließ sich die Kofferraumhaube nicht mehr hochklappen, weil sie sich durch den Aufprall verzogen hatte. Gisbert fragte sich, welch ein Idiot nur auf die bescheuerte Idee gekommen war, den Motorraum hinten und den Kofferraum vorn einzubauen?

Sie beschlossen, das angefahrene Tier unweit der Straße in einem Graben, lediglich mit Tannenzweigen bedeckt, liegen zu lassen, in der Hoffnung, kein anderer Jäger und kein anderes Wildtier würde darüber stolpern.

Sergeis Freunde, Abu und Atu, hatten zwar lustige Namen, schienen aber für jegliche Art von Humor unempfänglich zu sein. Sie stammten aus Tschetschenien und waren Brüder. Gisbert staunte nicht schlecht. Er hatte bis dahin nie einem Tschetschenen die Hand geschüttelt und wusste von dem traurigen Schicksal dieses Volkes nur aus dem Fernsehen. Alle beide trugen pechschwarze Bärte und breite, schwarze Ledergürtel mit jeweils einem farbig verzierten Dolch im Futteral an der Seite. Sowohl auf den schmalen Gesichtern als auch auf den dürren Händen haftete eine Schicht aus Staub und Schmutz, als wären sie seit Tagen im Wald herumgeirrt und hätten keine Gelegenheit gehabt, sich zu waschen.

Als Gisbert den beiden nacheinander lächelnd seine Hand reichte, blickten sie grimmig und müde drein. Dass er und Karl-Heinz aus Deutschland kamen, schien sie nicht zu beeindrucken, als wären sie bereits tausendmal echten deutschen Jägern im ukrainischen Wald begegnet.

Sie hatten auch vor zu jagen, doch nicht in dieser Gegend. Auf dem Rückweg, sagte Abu, würden sie hinter der Grenze einen anderen wildreichen Jagdbezirk passieren. Erst dort würden sie ihre Flinten auspacken und den einen oder anderen Hasen erlegen. Viel mehr kriegte Gisbert aus den Tschetschenen nicht heraus. Fragte er sie etwas, so antworteten sie ausweichend und vermieden es aus irgendeinem Grund, mit Karl-Heinz eine Unterhaltung zu beginnen. Auch später, als alle beisammen im Dunkeln rund um das knisternde Feuer hockten, redeten sie fast ausschließlich mit Sergei. Dabei flüsterten sie beinahe und schielten ab und an ausgesprochen misstrauisch zu Gisbert und Karl-Heinz herüber. Für dieses konspirative Verhalten fand Gisbert zunächst keine Erklärung.

Abu und Sergei schienen sich über etwas uneinig zu sein. Sergei schüttelte wiederholt verneinend den Kopf. Abus Augenbrauen zogen sich vor deutlicher Unzufriedenheit zunehmend zusammen, ehe er Sergei sachte am Unterarm packte und mit dem Kopf in Richtung ihres schwarz lackierten Jeeps deutete. Atu kam hinzu, und sie tauchten zu dritt in die Dunkelheit im Wald hinter dem Jeep ein. Lediglich hin und wieder drangen lebhaft klingende Gesprächsfetzen an Gisberts Ohr.

Alexander legte Holz nach und stocherte mit einem armdicken Stock im Feuer herum. Die Flammen loderten aufs Neue auf und verdrängten die Dunkelheit um etliche Meter vom Lagerfeuer, sodass Gisbert die drei wild gestikulierenden Silhouetten zwischen den Bäumen zu erkennen glaubte. Auch Alexander wandte des Öfteren seinen besorgten Blick in die Richtung und wirkte nervös. Hüstelnd wedelte er mit der Hand vor seinem Gesicht herum und versuchte auf diese Weise vergebens, die Rauchentwicklung zu beeinflussen. Ganz gleich, wo er sich hinhockte, die Rauchwolke verfolgte ihn wie ein lästiger, aufgebrachter Bienenschwarm.

»Habt ihr mit den Leuten Probleme?«, fragte ihn Karl-Heinz unverblümt und deutete mit einem sachten Kopfnicken in Richtung Jeep.

»Nee ...« Alexander fischte sich eine Zigarette aus der Schachtel, steckte sie in den Mund und zündete sie mit dem fast verglühten Stummel an. »Keine Sorge«, fügte er hinzu und umklammerte erneut den Feuerstock mit den Fingern der rechten Hand.

Gisberts Augen brannten, in seinem Kopf brummte es. Die Beule an der Stirn, die er sich beim Zusammenprall mit dem Sikahirsch zugezogen hatte, pulsierte immer schmerzhafter, außerdem ließ ihm das rechte Knie keine Ruhe. Er schaute auf die Uhr, diese zeigte kurz nach elf. Es war Zeit zu schlafen, beschloss er, sagte Karl-Heinz und Alexander »gute Nacht« und zog sich humpelnd ins Zelt zurück, das sie nach der Ankunft neben den zwei nebeneinander geparkten Autos aufgeschlagen hatten.

Als er sich in die muffelige Filzdecke von Tante Vera kuschelte und sich gähnend auf die rechte Seite wälzte, hielten ihn nur noch zwei Dinge vom Einschlafen ab: der unangenehme, säuerliche Geschmack im Mund und der dünne, pelzige Zahnbelag, den er mit der Zungenspitze auf der Innenseite der unteren Zahnreihe deutlich erspürte. Er hatte keine Lust, die Zahnbürste auszupacken und sich im Dunklen mit Wasser aus dem Kanister die Zähne zu putzen. Während er vor sich hinschlummerte und mit seinem inneren Schweinehund wegen des Zähneputzens rang, vernahm er plötzlich Sergeis gedämpfte Stimme direkt hinter dem Zelt.

»Nein ... hört auf, darauf wird er sich nicht einlassen«, sagte dieser.

»Komm«, insistierte die andere Stimme leise, die offenbar Abu gehörte, »stellt euch nicht so an. Ihr kriegt statt einem zwei volle Säcke Haschisch gleich auf die Hand. Und wenn wir das Lösegeld für eure Fritzen kassieren, sind vierzig Prozent davon eure. Das sind fast eine halbe Million Dollar!«

Bei diesen Worten schlug Gisbert blitzschnell die Augen auf, starrte in die Dunkelheit und spitzte wie ein zu Tode erschrockener Hase die Ohren. Sein Herzschlag beschleunigte sich von einer Sekunde auf die andere um das Dreifache. Hatte er das geträumt? Aber nein, er hörte die Stimmen ganz deutlich. Lediglich die dünne Zeltwand trennte ihn von den Entführern.

Sergei flüsterte nach einer Pause: »Ich muss nochmal mit Alexander reden. Wenn es nach mir ginge, würde ich die Sache auf der Stelle besiegeln.«

Gisbert wusste nicht, wohin mit sich. Er verspürte Panik und Angst, wie er sie bisher nicht gekannt hatte, und sah sich schon mit Karl-Heinz im Kofferraum des Jeeps gebückt sitzen, einen Sack über dem Kopf gestülpt und einen stinkenden Knebel im Mund. Er stellte sich vor, wie Abu und Atu sie in die tschetschenischen Berge brachten, um sie dort in irgendeiner Geheimhöhle, fernab aller Bequemlichkeiten der Zivilisation, Wochen oder gar Monate festzuhalten, bis das Lösegeld – von wem auch immer und wenn überhaupt – für sie gezahlt werden würde. Und was wäre, wenn sich niemand fände? Solche Fälle gab es mitunter. Er erinnerte sich an eine Dokumentation über die tschetschenischen Rebellen, die er einmal im Fernsehen gesehen hatte. Es war eine Amateuraufnahme, in der zwei Tschetschenen einen russischen Soldaten skrupellos massakriert hatten, indem sie ihm die Kehle wie einer Ziege brachial durchschnitten und sich anschließend damit brüsteten. Nach dem Film hatte Gisbert die halbe Nacht wach gelegen.

Er verspürte ungeheure Krämpfe in der Bauchgegend. Die Stimmen hinter dem Zelt waren inzwischen verklungen. Es war klar, weder Gisbert noch Karl-Heinz durften die Nacht im Zelt verbringen. Nur, wie konnte er Karl-Heinz zur Flucht bewegen? Würde er ihm sofort Glauben schenken oder die Sache als krankhafte Einbildung abtun? Sein Freund war immerhin einige Male quer durch Russland gereist. Nie war er dabei in die Hände von Entführern geraten.

Gisbert linste durch einen Schlitz in Richtung Feuer. Alle vier Männer hockten still um die Feuerstätte herum. Solange Karl-Heinz dabei war, überlegte sich Gisbert, würde Sergei die Angelegenheit mit Alexander nicht besprechen können. Es galt also zu verhindern, dass die beiden sich zu zweit zurückzogen. Aber wie? Gisbert fiel kein brauchbarer Plan ein. Fest stand für ihn, dass er nicht eindösen und abwarten durfte, bis sich die Männer über die Geiselnahme einig wurden. Sollte es dazu kommen, dann wären alle weiteren Mühen vergebens. Es war nicht auszuschließen, dass Abu und Atu dann sofort mit der Beute aufbrechen würden, um sie im Schutze der Dunkelheit an einem sicheren Ort zu verwahren. Wer konnte schon ahnen, was für Gedanken in ihren kampferprobten Köpfen herumschwirrten?

Gisbert stopfte zügig seine Habseligkeiten in den Rucksack, schaute sich nach Karl-Heinz' Sachen um, fand aber nichts. Sein Rucksack lag offenbar noch im Auto. Also, was tun? In dem Augenblick hatte er eine fabelhafte Eingebung.

»Karl-Heinz«, rief er, nachdem er den Rucksack unauffällig hinters Zelt gestellt hatte. »Kannst du mir deine Zahnpasta leihen? Meine ist alle.«

»Aber natürlich.« Karl-Heinz latschte aufs Auto zu. Gisbert humpelte hinter ihm her. Abu und Atu fixierten sie beide mit ihren Raubkatzenblicken.

»Du musst mir den Kanister über die Hände halten, ich würde mich erst gern waschen«, sagte Gisbert, nachdem Karl-Heinz ihm die Tube in die Hand gedrückt hatte.

»Wo denn? Vorn am Feuer?«

»Nein ... Am besten hinter dem Auto.«

»Aber dort ist es dunkel!?«

»Komm schon«, forderte er und zerrte Karl-Heinz am Ärmel hinter den Wagen. »Hör mir jetzt genau zu«, raunte er ihm beim Gehen ins Ohr, »und unterbrich mich nicht!«

Karl-Heinz nickte.

Während Gisbert sich halbherzig wusch (eigens dafür hatte er sein T-Shirt abgestreift) und ab und an in Richtung Lagerfeuer linste, schilderte er dem Pfarrer auf die Schnelle die Situation. Karl-Heinz fragte weder nach noch widersprach er ihm, sondern saugte jedes Wort auf. Es sah danach aus, als hätte er den Braten bereits gerochen.

»Tu bitte gleich, als würdest du schlafen gehen. Ich warte auf dich im Wald hinter dem Zelt. Verstanden?«, zischte Gisbert.

»Jawohl!«

In dem Augenblick erhob sich Sergei und wechselte einige Worte mit Alexander, worauf sie beide in die entgegengesetzte Richtung gingen.

Es galt keine Zeit zu verlieren.

»Jetzt«, hauchte Gisbert leise. »Aber nicht zu hastig.«

Karl-Heinz schwieg.

Als Gisbert das Handtuch an sich nahm, fiel dem Pfarrer plötzlich der Kanister aus der Hand. Das Wasser gluckerte daraus auf den Boden.

»Vorsicht!«, raunte Gisbert, bückte sich ruckartig, hob den Kanister und stellte ihn in den Wagen.

Karl-Heinz kehrte zum Lagerfeuer zurück, blieb dort einige Minuten sitzen und wünschte dann Abu und Atu eine gute Nacht.

Gisbert wachte inzwischen etliche Meter hinter dem Zelt und lugte gebannt hinter einer alten Eiche hervor. Der Pfarrer steuerte scheinbar selbstbewusst das Auto an, fischte seinen Rucksack daraus, kramte die Kulturtasche hervor und tat so, als bereitete er sich auf die Nacht vor. Doch statt sich schlafen zu legen, schlich er sich auf Zehenspitzen hinters Zelt. Sie nahmen unverzüglich Kurs auf das Dickicht.

Trotz aller Hektik vor und während der Flucht hatte sich Gisbert auf seines Vaters Worte besonnen, die er als Kind verinnerlicht hatte: Im Wald solle er niemals ohne Orientierungshilfe quer durchs Gehölz spazieren. Sonst könne es passieren, dass er nie den Weg hinausfinde. Aus diesem Grund waren sie stets in der Nähe der Straße geblieben, hatten lediglich ab und an hinter den Bäumen hervorgelugt, um zu schauen, ob sie sich nicht zu weit von der Straße entfernt hatten. Jede Minute rechneten sie damit, dass die Jäger sie mit dem Jeep verfolgten und ihnen Plastiksäcke über die Köpfe stülpten. Sie sprachen kaum, marschierten geradewegs und hielten bei jedem Geräusch inne, das ihnen verdächtig vorkam. Nur einmal machten die beiden vor Schreck einen Hopser zur Seite, als Karl-Heinz fast auf einen Hasen trat. Karl-Heinz schrie auf, als das Tier plötzlich unter einem Gebüsch hervorsprang und pfeilschnell davonstob. Sie beschleunigten den Schritt, um zügig von der Stelle fort zu kommen, und verirrten sich dabei doch in dem unwegsamen Dickicht. Vergeblich suchten sie die Straße. Sie wanderten hundert Meter nach links, dann nach rechts, wieder nach links und wieder einmal nach rechts – nirgends war sie zu finden.

»Lass uns ein Stück zurückgehen«, flüsterte Karl-Heinz. »Dann gönnen wir uns ein Schläfchen.«

»Zurückgehen?!«, empörte sich Gisbert. »Welche Richtung ist denn hier bitte zurück?«

Sie standen mitten im dunklen Wald und wussten nicht, wo vorn und hinten, rechts und links war. Einzig die hauchdünne Mondsichel, die sich ab und an zwischen den Baumwipfeln zeigte, ließ sie sehr grob die Richtung erahnen.

»Schleiermacher würde jetzt sagen«, gab Karl-Heinz plötzlich kleinlaut von sich, »da hilft nur beten!« Er seufzte vor Frust.

»Dann mach es eben!«, ranzte Gisbert ihn an. »Aber bleib mir bloß mit deinem Schleiermacher vom Leib.«

Die Stimmung erreichte ihren Tiefpunkt. Sie latschten mit gesenkten Köpfen, hörten die beständigen Eulenrufe in der Ferne, hielten inne, etwa wenn das verdächtige Knarren eines Astes an ihre Ohren drang, und setzten sich erst wieder in Bewegung, als das Knarren vorüber war.

»Gibt's hier eigentlich Bären?«, fragte Karl-Heinz kleinlaut.

»Oh ja, riesengroße!«, gab Gisbert zur Antwort, »Tiger und Löwen auch.«

»Ehrlich?« Karl-Heinz klang besorgt. »Ach du lieber Himmel … Gott, bewahre uns davor!«

Als Gisbert sich vor der Abreise über die Ukraine informiert hatte, hatte er in Erfahrung gebracht, dass hier in der Tat Dutzende von Braunbären lebten. Manch ein fleißiger Jäger erlegte sie gelegentlich, um sich damit zu brüsten. Ob es legal war, hatte Gisbert nicht rausfinden können. Was die Tiger und Löwen anging, hatte er natürlich geflunkert, um Karl-Heinz zu necken. »Deshalb«, erklärte er nun, »können wir jetzt nicht schlappmachen und ein Nickerchen halten.«

»Ich … ich kann aber nicht mehr!« Karl-Heinz blieb abrupt stehen und setzte sich, gleich einem störrischen Schuljungen, ins dürre, kniehohe Gras, verschränkte die Arme, legte sie auf die hochgezogenen Knie und ließ den Kopf auf die Unterarme fallen.

»Aber Karl-Heinz …«

Genau in diesem Moment jaulte ein Hund in der Ferne. Erst leise, dann zunehmend lauter, bis das Jaulen in bedrohliches Bellen überging. Ein seichtes Echo schwirrte durch die Luft. Offenbar hatte irgendein Tier (vielleicht ein Bär!) seine Nachtruhe gestört.

»Hörst du das auch?«, fragte Gisbert.

»Ja …«, keuchte Karl-Heinz kaum hörbar. »Was ist das? Ein Wolf?«

»Nein. Es ist ein Löwe!«

»Echt?«

»Das ist ein Hund, du Schleiermacher! Wölfe bellen nicht.«

»Aber was macht er allein im Wald?«

»Er ist bestimmt nicht allein und er ist höchstwahrscheinlich nicht im Wald.«

»Wie jetzt …?«

Ehe Gisbert darauf antwortete, realisierte auch Karl-Heinz, dass sie sich in der Nähe einer Siedlung befanden. »Wo Hunde sind, gibt es auch Menschen!«, stellte er hochbegeistert fest und sprang im Nu auf, plötzlich hellwach und bereit zum Aufbruch.

Hoffnungsfroh schlugen sie diese Richtung ein, überholten einander immer wieder gegenseitig und schaufelten übereifrig das dürre Gestrüpp und das Gras aus dem Weg. Der Hund bekam indessen Verstärkung. Drei weitere Hunde schlossen sich seinem nächtlichen Gebell an.

Gisbert war davon ausgegangen, dass sie die Siedlung zügig erreichen würden. Doch nach einer Viertelstunde waren sie noch immer nicht am Ziel. Sie hörten wieder nur den Hund bellen, der vermutlich als Erster zu jaulen begonnen hatte. Er jaulte aufs Neue, dann bellte er zweimal, dreimal, legte eine Pause ein, jaulte, bellte, jaulte ... bis er verstummte. Stille breitete sich wieder aus, doch Gisbert war klar, dass sie in Kürze erlöst sein würden.

Sie setzten ihren Marsch fort und traten bald in der Tat aus dem Wald heraus. Vor ihnen lag ein in fahles Mondlicht getauchtes Tal. Einige hundert Meter weiter leuchteten drei Straßenlaternen, offenbar die einzigen in dieser Siedlung. Gisbert nahm die verwischten Konturen der flachen Häuser wahr. Die Größe des Dorfs ließ sich schlecht schätzten.

Sie atmeten schwer und schauten eine Weile erleichtert ins Tal hinunter.

»Komm! Weiter geht's«, forderte Gisbert und spurtete plötzlich den Berghang hinunter.

»A... aber warte doch ...«

Ein Glücksgefühl überkam Gisbert, und er verspürte überraschend Leichtigkeit in den Beinen. Sie waren endlich in Sicherheit. Und wer weiß, dachte er, vielleicht würden sie noch auf jemanden treffen und unter einem Dach nächtigen, auch wenn es nur ein stinknormaler Heuboden wäre.

Er setzte einen Fuß vor den anderen und hetzte den Berg hinunter. Ein leichter Wind wehte ihm entgegen. Er warf einen kurzen Blick nach hinten (Wo bleibt eigentlich der Alte?), dann schaute er wieder nach vorn und wieder nach hinten, drehte sich um und ging einige Schritte rückwärts. Das weiße Hemd seines Freundes reflektierte das

Mondlicht, sodass sich die menschlichen Konturen von Weitem erkennen ließen. Also folgte der Pfarrer ihm. Gisbert musste auf ihn nicht warten. Karl-Heinz war schließlich kein Kind.

Als Gisbert sich jedoch wieder umdrehte und den ersten Schritt vor sich setzte, glitt ihm wortwörtlich der Boden unter den Füßen weg. Er fiel wie von einer Klippe bäuchlings in die Tiefe, in die pechschwarze Dunkelheit, fuchtelte dabei mit Armen und Beinen und schnappte nach Luft. Sein Körper klatschte wie ein Mehlsack auf etwas Hartes. Er winselte vor Schmerz. Biss in den Dreck. Spuckte. Schimpfte.

»Was soll ... W... wo bin ich verdammt?« Er versuchte aufzustehen und stöhnte. »Aua ...«

Sein Knie schmerzte teuflisch. Er taumelte. Funken tänzelten vor seinen Augen. Er hielt sich an einer Mauer fest und realisierte, dass es zwei Mauern waren. Eine rechts und eine links, mit etwa einem Meter Abstand dazwischen. Er tastete. Es waren keine Betonmauern. Es war Erde. Sie bröckelte bei jeder leichten Berührung mit den Fingern krümelweise ab. War das ein Kanal? Er tastete sich vorsichtig einen Meter vor und lief erneut vor eine Wand. Er trat zurück und torkelte, einen Arm nach vorn ausgestreckt, in die andere Richtung. Doch wenige Schritte später ertastete er eine weitere Wand.

»Mist, ich sitze in einem Erdloch«, stellte er fest. »Nein!« Wie ein Blitz traf ihn die Erkenntnis: »Ich stecke in einem frisch ausgehobenen Grab fest!«

Nach dem Abtasten der Wände wurde ihm klar, dass er nicht ohne fremde Hilfe in die Freiheit gelangen würde.

»Karl-Heinz? Hallo ... Wo bist du?«, rief er halblaut in die Nacht.

Niemand antwortete.

Was ist, wenn der Alte am Friedhof vorbeigelaufen ist, überlegte Gisbert. Vielleicht ist er schon in der Siedlung? Sein Herz pochte schneller, die Knie, die Hände begannen sachte zu zittern. »Karl-Heee...inz!«, grölte er nun. Eine Sekunde später bellte vermutlich derselbe Hund erneut. »Hallo! Wo steckst du, verdammte Sch...?« Zwei oder drei schlaffaule Dackel bellten zurück.

»Karl-Heee...inz ...«

Es war vergebens. Hoffentlich, dachte er, waren es keine freilaufenden Hunde. Hoffentlich hatten sie seinen Freund nicht schon aufgefuttert.

Er hockte sich hin, lehnte sich mit dem Rücken an die kühle Wand und starrte ratlos gen Himmel. Als er noch im Wald dann und wann an lichten Stellen seinen Blick nach oben gerichtet hatte, war ihm der Himmel viel dunkler vorgekommen. Nun aber sah er das Flackern der Sterne, die Milchstraße, den Großen Wagen und ... Er traute seinen Augen nicht – eine Sternschnuppe, ein Glücksbringer düste quer über das Himmelszelt hinweg. Er könnte sich etwas wünschen. Ihm fiel Julia ein. Es soll alles wieder gut werden. Wie früher, als sie zum ersten Mal gemeinsam im Theater waren, ihre warmpulsierende Hand in seiner ... Der Georgier soll sich in Luft auflösen. Für immer!

Er spürte die Wut seine Speiseröhre emporsteigen, seinen Hals dick werden und kämpfte mit den Tränen. Doch nach einer Weile riss er sich zusammen und wünschte sich statt Julia Karl-Heinz herbei. »Wenn ich das hier überlebe und heil zu Hause ankomme«, sagte er fest entschlossen, »knalle ich den verdammten Georgi...« Er hatte gerade erneut den Blick gen Himmel gerichtet und fuhr wie vom Blitz getroffen zusammen. Ein Schauer durchzuckte seine ganzen Körper. Er presste den Rücken fest gegen die Wand und war kurz davor, sich gleich einem Erdmännchen einzubuddeln und metertief durch die Erde zu kriechen. War das der Tod höchstpersönlich? Ein weißes Gespenst lauerte mucksmäuschenstill am Grubenrand wie eine Raubkatze vor ihrem entscheidenden Sprung – in der Hand, an die Schulter gelehnt, ein Spieß (oder die Sense?).

»Gisbert?«, wisperte das Gespenst kleinlaut. »Bist du etwa da unten?«

An den geradlinigen Konturen der schimmernden Glatze und an der Stimme erkannte Gisbert den Pfarrer.

»Scher dich zum Teufel!«, platzte es aus ihm nun heraus.

»A… aber … Hast du nicht vorhin nach mir gerufen?«

»Wo warst du so lange?«

»Ich war mir nicht sicher, aus welcher Richtung es kam … Ich hab mich verlaufen.«

»Was hast du da in der Hand?«

»Einen Stock. Hab ich gerade gefunden. Ich dachte, der ist vielleicht gut gegen die Hunde, falls sie mich angreifen!«

Es stellte sich heraus, dass Karl-Heinz über das Friedhofsgelände geirrt war. Er hatte Gisberts Hilferufe zwar vernommen, es allerdings nicht für nötig befunden, darauf zu antworten. Um die blutrünstigen Biester unten im Dorf nicht noch mehr zu reizen.

»Hilf mir bitte hier raus«, bat ihn Gisbert.

»Aber gern.« Karl-Heinz hielt den stark geschwungenen Stock in die Grube hinein. »Siehst du. Der ist doch für was gut …«

Gisbert griff zu und zog ruckartig daran, vergaß jedoch sich zu vergewissern, ob Karl-Heinz so weit war. Im selben

Augenblick rutschte der Pfarrer mit einem Fuß ab und schickte eine Handvoll Erde direkt auf Gisbert hinunter. Dieser ließ den Stock augenblicklich los, plumpste auf seinen Hintern und registrierte zutiefst entsetzt, dass der Pfarrer eine Drehung vollführte und mit Armen und Beinen fuchtelnd (mit dem Gesäß voraus) auf ihn zusteuerte.

Das ist mein Ende, dachte Gisbert und schloss die Augen.

Die grün lackierte Wand in der Zelle des örtlichen Polizeipräsidiums fühlte sich kühl an, obwohl der Kellerraum nicht klimatisiert war. Das einzige, etwa kopfgroße Fenster direkt unter der Decke hatte man dicht verriegelt, damit die Sommerhitze keinen Weg in die Zelle fand. Um die Luft am Tag frisch zu halten, genügte das nächtliche Lüften für ein paar Stunden nicht. Sie war verbraucht und stank wie die Pest. Gisbert hatte sich erst nach Stunden daran ein wenig gewöhnen können.

Er lag auf einer steinharten Holzpritsche ohne Matratze und musterte die kunstvollen, kyrillischen Kritzeleien an der Wand. Sie gaben Auskunft über die ehemaligen Insassen. Ein gewisser Kolja protzte: »Wir haben hier die Jahrtausendwende gefeiert ... Grüße von Kolja und Wowa.«

Hm ..., dachte Gisbert. Ist das ein Grund, um sich auf dieser Wand zu verewigen? Doch bald sah er ein: Sollte er hier länger als einen Tag bleiben, dann würde er vor lauter Langeweile vermutlich auch die Wände vollschmieren. Sein Freund würde ohne Zweifel als Erstes beginnen, Schleiermacher-Zitate an die Wand zu kritzeln. Er selbst würde vielleicht wieder zu reimen versuchen. Schon in der Grundschule, nachdem die Liebe mit der Italienerin Carla in die Brüche gegangen war, hatte er seine allerersten Vierzeiler aufs Papier gebracht. Später hatte er nur gelegentlich gedichtet, hatte sich allerdings nie getraut, jemandem seine Gedichte vorzutragen. In dieser Zelle aber könnte sie niemand lesen, außer er übersetzte sie ins Russische.

Die missliche Lage, in die er und Karl-Heinz geraten waren, schien allmählich unerträglich zu werden. Die Ereignisse hatten sich in den letzten zwei Tagen geradezu überschlagen. Gisbert wurde damit mehr schlecht als recht fertig. Wie war es nur dazu gekommen, fragte er sich, dass man sie in Gewahrsam genommen und in dieser vermieften Zelle eines ländlichen Polizeipräsidiums wie zwei Kriminelle eingesperrt hatte? Sie hatten sich doch nichts zuschulden kommen lassen und hatten eigentlich nur Hasen jagen wollen …

Er starrte geistesabwesend die weißgetünchte und mit unregelmäßigen dunklen Flecken übersäte Zellendecke an und versuchte, die Erlebnisse des Jagdausflugs zu rekapitulieren. Erst hatten sie den Sikahirsch ins Jenseits befördert, dann waren sie auf die Jäger und Entführer Abu und Atu getroffen, vor ihnen geflüchtet und am Ende im Dunkeln in eine Grube gepurzelt, wo sie den Rest der Nacht zugebracht hatten. Am nächsten Morgen folgte dann die Verhaftung. Schließlich hatte man sie in diese Zelle mit dem ekelerregenden, ebenfalls dunkelgrün lackierten, zerkratzten Notdurfteimer in der Ecke gepfercht.

Nachdem Karl-Heinz nämlich auch ins Grab hineingesegelt war und sie beide realisiert hatten, dass sie es ohne fremde Hilfe kaum schaffen würden, wieder hinauszuklettern, fassten sie den Entschluss, sich dem Schicksal zu fügen und in dem frisch ausgehobenen Erdloch zu nächtigen. Gisbert hätte dem Pfarrer zwar irgendwie hinaushelfen können. Da Karl-Heinz aber alles andere als kräftig gebaut war, dazu ausgelaugt und hundemüde, wussten sie, dass er allein nichts weiter hätte ausrichten können. Er hätte den im Vergleich zu ihm schwergewichtigen Gisbert wahrscheinlich nicht ohne weitere Unfälle aus der Grube heben können. Sie sahen auch ein, dass es sich nicht schickte, den wohlverdienten Schlaf wildfremder Menschen zu stören, indem sie bei ihnen mitten in der Nacht an die Tür klopften und sie nach Schlafplätzen fragten (falls sie es doch geschafft hätten, aus der Grube zu klettern). Die Häuser wurden zudem von kampferprobten Hunden bewacht.

»Lass uns hier schlafen«, hatte Karl-Heinz schließlich vorgeschlagen, hatte gegähnt und sich dabei die Hand vor den Mund gehalten. »Das ist besser so. Ich meine, wegen ... wegen der Hunde und ... und der Bären und so.«

Während Gisbert noch überlegte, ob er diesen Vorschlag kommentieren sollte, rückte Karl-Heinz in die Ecke und lehnte seinen Kopf an die Wand. Es schien nicht die beste, doch eine brauchbare Lösung zu sein. Erst morgens stellte sich diese Entscheidung als fatal heraus. Als gut trainierte Langschläfer hätten sie in der angenehm kühlen Grube bis in die Mittagszeit hinein dösen können. Sie hatten keine Termine und wussten natürlich um die kraftspendende Wirkung des Schlafes. Schließlich mussten sie neue Kräfte sammeln.

Gisbert träumte ausgerechnet von seiner Trauung mit Julia, von einer Hochzeitszeremonie an einem unbekannten, fernen Ort, am Strand einer traumhaft sonnigen Insel im Süden. Sie beide in festlicher Kleidung im Schatten der Palmen, die Braut in weißer Spitze mit Schleier. Mit von der Partie waren seltsamerweise nur sechs oder sieben Gäste, was Gisbert natürlich wunderte. Unter ihnen Karl-

Heinz als Pastor – immer noch ohne Perücke und in demselben Arminia-T-Shirt, das ihm Gisbert geliehen hatte –, Sven, Boris sowie Julias und seine Eltern. Als Karl-Heinz mit der Trauungsansprache loslegte und bald die Frage an die Gäste richtete, ob jemand anwesend sei, der gegen diese Eheschließung Einwände vorbringen wolle, schoss aus dem friedvoll schillernden Ozeanwasser plötzlich der Georgier Wacho mit einer Kalaschnikow in den Händen, gekleidet in ein dunkelschwarzes Batman-Kostüm. Gisbert hatte Wacho bisher nicht kennengelernt, doch war er sich absolut sicher, dass das der verhasste Georgier war. Im Hintergrund erklang Blasmusik. Keine Hochzeitsmusik, sondern Trauermusik! Sie versetzte Gisbert völlig in Rage. Wo kam sie nur her? Er schaute sich verdutzt um und sah weit und breit keine Blaskapelle. Als der Georgier um sich zu ballern begann, schwoll die Blasmusik zu einem quälend tosenden Crescendo an. Gisbert hielt sich die Ohren zu und kniff für einen Augenblick die Augen zusammen.

Als er sie wieder aufschlug, wachte er in der Wirklichkeit auf und nahm in seiner Nähe tatsächlich das lautstarke, schrille Dröhnen eines Bläserchors wahr. Der Trauermarsch von Chopin, schoss es ihm blitzartig durch den Kopf. Er wusste nicht genau, warum, aber die Musik kannte er. Als kleiner Junge hatte er sich einst im Kirchenbläserchor als Tubaspieler versucht, hatte aber nach drei Jahren schon wieder aufgehört. Das Interesse für die Musik war geblieben.

Nein, es war nicht der herzzerreißende und leiernd daherkommende Trauermarsch, der ihn in einen schockähnlichen Zustand versetzte, sondern das, was er zu sehen glaubte. Dass der Tag bereits fortgeschritten war, realisierte er trotz der versperrten Sicht zum Himmel hinauf sofort. Direkt über ihm stand ein pechschwarzer Kasten auf zwei Querbalken, die bald ruckartig zu wackeln begannen. Jemand zog sie beiseite, und der Kasten senkte sich zielsicher und langsam schaukelnd hinunter ins Grab!

»Hiiilfe!!!«, grölte Gisbert und schnellte in die Höhe. Von einer Sekunde auf die andere war er hellwach.

»Hiiilfe!«, äffte Karl-Heinz ihn nach, der im selben Augenblick aufgewacht war und offenbar noch nicht begriffen hatte, was vor sich ging. Wie ein aus einem Sack entlassenes Huhn starrte er ratlos erst den Sarg, dann Gisbert an, dann wieder den Sarg und wieder Gisbert.

»Jetzt hilf mir, verdammt!«, schnauzte Gisbert ihn an. Er stemmte die ausgestreckten Arme mit hochrotem Kopf gegen den Sarg, damit dieser sie nicht plattdrückte und für ewige Zeiten begrub. Sie hatten Glück im Unglück. Die kistenartige, ukrainische Sargkonstruktion erwies sich als relativ leicht. Wären sie in Deutschland in solch eine brenzlige Situation geraten, dann hätten sie vermutlich einem massiv gebauten und obendrein verzierten Holzsarg, wie man sie in Mitteleuropa zu bauen pflegte, nicht standhalten können.

Mit zitternden Beinen verhinderten sie das weitere Absinken der Kiste, wobei sie diese hin und her schaukelten. Die Bestatter hoben den Sarg schließlich fluchend wieder heraus und glotzten dümmlich mit aufgerissenen Mäulern hinunter. Als hätten sie in ihrem Leben nie stinknormale deutsche Touristen gesehen, die sich ein wenig verlaufen hatten ...

Es fügte sich eins zum anderen. Zufälligerweise nahm an der Beerdigung ein Ordnungshüter teil. Ob er mit der verstorbenen Dame verwandt war, erfuhr Gisbert nie. Nachdem die Bestatter die beiden Pechvögel unter den vernichtenden und gaffenden Blicken der Trauernden aus dem Grab herausbefördert hatten, führte der bullige Polizist sie sogleich beiseite, holte mit tiefernster Miene einen Notizblock und einen Kugelschreiber hervor und erkundigte sich nach ihren Namen.

Nach dem gescheiterten Versuch, die Namen richtig zu notieren, verlangte er nach ihren Ausweisen.

Wo dachte der Kerl hin? Wer nimmt schon auf die Jagd seinen Reisepass mit? Ihre Papiere hatten sie samt dem Gepäck natürlich bei Tante Vera liegen lassen.

»Dann seid ihr westliche Spione?«

Er rieb sich hoffnungsfroh die Hände.

»Aber nein!«, entgegneten sie ihm im Duett.

»Wie lauten eure Decknamen?«, insistierte der Polizist übereifrig und zog die buschigen Augenbrauen zusammen. »Wer hat euch eingeschleust?«

»Wir sind keine Spione! Herr ... Herr ... wie heißen Sie eigentlich?«, fragte Karl-Heinz plötzlich laut mit deutlich erregter Stimme, sodass einige Trauergäste zu ihnen herüberlinsten. Er tupfte mit einem Stofftuch seine schweißnasse Glatze ab. »Ich sagte doch, ich ... ich bin Pastor, und wir wollten hier nur Hirsche und Hasen jagen.«

»Hirsche jagen?« Der Polizist runzelte wieder die Stirn. »Die Jagd auf Hirsche ist momentan in dieser Gegend streng verboten!«

»Wirklich? D... das wussten wir nicht ...«

Diese Ausrede half ganz und gar nicht.

Der Polizeihauptmann namens Bojko wollte ihnen unter keinen Umständen abnehmen, dass sie Jäger waren und lediglich mangels Ortskenntnis vom Weg abgekommen waren und sich dabei im Wald verirrt hatten. Den Sikahirsch im Straßengraben, ihre Jagdkumpel sowie Abu und Atu verschwiegen sie nämlich vorerst, um die Situation nicht komplizierter zu machen, als sie ohnehin schon war.

»Wenn ihr Jäger seid«, sagte Hauptmann Bojko bedächtig, »wo ist dann eure Jagdausrüstung?«

Gisbert und Karl-Heinz blinzelten einander ratlos an.

Er forderte sie auf, in ein schmales, Jeep-ähnliches Gefährt zu steigen, und sperrte sie dort ein. Dann wohnte er noch eine Weile der Beerdigung bei, telefonierte daraufhin und fuhr sie schlussendlich auf der mit Schlaglöchern übersäten, staubgrauen Straße zur Polizeiwache.

Seitdem hatte Gisbert bereits etliche Stunden in der düsteren Zelle auf der blanken Pritsche geschlafen. Im Rücken, im linken Arm, am Becken sowie im Knie verspürte er jeweils einen ungleich pulsierenden Schmerz. Karl-Heinz döste noch und pfiff schwer atmend vor sich hin. Der Tag neigte sich dem Ende zu und nichts passierte. Das Hungergefühl nahm allmählich an Intensität zu. Der Magen knurrte.

Erst am frühen Abend tischte die Wache ihnen säuerlichen Borschtsch ohne Fleisch auf, mit schwimmenden Fettaugen in der Mitte des Tellers. Dazu jeweils zwei fingerdick geschnittene, staubtrockene Weißbrotscheiben.

Nach dem Essen bestellte sie Hauptmann Bojko zu sich.

»Also«, begann er ihnen scheinbar wohlgesinnt, ehe sie auf zwei zerkratzten Hockern vor seinem aktenüberfüllten Tisch Platz genommen hatten. »Unser Mann in Simferopol hat Ihre Identität überprüft und ... bestätigt.« In seiner Stimme schwang ein Hauch von Enttäuschung mit.

»Das ist ja hervorragend!« Karl-Heinz sprang vor Freude wieder vom Hocker auf. »Dann können wir gehen?«

»Nein, das können Sie nicht!« Er deutete mit dem Zeigefinger auf den Hocker. »Setzen Sie sich. Hier entscheide ich, wann Sie gehen.«

Karl-Heinz gehorchte.

»Frau Vera Terentjewa aus Olexandriwka«, fuhr er fort, »lässt Sie grüßen.«

»Danke«, sagte Karl-Heinz und verzog die Mundwinkel. »Grüßen Sie sie zurück!«

»Sie fragte aber auch, was mit Alexander und Sergei los sei?«

»Ach …«

»Kennen Sie die beiden?«

»Ja … mhm … irgendwie schon.«

»Dann erzählen Sie mir doch mal alles der Reihe nach.« Er legte ein leeres Blatt Papier vor sich hin und nahm einen Kugelschreiber in die Hand. »Ihre Freunde sind nämlich meinem Kollegen aus dem Nachbarort heute mit einem Sack Haschisch und drei toten Hasen ins Netz gegangen.«

»Oh!« Karl-Heinz blickte Gisbert besorgt an. Leichte Röte stieg ihm ins Gesicht.

»Die beiden behaupten«, fuhr Hauptmann Bojko fort, dass das Haschisch gar nicht ihnen gehöre, sondern zwei anderen eifrigen Jägern.«

»Aber nicht doch …« Gisbert ruckelte sogleich auf dem Hocker hin und her. Sein Herz schlug plötzlich doppelt so schnell. »Der Sack ist … der … der gehört uns nicht«, stotterte er.

»Lauter bitte! Ich verstehe Sie schlecht.«

»Die Drogen gehören uns nicht«, sprang Karl-Heinz für ihn ein.

»Ha …«, der Polizist lachte auf, »das behauptet hier jeder Ganove beim ersten Gespräch! Das müssen Sie mir beweisen.« Er fischte eine Zigarette aus der am Rand des Tisches liegenden Schachtel und zündete sie an. Dann wedelte er mit dem Streichholz in der Luft herum, bis das Feuer erloschen war, zog kräftig an der Zigarette und pustete den Rauch direkt in Karl-Heinz' Gesicht. Die dichte Rauchwolke umhüllte den Pfarrer, Gisbert bekam ebenfalls einiges ab. Karl-Heinz hüstelte und fuchtelte mit der Hand.

»Bei ... bei uns in Deutschland ... kchu, kchu ...«, krächzte dieser, »ist das Rauchen ... in ... in öffentlichen Gebäuden verboten.«

»Ach ja?« Hauptmann Bojko kniff die Augen zusammen und fixierte ihn prüfend. »Bei uns raucht jeder, wo er will«, ließ er hämisch verlauten, »bei uns herrschen Freiheit ... ha, ha... und Demokratie!« Er wieherte vor Selbstzufriedenheit strotzend.

Gisbert und Karl-Heinz kamen schließlich nicht umhin, ihm einen ausführlichen Bericht zu liefern. Darüber, wie sie den Sikahirsch angefahren hatten, über die Tschetschenen Abu und Atu und die Flucht quer durch den Wald. Karl-Heinz erzählte, Gisbert ergänzte hier und da die Details. Nach Gisberts Meinung fiel der Bericht lückenlos aus. Dennoch wollte der untersetzte, verbohrte Hauptmann sie nicht gehen lassen.

»Wie kann ich sicher sein, dass Sie mir die Wahrheit gesagt haben? Vielleicht gehört der Haschischsack ja doch Ihnen?« Er grinste sie an und fuhr fort: »Das Ganze klingt ziemlich abenteuerlich, ich muss es erstmal überprüfen.«

Tante Vera und Julia blinzelten verwundert, während Karl-Heinz hastig seine Sachen zusammensuchte. Es täte ihm leid, sagte er zu ihnen, er habe es brandeilig, am nächsten Tag hätte er einen wichtigen Termin in Kiew und müsste deshalb auf der Stelle aufbrechen. Gisbert würde bestimmt über alles, was ihnen auf der Jagd zugestoßen war, berichten. Davon, wo Alexander und Sergei geblieben waren, habe er keinen Schimmer. Er nahm alle der Reihe nach in den Arm, sagte Poka und sprang ins Taxi, mit dem er und Gisbert gerade zurückgekehrt waren. Hinter dem Wagen stieg eine bräunlich-graue Staubwolke gen Himmel. Der Abend war bereits angebrochen, doch das hielt Karl-Heinz nicht auf. Gisbert ahnte, dass sein Freund offenbar genug von der Ukraine hatte. Er selbst wäre am liebsten mit ins Taxi gestiegen.

Doch es war zu spät, er stand stumm da und starrte mit zusammengekniffenen Augen auf die sich filigran kräuselnde Staubwolke. Ihm war auch klar, dass er sich nicht einfach so davonmachen konnte. Er war Julia einen Bericht schuldig. Auch sie wollte ihm etwas Wichtiges sagen. Er war auf das Schlimmste gefasst. Nach dem letzten Telefonat mit ihr hatte er genug Zeit gehabt, um sich mental auf das schwierige klärende Gespräch vorzubereiten. Er ging davon aus, dass sie mit ihm Schluss machen würde.

Sie stand neben ihm, die Augen mit der rechten Hand vor der blendenden Sonne schützend und sah wortlos der Staubwolke nach. Sie war ihm fremd geworden nach den Tagen und Wochen der räumlichen Trennung. Aber vielleicht lag es nur an der Umgebung, an den ungewohnten Gerüchen und Farben, an den fast märchenhaft anmutenden Häuserkonstruktionen, an den dürren Bäumen und Gräsern und den fremdländischen, von Staub und Sonne und knochenharter Arbeit gezeichneten Menschengesichtern. Drei Wochen zuvor hätte er noch gesagt, er kenne dieses Mädchen sehr gut. Aber nun war er sich nicht mehr so sicher. Sie würde wahrscheinlich sagen: »Es tut mir leid! Ich habe jemanden getroffen. Es ist wahre Liebe ... ich kann nichts dafür ...« Dann würde sie ihm einen letzten Kuss auf die Wange drücken, ihn mit einem kindisch-koketten Blick ansehen und fragen, ob sie Freunde bleiben könnten.

Das Leben ist echt zum Kotzen, dachte Gisbert. Was mache ich bloß in diesem verdammten Kaff?

Genau in diesem Moment nahm Julia ihn plötzlich bei der Hand, beugte ihren Kopf zu ihm und drückte ihm tatsächlich einen Kuss auf die Wange. Er zuckte überrascht zusammen.

Sie schaute mit ihrem engelsgleichen Blick zu ihm hinunter und fragte: »Sollen wir reingehen? Hast du Hunger?«

»A... a... aber ja!«

Er schlurfte in seinen ausgelatschten Sandalen neben ihr her und brachte kein Wort über die Lippen. Julia schmiegte sich an ihn und legte ihren rechten Arm um seine Schultern.

Wie sollte er das nun deuten?

Während des Abendessens berichtete Gisbert von ihren Jagdabenteuern. Onkel Fedja unterbrach ihn mitunter, denn er wollte genauestens von ihm wissen, was mit seinem Auto los war und wo es geblieben war. Ob es nach dem Zusammenprall mit dem Sikahirsch fahrbereit gewesen war, ob die Stoßstange abgefallen und wie groß die Beule ausgefallen war. Alexanders und Sergeis Schicksal schien ihn hingegen weniger zu interessieren. Im Gegenteil. Als er hörte, dass die beiden Haschisch im Auto verstaut hatten und aus diesem Grund von der Polizei festgehalten wurden, legte er den rechten Zeigefinger an die Schläfe und machte ohne Kommentar eine bohrende Bewegung, als würde er mit einem Schraubenzieher eine Schraube festziehen und dann wieder lösen, und wieder festziehen und dann lösen. In der dortigen Zeichensprache bedeutete diese unmissverständliche Geste, dass Sergei und Alexander nicht ganz bei Sinnen waren. Mit anderen Worten: In ihren Köpfen waren einige Schrauben locker.

Er griff nach der Weinflasche, verteilte den Inhalt auf die Gläser und verkündete: »Selbst schuld, die Idioten! Das Auto kriegen sie von mir nicht mehr.« Er leerte sein Glas in einem Zug und füllte es erneut, leerte es und füllte es wieder.

Gisbert erzählte, wie es ihm und Karl-Heinz gelungen war, den Polizisten zu bestechen. Der bissige Ordnungshüter hatte nämlich Karl-Heinz am nächsten Morgen allein zu sich ins Büro bestellt und ihm nahegelegt, dass sie (wenn sie es wirklich wollten) durchaus freikommen könnten. Er hatte die Kuppen von Daumen und Zeigefinger aneinander gerieben, verschwörerisch gelächelt und dabei nur ein einziges Wort gesagt:

»Tradition!«

Karl-Heinz ging sofort auf, was damit gemeint war. Er bat um Bedenkzeit und beriet sich mit Gisbert. Schließlich schnallte er seinen Hosengürtel auf, zog ihn aus der Hose heraus, drehte ihn um und öffnete auf der Innenseite des Gürtels einen kaum sichtbaren, feingliedrigen Reißverschluss. Im selben Augenblick flatterten einige klein gefaltete Euro-Scheine auf den staubigen, rissigen Betonboden. Er hatte sie wortlos aufgehoben, gezählt und war damit zum Hauptmann gegangen.

»Idioten!«, motzte Onkel Fedja erneut und haute mit der Faust auf den Tisch. Die Gläser schepperten. Sein zerzaustes Haar fiel ihm auf einer Seite in die Stirn und verdeckte das rechte Auge.

Gisbert stellte fest, dass Onkel Fedja in diesem Augenblick eine verblüffende Ähnlichkeit mit Hitler aufwies.

Dieser füllte sich erneut sein Glas, leerte es und schenkte nach. Tante Vera traute sich offenbar nicht, ihn dafür zu tadeln. Sie starrte kleinlaut auf den Tisch und schlürfte ihren heißen Tee aus einer weißen Schale mit feiner, goldfarbener Umrandung. Als Gisbert mit seinem Bericht fertig war, ließ sie äußerst bekümmert vernehmen:

»Unser Petja ist tot!«

Stille stellte sich ein. Gisbert blickte sie ebenso erstaunt wie fragend an.

»Na, der Hahn«, half sie nach und fügte hinzu: »Ein Unmensch hat ihn erschlagen und im Misthaufen verbuddelt. Der Nachbarshund hat ihn ausgegraben und durch die Straße gezerrt. Dann kamen andere Hunde hinzu und haben ihn in kleine Stücke gerissen.«

»Oh ... das ist aber schade«, sagte Gisbert, tat betroffen und wechselte prompt das Thema, indem er sich bei Julia erkundigte: »Wie ist eigentlich deine Prüfung ausgefallen? Warum wurde sie verlegt?«

Sie druckste herum und schien nicht gewillt zu sein, darüber zu sprechen, brachte lediglich stockend ein paar Worte wie »gut«, »danke« und »weiß nicht …« hervor. Als Gisbert weiter nachhakte, sagte sie: »Lass uns mal nach draußen gehen. Ich muss mit dir sowieso über eine wichtige Sache reden.«

»Gut!« Er erhob sich und schob dabei quietschend den Stuhl nach hinten.

»Aber ihr habt doch gar nichts gegessen, Kinder!«, beschwerte sich Tanta Vera.

»Idioten!«, schnaubte Onkel Fedja aufs Neue, ballte die Faust und hieb mit all seiner Kraft auf die Tischplatte ein.

»Kuck-kuck, kuck-kuck …«, pflichtete ihm der Vogel aus der Wanduhr bei, »Idi… oten … kuck-kuck …«

Es war acht Uhr abends. Onkel Fedja schüttete sich den guten Wein nach.

27

»Was ist los mit dir?«, fragte Gisbert, nachdem sie vor die Tür getreten waren.

»Mit mir?« Julia zog die Augenbrauen hoch.

»Mit wem sonst? Mit mir doch nicht.«

»Ich versteh nicht ganz ...«

»Komm, mach's bitte kurz! Ich hab keinen Bock auf Spielchen.«

Julia zögerte, grinste ihn aber zugleich frech an. So, als würde sie sich über ihn lustig machen. »Na ja«, sagte sie dann, »das ist so ... 'ne Sache ... ist nicht so einfach zu ... zu erklären ...«

»Wieso? Was gibt es da viel zu erklären?«

»I... ich weiß nicht, ob es der richtige Moment ist. So, wie du gerade drauf bist ...«

»Was heißt hier, wie ich drauf bin? Das kann dir doch schnurzegal sein. Ich weiß eh schon Bescheid.«

»Bitte?« Julia blieb abrupt stehen und blickte ihm verdutzt in die Augen. »Du weißt Bescheid? Von wem denn das?«

»Na, von Boris! Von wem sonst?«

»A... aber Gisbert. Das kann unmöglich sein.«

»Wieso?«

»Weil es außer meinem Arzt und mir bisher niemand weiß.«

»Dein Arzt?«, staunte Gisbert. »Was hat der damit zu tun?« Dann machte es plötzlich klick in seinem Kopf. »Ach du ... heilige Maria ...« Er klatschte sich gegen die Stirn und schüttelte missbilligend den Kopf. »Dann ist er also auch noch dein Arzt? Wie konnte ich nur so blöd sein.«

Julia fixierte ihn erneut mit ihrem verdatterten Blick und brachte erst nach einer Pause über die Lippen: »Ich bin ... ich verstehe irgendwie gerade nur Bahnhof. Ich glaube, wir reden von verschiedenen Dingen.«

»Ich meine den Georgier! Dein Arzt ist doch Georgier, oder?«

»Ja ... schon ... A... aber es wusste bisher kaum einer, dass Wacho mein Frauenarzt ist. Hm ... Ich habe ihn erst kürzlich wegen der Betreuung ...«

»Er hat dich also doch besucht«, unterbrach er sie, »neulich, nachdem ich weg war.«

»Ja, das hat er. Und?« Sie lachte etwas hilflos auf. »Er hat Boris ganz sicher nicht erzählt, dass er mein Frauenarzt ist. Das kann einfach nicht sein.«

»Er hat dich vermutlich nicht nur einmal besucht. Außerdem habt ihr euch sicher auch noch woanders getroffen.«

»Getroffen schon, aber nur in seiner Praxis und bei ...«

»Siehst du, w... wusste ich's doch!«, unterbrach er sie rabiat. Seine Stimme zitterte vor Aufregung und nahm mit jedem Wort an Lautstärke zu. Sein Kopf glühte. »Also habt ihr es auch in seiner Praxis getrieben? Mann, ist das krank!«

Er wedelte mit seiner Hand vor seiner Stirn herum, drehte Julia demonstrativ den Rücken zu und marschierte rasch etliche Schritte voraus.

Julia trippelte hinter ihm her.

»A… aber Gisbert! Warte doch. Was denn getrieben? Bist du nach eurem Jagdausflug völlig übergeschnappt?«

Sie griff nach seinem T-Shirt, zog daran und versuchte, ihn zum Stehenbleiben zu bewegen. Er riss sich los. Doch sie überholte ihn und stellte sich ihm entschlossen in den Weg, die Beine gespreizt, die Hände zu Fäusten geballt und in die Seiten gestemmt.

»WAS GE-TRIE-BEN?«, fragte sie jede Silbe betonend und zog die Augenbraunen zusammen.

Gisbert versuchte, nach links auszuweichen, bemerkte jedoch Tränen in ihren Augen.

»Ich wollte doch nur …«, setzte sie an. Ihre Stimme brach, die untere Lippe zitterte. Sie vergrub ihr Gesicht in ihren Händen und schluchzte bitterlich.

»Ach nee …«, legte Gisbert nach. »Das fehlte mir noch. Du bereust es jetzt, ja? Sag einfach kurz, was Sache ist, und dann machen wir Schluss. Das ist besser so. Für uns beide. Für alle!«

»Du … Du …«, schnaubte sie plötzlich und trommelte mit ihren Fäusten auf seine Brust. »Ich wollte dir nur … ich wollte doch nur …« Sie schnappte nach Luft. »I… ich … ich bin schwanger!« Sie schluchzte und hielt die Hand vor den Mund. »Und zwar von dir, DU IDIOT!«, schrie sie ihn an.

Dann wandte sie sich mit hochrotem Gesicht von ihm ab, näherte sich dem maroden, dunkelgrauen Holzzaun, lehnte sich mit dem Rücken daran und ging langsam und wimmernd in die Hocke.

Gisbert klappte den Mund auf und brachte lediglich hervor: »A… aber Boris …«

»Lass deinen verdammten Boris aus dem Spiel!«, erwiderte sie. »Er hat von nichts Ahnung. Genauso wie du!«

Hinter der Fensterscheibe des benachbarten Hauses flatterte plötzlich sachte eine Gardine. Die obere Fensterklappe stand offen. Womöglich hatte jemand ihr Gespräch belauscht. Auch wenn derjenige wahrscheinlich der deutschen Sprache nicht mächtig war und sie nicht verstehen konnte, überfiel Gisbert plötzlich Scham. Wenn das, was Julia gesagt hatte, der Wahrheit entsprach, dann hatte er eine riesengroße Dummheit begangen. Er hatte sie am ersten Tag ihres Wiedersehens zum Weinen gebracht. Und was, wenn seine Beschuldigungen jeglicher Grundlage entbehrten? Was, wenn in ihrem Bauch tatsächlich das Herz seines Kindes schlug?

Er hockte sich an den Zaun neben Julia und starrte stumm auf die staubige, steinige Fahrbahn, die fast so durchlöchert war wie ein Schweizer Käse. Der blutorangene Sonnenkreis berührte gerade mit dem untersten Rand die scharfkantige Spitze eines Bergmassivs. Es war, als würde die Sonne jede Sekunde aufgeschlitzt werden, dann wie ein Luftballon zerplatzen und niemals wieder aufgehen. Der Nachbarhahn krähte lauthals. Ein Hund stimmte heulend sein Abendlied an.

»Ruft sofort einen Arzt!«, befahl Herr Sawadskij. »Schnell …«

Die Bulldogge, seine Frau, hatte schlappgemacht und war ohne Vorwarnung vom Stuhl auf den Wohnzimmerteppich gekippt, den Kiefer hinuntergeklappt, die Zunge herausgestreckt und die Augen verdreht. Da Gisbert so etwas noch nie erlebt hatte, ging es ihm tief unter die Haut, und er erstarrte für einen Moment. Es war ihm höchst unangenehm, er fühlte sich für den Schlamassel verantwortlich. Sie hätten jedoch früher oder später Julias Eltern von all dem berichten müssen. Gisbert sah nun ein, die Sache mit Alexander hätte etwas warten können. Das war aber nicht mehr zu ändern. Gesagt ist gesagt.

Nachdem er sich mit Julia versöhnt hatte, waren sie eine Weile in Olexandriwka geblieben. Sie machten täglich ausgedehnte Spaziergänge Hand in Hand, schliefen übermäßig lange und zum Abendbrot tranken sie ein bisschen von Onkel Fedjas wundersamem Getränk. Genauer gesagt, Gisbert trank und Julia schaute ihm dabei zu. Sie äußerte einmal den Wunsch, übers Wochenende nach Jalta zu fahren, doch Gisbert sträubte sich entschieden dagegen.

»In diese Stadt werde ich die nächsten zehn Jahre garantiert keinen Fuß setzen«, sagte er.

Sergeis Behauptung, er wäre noch ein paar Wochen zuvor Julias Freund gewesen, hatte sich als Unfug erwiesen. Sie hätten sich zwar in der Tat auf Zeit getrennt, gab Julia zu, hätten aber vor ihrer Abreise nach Deutschland die handfeste Abmachung getroffen, dass nach sechs Monaten endgültig Schluss sei, sollten sie keinen Kontakt zueinander haben. Das sei dann der Fall gewesen.

Trotz der Dorfidylle und Abgeschiedenheit konnte Gisbert nicht abschalten. Neben Julias Schwangerschaft gab ihm Boris' Brief keine Ruhe. Julia hatte den Brief aus Deutschland mitgebracht und erst einen Tag nach ihrer Auseinandersetzung wieder daran gedacht. Boris teilte mit, dass ihr ansehnliches Finanzunternehmen von heute auf morgen Konkurs angemeldet hatte. Sämtliche Auszahlungen an die Anleger waren prompt gestoppt worden. Ihr Chef, Herr Neumann aus Osnabrück, hatte sich vermutlich mit einem Container voller Geld auf den Mars schießen lassen, denn er war mit keinem Kommunikationsmittel mehr zu erreichen.

Gisbert hatte Glück im Unglück. Er hatte nicht viele von den »lukrativen« Finanzprodukten an den Mann gebracht, eigentlich nur das eine an Julias Eltern. Und selbst das hatte er vermittelt. Er wusste nicht, wie er Julias Eltern diese Nachricht schonend beibringen sollte, ohne dass die Bulldogge ihn in tausend kleine Fetzen zerriss. Er grübelte tagelang darüber nach und kam keinen Schritt weiter.

Über die Schwangerschaft verloren sie in Olexandriwka nicht mehr viele Worte und behielten es zunächst für sich. Obwohl Gisbert mitunter von Zweifeln heimgesucht wurde, dass er der Erzeuger des Kindes war, beschloss er, zu Julia zu stehen und sie nicht weiter mit seinen Mutmaßungen zu behelligen.

Beide hatten keinen brauchbaren Plan, was ihr künftiges Zusammenleben betraf. Vor allem quälte Gisbert die Frage, wie sie das Kind finanzieren sollten. Ihm war durchaus zu Ohren gekommen, dass ein Baby ein Vermögen kostete. Julia vermochte ihn zu trösten, indem sie mehrfach das altbekannte Sprichwort wiederholte: »Der Morgen ist klüger als der Abend!«, und hinzufügte: »Das sehen wir dann, wenn es so weit ist. Du bist ja bald mit dem Studium fertig ...«

Gisbert schluckte lediglich. Er war sich dessen nicht sicher.

Als sie dann in Hannover ankamen, fassten sie den Entschluss, Julias Eltern am selben Abend über alles zu informieren, wobei ihnen die freudige Nachricht über die Schwangerschaft zuletzt übermittelt werden sollte. Gisbert hoffte, das würde sie am Ende wieder milde stimmen. Denn wenn seine Eltern davon erfuhren, würden sie gleich je einen riesengroßen Luftsprung machen, jubeln und ihm auf der Stelle sämtliche Ausrutscher der letzten zehn Jahre verzeihen. Das war für ihn ganz klar. Doch was die Reaktion der Sawadskijs anging, tappte er im Dunkeln. Er wusste nur, dass Julias Mutter über die Vorstellung, ihn als Schwiegersohn zu bekommen, nicht erfreut war. Ihm war verständlicherweise nicht wohl zumute.

Sie erzählten den beiden zunächst von dem Jagdausflug. Davon, dass Alexander und sein Freund in Untersuchungshaft in einem ukrainischen Gefängnis saßen. Das war seine Pflicht, dachte Gisbert, Julias Eltern darüber in Kenntnis zu setzen, zumal ihrem Sohn wegen des Drogenschmuggels ein hartes Urteil drohte. Mit ein paar Jährchen im Kittchen müssten die »Idioten« rechnen, hatte Onkel Fedja nämlich behauptet.

Die Bulldogge schlug die Hände über dem Kopf zusammen und klagte: »Ach, ach … mein armer Saschenka!« Daran sei einzig und allein sein stümperhafter Freund, der Nichtsnutz Sergei, schuld, sagte sie. Ihr Sohn wäre nie und nimmer auf eine so schurkenhafte Idee gekommen.

Da sei er ganz ihrer Meinung, pflichtete Gisbert ihr sofort bei und sah verstohlen zu Julia hinüber. Sergei sei in der Tat ein überaus suspekter Vogel.

Julia zwinkerte zurück.

Gisbert lenkte das Gespräch auf den Brief von Boris. Er habe mit Boris noch nicht persönlich darüber geredet, sagte er, es sehe aber sehr danach aus, als seien sie alle, auch er selbst, Opfer von übelsten Mafiamachenschaften geworden. Dass er sie in die Sache hineingezogen hatte, täte ihm aufrichtig leid!

Das Gesicht der Bulldogge verfinsterte sich zunehmend, ihre Stirnfalten zuckten unregelmäßig und führten ein Eigenleben. Sie wie auch ihr Mann schwiegen eine Weile. Drückende Stille breitete sich im Raum aus, ehe die Bulldogge schließlich unmissverständlich keuchte: »Ich gebe dir ein halbes Jahr, bis du Geld wieder auftreiben. Wie du machst das, ist mir schnurzegal!«

Gisbert schluckte und schaute dumm drein.

Dann sagte Julia, gequält und stockend, auf dem Stuhl hin und her ruckelnd: »Also … Mama. Wir … haben auch gute Neuigkeiten für euch.«

»Gute was?« Die Bulldogge spitzte ihre Ohren.

»Gute Neuigkeiten!«

»Ach … Was denn?«

»Wir … ich … also … wir sind sch… schw…« Julia verzog ihr Gesicht zu einem krampfhaften Lächeln und errötete. »Wir bekommen ein Baby!«

»Wer … wir?« Die Augen der Bulldogge weiteten sich und sie ballte die rechte Pfote zur Faust. Ihre Augenbrauen zuckten kurz, einmal die rechte, dreimal die linke. Die Augäpfel funkelten mal Julia, mal Gisbert an.

»I… ich! Also … Gisbert und ich. Ich bin schwanger!«

»W… waaaa…s?« Die Bulldogge klappte ihr Maul auf und zeigte die scharfen Zähne, duckte sich, als würde sie Gisbert jeden Augenblick anspringen.

Es sah nicht gut für ihn aus, dachte Gisbert. Die Bulldogge verwandelte sich vor seinen Augen in eine Hexe, das Gesicht verzog sich und sie sprühte Funken.

»Du bist schwanger, Julia?«, fragte der Professor in seinem trocken-sachlichen Ton, als würde es um eine Abschlussprüfung gehen. Er hatte das Gespräch stillschweigend verfolgt, dabei auf den stumm geschalteten Fernseher starrend, in dem eine Sendung über Wildkatzen und Luchse lief. Eines der blutrünstigen Tiere hatte soeben ein Opfer zur Strecke gebracht, zermalmte und verzehrte es mit Genuss.

»Ja!«

Die Bulldogge begann im selben Moment, auffällig zu bibbern, ihr Gesicht leuchtete kreideweiß, der wässrig-gläserne Blick fixierte den Fernsehbildschirm, und aus ihrem Schlund erklang ein mitteltiefer, gleichbleibender Ton. Einen Augenblick später war sie plötzlich wie ein Mehlsack vom Stuhl gekippt und verstummt.

Bald heulte von draußen die Krankenwagensirene. Der Notarzt verpasste Frau Sawadskij eine Spritze und verordnete zwölf Stunden absolute Ruhe. Keinerlei Aufregung! Dann würde es wieder langsam bergauf gehen.

Im Laufe des restlichen Abends spielte Gisbert mit dem Gedanken, sich davonzumachen und suchte einen halbwegs logischen Grund. Ihm fiel nichts ein, außer: »Ist das nicht besser, wenn ich weg bin, damit sich deine Mutter nicht noch mehr aufregt?«

»Nein!«, entgegnete Julia und legte dabei ihre Stirn in Falten. »Das ist nicht allein deine Schuld.«

Das sah Gisbert gern ein. Also blieb er über Nacht, bestand aber von selbst darauf, allein auf dem Wohnzimmersofa zu nächtigen. »Falls deine Mama nachts aufwachen sollte«, sagte er, »wäre es besser so!«

Bevor er aber unter die Bettdecke schlüpfte, lehnte er vorsichtshalber einen Stuhl an die Wohnzimmertür unter die Klinke und schob den Esstisch hinter den Stuhl. Man wüsste nie, was noch kommen könnte, dachte Gisbert. Frau Sawadskij litt unter Hysterieanfällen und musste regelmäßig Medizin einnehmen, hatte sich jedoch unentwegt geweigert. Darüber hatte Julia ihn erst jetzt aufgeklärt, nachdem ihre Mutter halb tot zusammengeklappt war. Gisbert hatte es ihr nicht übel genommen. Wer posaunt schon gern derartige Krankheiten seiner nächsten Verwandten aus?

Er schlief miserabel, träumte diesmal von der verdrießlichen Hexe, die mit einem blutbeschmierten Fleischermesser hinter ihm her war (seltsamerweise war es das Fleischermesser aus seiner Wohnung). In der anderen Hand hielt sie einen übervollen, dampfenden Teller Pelmeni, den sie und gegen die Wand schmetterte. Dann grölte sie: »Ich mach Pelmeni aus dir, du … du Versager!«

In Wirklichkeit passierte nichts weiter, außer dass Gisbert einmal tief in der Nacht vom zaghaften Türruckeln hellwach wurde. Sein Herz schaltete plötzlich vom ersten in den fünften Gang und trieb das Blut dreimal so schnell durch die Blutbahnen. Das schwache Mondlicht reichte aus, um zu sehen, wie die Türklinke langsam hinuntergedrückt wurde und der Stuhl sich gegen die Tür auflehnte. Doch stellte sich dann aufs Neue Stille ein.

Zum Frühstück erschien die Bulldogge nicht. Sie bat Julia darum, ihr ein Marmeladenbrötchen zu schmieren und es ihr mit möglichst starkem, schwarzem Tee ans Bett zu servieren. Wenig später bestellte sie Julia mit Gisbert zu sich ins Zimmer.

Der Professor mahnte die beiden vorab im Flüsterton: »Aber nur kurz! Und habt bitte Nachsicht mit Mama. Ihr wisst, was der Arzt gesagt hat ...«

Der flauschige, farbenfrohe Wandteppich unmittelbar über dem Bett rief in Gisbert die noch frischen Erinnerungen an die Jagd in der Ukraine wach. Ein tiefgrüner Nadelholzwald war dort abgebildet. Mittendurch führte eine schmale, nicht asphaltierte Straße. Am Straßenrand posierte ein junger Sikahirsch. Er glotzte ebenso lausbübisch wie vorwurfsvoll von der Wand auf Gisbert hinunter, als klagte er ihn im Namen aller Sikahirsche der Welt an. Auf der gegenüberliegenden Straßenseite stand ein Holzhäuschen, das wie ein Gartenhaus anmutete. Es war mit Hühnerbeinen monströsen Ausmaßes ausgestattet, um sich darauf fortzubewegen. Gisbert wusste es sofort – es war das Haus der allerseits gefürchteten Baba Jaga mit der Hakennase, der russischen Waldhexe. Ein ähnliches Motiv hatte er in einem russischen Märchenbuch gesehen.

»Ihr müsst heiraten!«, vernahm er plötzlich die kratzige, verschlafene Stimme der Bulldogge, die ungeniert hörbar an ihrem Tee schlürfte und die beiden keines Blickes würdigte. Sie versank halb in ihren vielen Federkissen und schien sich keine Sorgen um ihre hoffnungslos demolierte

Frisur zu machen. Ihre Erscheinung passte wie die Faust aufs Auge zum Hintergrund, dämmerte es Gisbert plötzlich, sodass er sich arg zusammenreißen musste, um nicht loszuprusten. Als wäre die Baba Jaga höchstpersönlich dem Märchenmotiv auf dem Wandteppich entstiegen. Dass sie nicht in Bestlaune war, war sofort klar. Wagte er ihr zu widersprechen, würde sie ihn schnurstracks in ihrem immerzu brodelnden (wahrscheinlich unter dem Bett versteckten) Kessel versenken, mutmaßte Gisbert.

Was redete diese Hexe Baba Jaga eigentlich?

Er glaubte, sich verhört zu haben, und schielte fragend zu Julia hin. Sie presste ihre Lippen fest aufeinander, schaute zu Boden und wechselte offensichtlich aufgeregt von einem Bein auf das andere.

»Die Hochzeit wird bald sein«, fuhr die Hexe überraschend gefasst fort, »solange man den Bauch nicht sieht!«

»Aber Mama ...«, setzte Julia an.

Die Baba Jaga hob augenblicklich die Hand und bedeutete ihr damit zu schweigen.

»Ich keine Lust auf das Gerede!«, ließ sie verlauten. »Hier vielleicht anders üblich«, sie blickte Gisbert verdrossen an, »bei uns aber nicht.« Dann schlürfte sie einmal an ihrem Tee, stellte klappernd die Tasse auf dem Nachttisch ab und fügte, sich wieder an Julia wendend, hinzu: »Wie soll ich das bloß deiner kranken Oma beibringen? Sie sterben sofort!«

Julia schwieg.

»Aber das war doch nur ein Versehen!« Gisbert versuchte, sie in Schutz zu nehmen.

»Ihr seid erwachsen«, brummte die Hexe ihm entgegen. »Haben du nix von Kondomen gehört? Soll ich dir welche kaufen?«

»Ich haben schon davon gehört ...«, äffte er ihr miserables Deutsch nach und stockte vor Schreck. Im selben Augenblick verspürte er einen leichten Knuff in den rechten Unterarm und besann sich auf die mahnenden Worte von Herrn Sawadskij. Er riss sich zusammen, während er innerlich kochte. Was bildete sie sich eigentlich ein? Nicht einmal seine Eltern hatten je so über sein Leben bestimmt.

»Morgen ich kaufe Einladungskarten«, legte die Hexe unverblümt nach.

»Mama, bitte ...«, flüsterte Julia beinahe.

»In vier Wochen habt ihr Hochzeit!«

»Ha ...«, lachte Gisbert unwillkürlich auf. »Bis dahin kriegen wir nie im Leben einen Raum. Und einen Termin beim Standesamt sowieso nicht.«

»Keine Sorge. Ich kümmer mich schon darüber«, sagte die Hexe, griff nach der Tasse und schürfte wieder am Tee. »Und jetzt haut ab, ich will schlafen!«

29

Natürlich war Gisbert glücklich darüber, Julia zur Frau zu nehmen. Er kam bloß mehr schlecht als recht damit klar, dass ihre Verlobung so übereilt vonstattengehen sollte. War das überhaupt eine Verlobung? Streng genommen, dachte Gisbert, war es eine Zwangsverlobung, und folglich würde er bald zwangsverheiratet werden! Laut Gesetz war das sicher verboten. Er selbst war nicht dazu gekommen, Julia zu fragen, ob sie ihn heiraten wollte. Es war den beiden jedoch klar, dass sie ab nun verlobt waren.

Bald erfuhr Gisbert, dass die Ukrainer nicht viel mit der westlichen Verlobungstradition anfangen konnten. Dort, wo Julia herkam, war man eine Weile ein Paar, und einige Wochen vor dem Hochzeitstermin statteten die Eltern des Bräutigams den Brauteltern einen Besuch ab. Sie stießen auf die Gesundheit des jungen Paares an, damit es lange lebe. Nebenbei beratschlagten sich die Familien über das Hochzeitsprozedere. Als Verlobungsfeier betrachteten sie dieses Gelage in der Regel nicht. Etwas später wurde üppig und ausgiebig geheiratet, die Feier dauerte mindestens zwei Tage lang.

Gisbert beharrte darauf, dass die Hochzeit in Bielefeld stattfand und verteidigte eisern seine Position. Wenn Frau Sawadskij schon sowohl über den Termin, das Brautkleid und die Brautfrisur, über den Ablauf, über die Gästeliste als auch über einige andere Punkte bestimmen wolle (nach ihren Vorstellungen musste es eine russische Hochzeit werden!), dann sollte sie ihm wenigstens die Ortswahl überlassen, war er der Meinung. Bielefeld war schließlich seine zweite Heimat. Dort lebten viele von seinen und Julias Freunden. Außerdem sei Paderborn, wo die Mehrheit seiner Verwandtschaft herkam, nur einen Katzensprung entfernt.

Mit diesem Ultimatum hoffte er insgeheim, den Hochzeitstermin um einige Wochen hinauszuschieben. Bei so einem wichtigen Unterfangen wollte er nichts überstürzen. Da die Bulldogge noch nie die ostwestfälische Metropole besucht hatte, rechnete er fest damit, dass sie die Suche nach den geeigneten Räumlichkeiten für die Feier bald frustriert aufgeben würde und schlussendlich ihm überlassen.

Er hatte sich geirrt.

Bereits zwei Tage nach ihrer »Verlobung« klingelte bei Gisbert das Telefon. Sie habe alles klargemacht, gab die Bulldogge stolz bekannt. Die russischen Restaurants in Bielefeld und Umgebung seien zwar in den nächsten Monaten hoffnungslos ausgebucht, doch würde ihnen dafür das Restaurant »Bernstein« am Samstag in fünf Wochen zur Verfügung stehen. Dort sei ein Kunde abgesprungen. Kostenfaktor: 8000 Euro. Dafür würden sie sogar ausnahmsweise einen russischen Koch für den Tag engagieren. Die Hälfte des Betrages sollten Gisbert und seine Eltern aufbringen. Noch besser fände sie, wenn sie die Kosten komplett übernehmen würden. Er schulde ihr schließlich noch was. Sie sei aber kein Unmensch und habe Verständnis, wenn er ihr Geld zu einem späteren Zeitpunkt auftriebe.

»Aber so schnell kriegen wir beim Standesamt garantiert keinen Termin!«, rief Gisbert empört.

»Das ist egal«, krächzte die Bulldogge ins Telefon. »Das ist nur Formalität, das Standesamt. Das wir können später nachholen. Hauptsache Hochzeit!«, und damit legte sie auf.

Das Gefühl kannte Gisbert schon. Er war kurz davor, den Hörer gegen die Wand zu schmettern. »Hauptsache Hochzeit!«, klang es in seinen Ohren nach.

Sie würden also in einem deutschen Restaurant eine russische Hochzeit feiern, in Bielefeld, im Herzen von Ostwestfalen. Wahrscheinlich ohne Standesamt und ohne Kirche davor. Wie soll er das nur seinen traditionsbewussten Eltern verkaufen? Auch er selbst hatte von einer farbenfrohen kirchlichen Trauung geträumt, immer dann, wenn er sie bei einem seiner Freunde oder Verwandten miterlebt hatte. Mit Glockengeläut, Blumenkindern und allem anderen, was dazugehörte. Doch ohne den standesamtlich besiegelten Trauschein konnte es keine kirchliche Hochzeit geben.

Schweißperlen traten ihm auf die Stirn, während er mit dickem Hals von einem Raum zum anderen schlurfte. Doch mit der Zeit kühlte sich sein Gemüt ab. Nach einem Gespräch mit Sven fand er sogar an den waghalsigen Plänen der Bulldogge langsam Gefallen. Die Hochzeitsfeier wäre zwar ungewohnt, überlegte Gisbert, vor allem für seine Verwandtschaft, aber vielleicht gerade deshalb reizvoll.

»Mal was ganz anderes«, bemerkte Sven. »Eine russische Hochzeit im bekannten Restaurant Bernstein – irgendwie ex... extravagant.«

»Du meinst wohl eher exotisch?«

»Ach ja ... das auch.«

Es blieb nur noch, das seinen Eltern beizubringen.

Selbstverständlich würden sie das Geld für die Hochzeit aufbringen, auch wenn es in Westdeutschland – zumindest in der Gegend, wo er herkam – üblich war, dass die Kosten an den Brauteltern hängen blieben. Seine Mutter hatte vor Glück in den Hörer geweint, als er sie am Abend zuvor von Julias Schwangerschaft unterrichtet und die Heirat vage angedeutet hatte. Er verriet ihr natürlich nicht sofort, dass die Hochzeit derart kurzfristig anstand. Er selbst konnte finanziell nichts dazu beitragen. Als er bei der Hausbank die neue Geldkarte beantragt hatte, war er von seinem Berater, Herrn Pfeil, darüber in Kenntnis gesetzt worden, dass sein Konto mehr als leer war. Etwa dreitausend Euro minus war der aktuelle Kontostand. Gisbert dämmerte es augenblicklich: die Roma-Frauen in Kiew! Er war davon ausgegangen, dass seine bescheidenen Ersparnisse nach der von ihm veranlassten Kartensperrung in Kiew vor jeglichen Ganovenangriffen sicher waren. Doch waren die Roma-Frauen schneller gewesen.

Beim Standesamt staunte Gisbert nicht schlecht, als ihm der freundliche Herr mit dem Schnäuzer bereits in vier Wochen einen Termin für die Eheschließung anbot. Allerdings an einem Donnerstag. Gisbert solle flink mit seiner Verlobten und allen nötigen Unterlagen noch einmal zu ihm kommen.

Nun galt es nur noch, eine Kirche zu finden und Karl-Heinz zu fragen, ob er sie traute. Julia konnte zwar mit dem Glauben an Gott nicht viel anfangen, stimmte aber Gisberts Vorschlag kurzerhand zu, ihrem Ehebund durch eine Trauung und den Segen des Pfarrers eine Grundlage zu geben. Das könne bestimmt nicht schaden, sagte sie.

Dass Julia formal der orthodoxen Glaubenstradition angehörte, stelle kein Hindernis dar, klärte Karl-Heinz sie auf, als sie ihn zusammen aufsuchten. Er freute sich wie ein Kind über die bevorstehende Hochzeit und insbesondere darüber, dass sie ihm die Trauungszeremonie überließen. Das Protokoll sehe bei Heiratskandidaten unterschiedlicher Konfessionen vor, setzte er hinzu, dass vor der Trauung ein Grundsatzgespräch mit dem Paar geführt werden müsse. Das Paar sollte sich zum Beispiel darüber im Klaren sein, in welcher kirchlichen Tradition der Nachwuchs erzogen werden würde. Er persönlich sehe das aber nicht so eng. Viel mehr bereitete ihm der noch fehlende Raum, in dem die Trauung stattfinden könnte, Sorgen. Die Stammkirche, in der er einmal im halben Jahr zum Semesterbeginn den Studentengottesdienst abzuhalten pflegte, sei an dem gewünschten Samstag leider belegt. Erst zwei Trauungen, dann ein Konzert. Doch ihm würde sicherlich etwas einfallen, beruhigte sie Karl-Heinz. Er wolle sich bei den Kollegen umhören.

Drei Tage später rief er Gisbert an und ließ verlauten, dass er eine schnuckelige Kirche mitten in der Stadt ausfindig gemacht habe. In der Nähe des Jahnplatzes, am Rande eines kleinen, hinter mehrstöckigen Häusern versteckten Parks. Sie würde ihnen garantiert gefallen.

Gisbert konnte sich an keinen Park nahe dem Jahnplatz erinnern.

»Wo denn da?«, fragte er.

»Unmittelbar hinter dem roten Backsteingebäude der Stadtwerke«, erklärte Karl-Heinz. und gab zu, dass es bei der Sache einen kleinen Haken gebe: »Dieser Park ist eigentlich ein Urnenfriedhof, und die schnuckelige Kirche ist demnach … hm … manchmal … also … wird als Friedhofskapelle genutzt.«

Gisbert fiel fast vom Sofa. Eine Trauung in einer Friedhofskapelle?! Wo hat man so etwas gesehen?

Leben und Tod wären schon immer sehr nah beieinander gewesen, warf Karl-Heinz schnippisch ein. Er habe vor etwa zehn Jahren jemanden dort getraut. Das Paar hätte sich äußerst dankbar gezeigt. Gisbert solle sich also nicht anstellen. Es sei etwas nicht Alltägliches und wäre architektonisch sehr reizvoll. Obendrein würde dieser Raum Gisbert keinen Cent kosten!

Das war ein schlagendes Argument, das sah Gisbert sofort ein. Erst später erfuhr er, dass Kirchen in der Regel nichts für die Trauung in Rechnung stellten. Die Hochzeitsgäste wurden lediglich gebeten, ein wenig Geld für die Kollekte zu opfern.

Wenn er also Julia und ihrer Verwandtschaft den Friedhof vorerst verschwieg, fuhr Karl-Heinz fort, würden sie garantiert von der anderweitigen Nutzung des Gebäudes nichts mitbekommen. Der Urnenfriedhof befinde sich hinter der Kapelle und sei kaum zu sehen. Die Gäste würden ohnehin keine Zeit haben, sich den öden Park näher anzuschauen. Das Hochzeitspaar würde ja im Zentrum des Geschehens stehen. Das Drumherum interessiere an so einem Tag kein Schwein!

Gisbert wollte sich einen Tag Bedenkzeit nehmen. Er gehe davon aus, witzelte er am Ende des Telefonats, dass es dort keine frisch gebuddelten Gräber gebe. Er habe nämlich keinen Bock darauf, noch einmal in eine tiefe Grube hineinzupurzeln, vielleicht noch samt Braut.

»Das passiert ganz bestimmt nicht!« Karl-Heinz lachte in den Hörer. »Darauf kannst du dich zweihundertprozentig verlassen. Ehrenwort! Es ist ja nur ein Urnenfriedhof.« Zum Abschied mahnte er wiederholt: »Also wie abgesprochen, Julia nichts davon erzählen. Es soll eine Überraschung werden, ja ...?«

Die Wochen vor der Hochzeit erwiesen sich als die stressreichste Zeit in Gisberts Leben. Nachdem Frau Sawadskij das Restaurant gebucht hatte, tat sie nichts weiter, als die restlichen Hochzeitsvorbereitungen zu delegieren. Weder Gisberts Eltern noch seine Freunde wurden davon verschont. Boris und Sven betraute sie unter anderem damit, die Dekoration für die Kirche und das Restaurant zu beschaffen. Sie würden Julia und Gisbert nahestehen und sie am besten kennen, hatte sie zu Boris gesagt. Also könnten sie diese Aufgabe bestimmt mit links bewältigen, notfalls jemanden zu Hilfe holen, der von Raumgestaltung mehr Ahnung hatte.

Julia und Gisbert hatten ebenfalls viel zu tun: Friseurtermine machen, Fotografen, Kameramann und Band ordern, Einladungskarten schreiben und verschicken, mit dem Restaurant das Hochzeitsmenü im Detail verhandeln und, und, und ... Julia musste zudem an zwei Wochenenden nach Hannover, um sämtlichen Hochzeitsläden der Stadt in Begleitung ihrer Mutter ihre Aufwartung zu machen. Brautkleiderschau!

Es war warm an diesem Augusttag, so warm, wie es nur selten in Deutschland ist. Die beinahe tropische Hitze trieb die verschwitzten Menschen scharenweise in die

Schwimmbäder. In der von Boris angemieteten schneeweißen Limousine mit Klimaanlage und abgedunkelten Fensterscheiben waren sie vor der Sonne geschützt. Wie aber soll ich nur diese Hitze den Rest des Tages ertragen, dachte Gisbert besorgt. Im hauteng sitzenden, schwarzen Hochzeitsanzug und mit einer Krawatte um den Hals. Krawatten war er nicht gewöhnt und hatte sie sonst vielleicht einmal im Jahr aus Anlass einer Feierlichkeit im Verwandtenkreis umgebunden. Er hatte immer eine Beschreibung zur Hand genommen oder seinen Vater gebeten, ihm zu helfen.

Als sie in Bielefeld losgefahren waren, hatte Gisberts Uhr Viertel vor zehn gezeigt. Bis elf Uhr sollte die Strecke nach Hannover gut zu schaffen sein. Das hatte Boris ihm auch bestätigt.

Frau Sawadskij hatte sich gegen alle Vernunft durchgesetzt. Gisbert musste nun am Tag der Hochzeit die Braut in der Wohnung ihrer Eltern abholen, gemeinsam mit seinem Trauzeugen Boris und ein paar weiteren Freunden. Das verlange der jahrhundertealte Brauch, so Julias Mutter. Die etwa neunzig Kilometer lange Autobahn-Strecke sei nicht die Welt und in einer Stunde locker zu schaffen.

Wenn es nur ums Abholen gegangen wäre, wäre die Sache nicht der Rede wert gewesen. Gisbert hatte nämlich eine Reihe von ausgefeilten Aufgaben und Rätseln zu lösen. Nur so könnte er sich den Weg in die Wohnung der Braut bahnen, hatte ihn die Bulldogge gewarnt. Obendrein würde er die Braut am Ende ersteigern müssen. Ob jemand noch mitbieten würde, wusste niemand. Er solle also lieber reichlich Geldscheine in die Tasche stecken.

Auch Boris hatte versichert, die Hauseroberung sei nur ein Spiel, dabei ginge es immer total lustig zu. Gisbert solle sich darüber nicht den Kopf zerbrechen. Am Abend zuvor hatten die beiden einen halben Sack Falschgeld mit Boris' brandneuem Drucker gedruckt und sich mit etwa einem Kilogramm Kleingeld eingedeckt. Somit waren sie fürs Ersteigern der Braut vorzüglich gewappnet.

»Bad Nenndorf«, las Gisbert vom blauen Autobahnschild. Es war nicht mehr weit bis Hannover, er warf einen Blick auf die Uhr. Sie lagen gut in der Zeit und würden voraussichtlich pünktlich das Ziel erreichen. Er vernahm das gleichmäßige Ticktack der Blinker. Ihre Limousine überholte einen bunt angemalten Oldtimer, einen Trabi.

Nachdem sie die Autobahn verlassen hatten, blickte Boris kurz in Gisberts Gesicht und sagte plötzlich überrascht: »Wie siehst du denn aus?«

»Wie denn?«

»Irgendwie ... so ... so megastark gebräunt. Warst du etwa im Bräunungsstudio heute Morgen? Es ist mir vorhin gar nicht aufgefallen.«

»N... nee...« Gisbert griff nach der Sonnenschutzklappe und betrachtete sich im Spiegel. Sein Herz blieb für einen Moment stehen. Aus dem Spiegel starrte ihn ein verzweifelter, dunkelhäutiger Inder an, er erkannte sich selbst nicht wieder. Doch wusste er sofort den Grund für diese Verwandlung. Er hatte vor der Abfahrt eine Creme von Julia benutzt, die er für eine Sonnencreme gehalten hatte. Ihm war vor zwei Tagen das After Shave ausgegangen, und er hatte angenommen, dass die Creme eine Hautreizung genauso lindern würde. Da der Tag sonnig zu werden versprach, hatte er sich damit das Gesicht, den Hals und den Nacken eingerieben.

»So ein Mist! Was mach ich nur jetzt?«, entfuhr es ihm. »Das war bestimmt Selbstbräunungscreme.«

Boris lachte ungeniert über ihn. Zu Recht, dachte Gisbert, so ein Missgeschick konnte nur ihm passieren. Er prüfte noch einmal die Uhrzeit, sah sich um. Nein, zur nächsten Autobahnraststätte zu fahren, um sich dort das Gesicht zu waschen, blieb ihnen keine Zeit. Wasser würde sowieso nicht ausreichen, sagte Boris. Für diesen Zweck gebe es ein extra Mittel. Wie es hieß, wisse er leider nicht.

Als ihr Wagen in Julias Stadtteil rollte und sich deren Haus näherte, fiel Gisbert der mit Luftballons und Lametta geschmückte Hauseingang auf. Links und rechts davor wachten zwei junge Männer in blütenweißen, kurzärmeligen Hemden und Krawatten. Vermutlich waren es Freunde oder Verwandte von Julia. Einer entledigte sich rasch seines Zigarettenstummels und tauchte im dunklen Treppenhaus unter.

Nachdem Gisbert und seine Delegation aus den Autos gestiegen waren, tummelten sich am Eingang bereits mehrere festlich gekleidete Gestalten. Sie hatten ein knallrotes Band unmittelbar vor den Türrahmen gespannt. Ein junges Mädchen mit goldfarbenen, hochgesteckten Haaren und einem silbernen Tablett in den Händen setzte sich in Bewegung und kam langsam Gisbert entgegen.

Die Gäste sollten vom Brot und Salz kosten, hinuntergespült jeweils mit einem Gläschen Wodka. Ein netter Brauch, dachte Gisbert. Doch das, was dem folgte, fand er nicht annähernd nett.

Als er das rote Band, begleitet von wohlwollenden Zurufen und Applaus, feierlich durchgeschnitten hatte, dachte er, sie hätten es fast geschafft. Doch kam er keine drei Stufen weit. Er musste sich sodann dümmlicher Fragerei stellen, Gedichte aufsagen und einmal Julias Lieblingslied vorsingen. Nicht einmal, nicht zweimal, sondern immer, ehe er das nächste rote Band durchtrennen durfte. Es gab davon mehrere. Jeder Treppenabsatz war damit ausgestattet, neun oder zehn Stück bis zum vierten Stockwerk. Jedes Mal musste die Gesandtschaft aus Bielefeld eine Runde Wodka über sich ergehen lassen. Nur die Fahrer wurden verschont und ein wenig natürlich der Bräutigam.

Endlich an der Wohnungstür angelangt, war es Gisbert, als käme er gerade aus der Banja. Der Schweiß lief ihm in Strömen das Gesicht hinunter. Er atmete schwer. Eine ältere Frau präsentierte ihm ein schneeweißes Blatt mit zwei knallroten, völlig identischen Lippenabdrücken.

»Rate mal, welcher der beiden von Julia stammt?« Sie grinste. Schadenfroh.

»W… woher soll ich das wissen?«

»Wenn du falsch liegst, dann gibt es für dich kein Durchkommen!«, drohte sie an. »Wir stecken dich samt Klamotten in die Badewanne.«

Natürlich wusste er, dass es ein Scherz war, dennoch verunsicherte ihn ihr kalter, entschlossener Blick und die laute Stimme für ein paar Sekunden.

Er lag leider falsch, und die grässliche, faltige Ziege mit der Hakennase stellte sich ihm mit verschränkten Armen in den Weg.

»Küss mich!«, forderte sie ihn plötzlich auf. »Oder willst du lieber in die Badewanne?«

Er zögerte.

»Aber nicht bloß auf die Wange, sondern so, wie es sich gehört«, betonte sie. »Von einem Türken bin ich noch nie geküsst worden!«

Er drückte ihr trotzdem nur einen flüchtigen Kuss auf die Wange und raunte ins Ohr: »Ich bin kein Türke, ich bin ein waschechter Indianer.« Darauf befahl er seiner

Truppe lauthals: »Jungs, vorwärts. Wir stürmen! Juhu ... huuu ...«

Es folgte ein Ruck, dann ein zweiter und der dritte von hinten. Das letzte Band an der Wohnungstür riss, und sie legten den Weg durch die feindlichen Barrikaden frei. Trotz der vielen Hände, die an seinem Anzug zerrten, trotz des Gekreisches und Gewimmers stand Gisbert endlich im Wohnzimmer, atmete schwer und brachte einen Moment lang keinen Ton aus sich heraus. Bedeppert starrte er Julias Verwandtschaft an, die ihn mit grinsenden Visagen begrüßte.

»Hallo ... Guten Tag ... Gisbert ...«, riefen sie ihm einer nach dem andern zu. Sie hatten feierlich am ovalen Tisch Platz genommen. Die Mitte des Tisches zierte eine Vase mit dunkelroten Rosen. Selbst Frau Sawadkij grinste, was ihn zusätzlich irritierte. Er hatte sie nie derart freudestrahlend erlebt, nicht einmal einen Anflug von Lächeln an ihren Lippen gesehen.

»Was ist denn mit dir los?« Die Bulldogge mokierte sich über ihn und ihr Gesicht verfinsterte sich wie der launische Aprilhimmel. Sie ähnelte wieder der Hexe Baba Jaga.

Gisbert ignorierte schlichtweg ihre Frage. Er wähnte sich plötzlich im falschen Film und hatte ein schwerwiegendes Problem zu lösen. Es war ihm, als würde er vor Überhitzung in dem Getümmel langsam den Verstand verlieren. Er sah nämlich doppelt! Zwei haargenau gleich aussehende Bräute saßen nebeneinander, in farblich identischen Kleidern, das Haar hochgesteckt und mit schillernd-weißen Blumen verziert, beide unverschleiert. Zwei Julias!

Ein leichtes Schwindelgefühl erfasste ihn. Träumte er etwa gerade? Er drückte die Augenlider fest zu, schüttelte den Kopf und versuchte, sich zu konzentrieren.

Jemand, der südländisch aussah, stand auf und sprach in gebrochenem Deutsch zu ihm: »Willkommen, Gisbert!« Er ging einige Schritte auf Gisbert zu und reichte ihm überschwänglich die Hand. »Ich bin Wacho!«

»H… hallo«, stammelte Gisbert und legte seine Hand in die ihm gereichte. Zugleich verspürte er den überstarken Drang, dem Kerl auf der Stelle eine zu knallen. Er ballte seine Hände zu Fäusten. Eine Frechheit war es, dass sich dieser Kerl erdreistete, auf ihrer Hochzeit zu erscheinen. Julias Frauenarzt hatte hier definitiv nichts zu suchen! Zumindest gehörte er nicht zum engen Kreis der Familie, von der die zwei Bräute umgeben waren. Ein dicker Kloß setzte sich in Gisberts Speiseröhre fest.

»Du bist nah am Ziel«, fuhr Wacho ungeniert fort und kniff dabei die Augen zusammen, nichts ahnend von Gisberts Verfassung. »Ein Rätsel musst du aber noch lösen: Welche von diesen beiden Schönheiten ist deine Julia?« Er zeigte feixend seine Zähne.

Was sollte diese bescheuerte Frage? Natürlich würde Gisbert Julia wiedererkennen! Er richtete seinen Blick erneut in Richtung Tisch. Einen Sekundenbruchteil lang kam es ihm vor, als wüsste er, welche der beiden Julia war. Sobald er aber die andere Braut anschaute, befiel ihn starker Zweifel. Ihm schwindelte aufs Neue, der Kloß im Hals arbeitete sich langsam nach oben vor.

Gisbert deutete mit dem zitternden Zeigefinger auf eine Braut, dann auf die andere, dann wieder zurück. Es ging hin und her. Er bibberte, und in dem Moment, als er sich endgültig entschieden zu haben glaubte, sah er, wie sich die Hexe über ihn amüsierte. Sie zog ungeniert Fratzen, lachte, und es fehlte nur noch … aber nein! Sie streckte plötzlich ihre Zunge heraus.

»Aufwachen, aufwachen, verdammt!«, befahl er sich selbst und schlug sich von beiden Seiten auf die Wangen. So etwas konnte sich unmöglich in der Realität abspielen. Er halluzinierte. Julia hatte keine Doppelgängerin und Wacho war irreal, nur eine Projektion seiner Ängste. »Aufwachen, auf…«

Gisbert taumelte und sah nur noch pechschwarzen Nebel und Sterne vor seinen Augen …

Als er zu sich kam, küsste ihn jemand intensiv auf die Lippen und drückte ihm dabei beide Nasenflügel mit der Hand zu …

Nein, es war kein Küssen, realisierte er. Jemand blies mit aller Kraft Luft in seinen Mund. Wieso das?

Gisbert bewegte ruckartig seine Arme und Beine und stöhnte auf. Die Person wich von ihm. Als er ihr ins Gesicht schaute, durchfuhr ihn ein eiskalter Schauer von oben bis unten. Wie vom Blitz getroffen stieß er einen verzweifelten Hilfeschrei aus. Denn in der auf seinen Beinen sitzenden Gestalt erkannte er die Baba Jaga wieder, mit glitzernden Reifenohrringen und aschblonden Haaren, die ihr gerade vor Anstrengung zu Berge standen.

»Wann ist dieser Alptraum endlich vorbei?«, fragte sich Gisbert. Dann sah er Julia. Sie kniete neben ihm, seine Hand lag in ihrer. Sie streichelte ihn und sagte:

»Ganz ruhig, bleib einfach liegen.« Und nach einer Weile fügte sie hinzu: »Geht es dir etwas besser?«

Statt zu antworten, schaute er sich um. Die zweite Braut war nicht in Sichtweite, also hatte er all das nur geträumt.

Die Hexe, der Professor und der Gynäkologe standen nun hinter Julia, blickten scheinbar über etwas besorgt drein und Julias Mutter sagte zum Gynäkologen (dessen

Name Gisbert gerade nicht einfiel): »Ich glaube, du kannst den Krankenwagen abbestellen.«

»Sie haben recht«, pflichtete dieser ihr bei, holte sein Handy hervor und schlenderte in Richtung Balkon.

Mit Julias Hilfe richtete sich Gisbert auf und kletterte auf das Sofa. Die Hexe drückte ihm ein Glas mit Wasser in die Hand.

»Trink es leer!«, befahl sie.

Er trank es leer.

Sie füllte nach und befahl erneut: »Dieses Glas auch!«

Jemand öffnete die Tür einen Spaltbreit und erkundigte sich: »Und, wie ist die Lage? Müssen wir die Trauung abblasen?«

»Nein!«, kläffte die Hexe. »Ruf an und sag, wir eine Stunde verspäten.«

»Was ist passiert?«, fragte Gisbert Julia.

»Du schlapp gemacht, das ist passiert«, antwortete für sie ihre Mutter. »Hast du zu viel Wodka gesoffen auf leeren Magen?«

»A... aber nein ...«

»Hier ...« Sie reichte ihm das aufgefüllte Glas zum dritten Mal. »Trink! Sonst ich muss dir einen Einlauf verpassen gleich!«

Julia erzählte ihm, was vorgefallen war. Die zweite Braut hatte es in der Tat gegeben. Es war kein Traum. Sie hieß nur nicht Julia, sondern Tanja, und war ihre Zwillingsschwester!

»Bitte?!«

»Das war unser kleines Familiengeheimnis«, erklärte Julia kleinlaut. »Weißt du noch?« Sie schaute ihn ebenso fragend wie voller Mitleid an. »Dass es Tanja gibt und sie in Deutschland lebt, durfte niemand erfahren.«

»Wieso?«

»Das du ihm später erklären«, mischte sich die Hexe ein, »er muss sich lieber hinlegen und ruhen ein bisschen.«

»Warum hatte sie ein Brautkleid an?«, fragte er. »H... heiratet sie heute auch?« Ihm kam der Gynäkologe in den Sinn. »Etwa ... d... deinen alten Freund ... hmmm... Wie heißt er nochmal?«

»Nein.« Julia errötete leicht und streichelte erneut seine Hand. »Die beiden sind befreundet, wir wollten euch bloß auf den Arm nehmen. Das Kleid hat sie ausgeliehen ... Es tut mir leid. Das war alles Mamas Idee ...« Sie sah ihrer Mutter mit einem ebenso beschämten wie vorwurfsvollen Blick hinterher.

Die Hexe ging schnellen Schrittes aus dem Zimmer.

»Du lieber trinken!«, motzte sie und zog, ohne sich umzusehen, die Tür hinter sich zu.

Nachdem Gisbert eine halbe Stunde geruht hatte und sie mit Verspätung losgefahren waren, mussten sie zu allem Überfluss wegen eines Staus bei Minden eine Umleitung nehmen. Nach etwa siebzig Kilometern schmaler, kurvenreicher und überfüllter Straßen rollte die Limousine endlich vor der Kapelle vor. Vor dem Eingang zum Friedhofsgelände erwartete lediglich eine Handvoll Hochzeitsgäste das Brautpaar. Offenbar war der Rest vor Frust zum Restaurant gegangen, um dort Kaffee zu trinken, mutmaßte Gisbert. Umso mehr freute es ihn, seine Schwester Monika und ihren südafrikanischen Freund John unter den Wartenden zu sehen. Er hatte Monika seit knapp zwei Jahren nicht zu Gesicht bekommen, weil sie in Südafrika lebte. Vater und Mutter standen recht geknickt daneben. Gisbert wusste warum, es war nicht nur der Hitze geschuldet. Monika hatte zwar in ihren Briefen und E-Mails überschwänglich von ihrem Englisch sprechenden John berichtet, hatte aber kein Wort darüber verloren, dass er schwarz war. Pechschwarz wie die mondlose Nacht. Aufgrund eines Flugzeugausfalls in Kairo waren sie einen Tag später abgeflogen und hätten die Hochzeit beinahe verpasst. Vater und Mutter hatten sie vom Flughafen Düsseldorf abgeholt und waren von dort direkt zur Trauung gekommen.

Auf dem Weg zur Kapelle schaute sich Julia mehrfach verwundert um. Denn die eigentliche Nutzung des Geländes war nicht zu verkennen. Linkerseits säumten den Weg alte, verwitterte Grabsteine. Doch Gisbert ließ sich nicht beirren. In der Nähe von deutschen Dorfkirchen gab es oft Friedhöfe. Er würde das Julia später klar machen, sollte sie sich über ihre Traukirche beschweren. Der Park, also das Hauptgelände des Urnenfriedhofs, lag tatsächlich hinter der Kapelle, so wie Karl-Heinz es beschrieben hatte.

Während sie bedächtig den Weg zur Kapelle entlangschritten, krochen weitere Gäste freudestrahlend aus dem Schatten der Bäume hervor, also aus dem Park hinter der Traukirche. Gisbert vernahm das mürrische Flüstern der Bulldogge hinter seinem Rücken, vermutlich mokierte sie sich über die alten Grabsteine. Zugleich war er sich sicher, dass sie die Trauzeremonie allein wegen des Orts nicht unterbrechen würde. Sie waren ohnehin schon zu spät. Die Feier war vorbereitet, das Restaurant wartete, zu viel stand auf dem Spiel. Auch für sie.

Bei der Trauung gab es wie so oft den Gesang zum Gesäusel der elektrischen Orgel, zwischendurch ein bisschen Trompeten- und Waldhornmusik von zwei südamerikanischen Studenten aus Detmold, Karl-Heinz' guten Freunden. Lediglich eine Situation wurde brenzlig. Als Karl-Heinz bei der Predigt von seiner tiefen Freundschaft zu Gisbert und ihren zahlreichen Nachtgesprächen erzählte, begann er plötzlich zu stottern. Seine Augen füllten sich mit Tränen und glänzten. Er suchte seine Taschen nach einem Taschentuch ab, fand jedoch keins. Nur gut, dass Gisbert eines in seiner Hosentasche parat hatte. Während er Karl-Heinz das bereits benutzte Stofftaschentuch in die Hand drückte, raunte er ihm ins Ohr: »Reiß dich zusammen, mein Lieber. Du bist hier nicht auf meiner Beerdigung!«

Der Pfarrer tupfte kopfnickend die Tränen weg, putzte sich gründlich die Nase, schielte ein wenig bedeppert zu Gisbert hin und fuhr mit festerer Stimme fort: »Wie ich sagte, Freundschaften sind von großer Wichtigkeit, aber die Liebe bestimmt viel mehr unser Leben, die Liebe ist langmütig, sie bläht sich nicht auf ...«

Die neue Perücke stand ihm absolut nicht, stellte Gisbert fest. Hinten war sie eindeutig zu lang, sodass man einen Pferdeschwanz hätte binden können.

Aber immerhin trug Karl-Heinz einen echten Talar und predigte nicht in einem Arminia-T-Shirt, auch wenn das Thermometer dreißig Grad im Schatten zeigte.

Der Fotograf hüpfte von einer Ecke in die andere und knipste wie ein Weltmeister. Der Kameramann wachte hingegen wie festgefroren hinter dem Stativ mit der Kamera und starrte konzentriert auf das Display. Die Orgel pfiff abermals ein Lied. Julia lächelte beseelt, die Eltern und die Geschwister weinten Glückstränen. Selbst John hatte feucht-glänzende Augen, was Gisbert sehr irritierte. So nahe standen sie sich noch nicht.

Aber mehr noch brachte Gisbert mitunter Tanjas Anwesenheit aus dem Gleichgewicht, genauer gesagt, es verwirrte ihn, wenn sich ihre Blicke zufällig trafen. Er wähnte sich plötzlich auf der falschen Hochzeit. So verblüffend ähnlich sah sie Julia. Sie hatte sich allerdings inzwischen umgezogen, der Gynäkologe umklammerte fest ihre linke Hand. Bei diesem Anblick verspürte Gisbert eine Mischung aus Wut und Eifersucht. Wacho war immerhin Julias Frauenarzt und bestand darauf, sie bei ihrer Entbindung zu unterstützen.

Tanja hatte erst kürzlich eine Aufenthaltsgenehmigung für Deutschland bekommen. Bis dahin war sie inkognito unterwegs gewesen. Darüber hatte Julia ihn während der Fahrt zurück nach Bielefeld aufgeklärt. Sie sah ein, dass die Geheimnistuerei ihm gegenüber nicht angebracht und kleinkariert gewesen war. Sie habe es jedoch ihrer Mutter schwören müssen, dass sie das Geheimnis niemandem offenbarte. Selbst dem Papst nicht! Das täte ihr sehr leid.

Hätte Gisbert wegen der Bulldogge, die ganz klar einen irreparablen Dachschaden hatte, die Hochzeit platzen lassen sollen? Das wollte er definitiv nicht. Er würde sich von der Schwiegermutter fortan fernhalten, beschloss er. Julia wird das begreifen und zu ihm stehen müssen. Schließlich war er nun nicht irgendwer, sondern ihr Ehemann! Seine Meinung wog mehr als die der Schwiegermutter.

Finale

Im Restaurant Bernstein empfing sie eine stämmige Brünette namens Natascha. Sie war von Julias Mutter als Tamada engagiert worden, mit anderen Worten als Zeremonienmeisterin, die (oder der) auf russischen Hochzeiten für gewöhnlich durchs Programm führt. Es gab wieder Brot und Salz. Die Tamada sprach überwiegend Russisch, doch hier und da bemühte sie sich um eine resümierende Übersetzung ihrer Rede ins Deutsche.

Über die Dekoration des Raums war Gisbert äußerst beglückt. Boris und Sven hatten ihre Aufgabe ernst genommen, und Gisbert wusste nun, warum sie ihn in den letzten Tagen derart verschwörerisch angegrinst und doch kein Wort über die Raumgestaltung verraten hatten. Als Julia hingegen das Restaurant betrat und musterte, verzog sie ihr Gesicht zu einer Grimasse, verkniff sich aber den Kommentar. Sie war bereits wegen ihres Brautstraußes recht verstimmt. Boris hatte ihr in Hannover einen schwarz-weiß karierten, gefärbten und in Form eines Fußballs gebundenen Strauß in die Hand gedrückt und beteuert, dass Gisbert sich als eingefleischter Fußballfan über einen so extravaganten Brautstrauß wie ein Kind freuen würde. Wenn sie ihn also wirklich liebe, solle sie den Strauß ohne Widerrede annehmen. Während der Fahrt nach Bielefeld hatte Julia Gisbert gestanden, dass Boris ihren Geschmack leider nicht getroffen habe. Aber das sei nun schnurzegal. Hauptsache, Gisbert ginge es wieder gut und der Fußball-Strauß würde ihn glücklich stimmen!

Gisbert zählte achtzehn Tische mit jeweils acht bis zehn Stühlen, die allesamt in leicht schillernde, cremefarbene, fein geschneiderte Hussen gehüllt waren. Die großen, silberfarbenen Kerzenständer waren das Einzige, was die Tische gemeinsam hatten. Ansonsten war jeder Tisch individuell geschmückt, und zwar in Übereinstimmung mit den Farben der jeweiligen deutschen Fußballvereine.

Geschenke zu bekommen war eine Sache, die Gisbert eigentlich gern mochte. Doch an seinem Hochzeitstag empfand er es schnell als lästig. Jedem Gast die Hand zu drücken, ihn in den Arm zu nehmen, und zuweilen, die feuchten Schlabberküsse sowohl von Männern wie Frauen zu ertragen, die er zum ersten Mal sah, stellte bei Weitem keinen Genuss dar. Und immer brav lächeln. Doch viel mehr irritierte ihn, dass Julias Freunde und Verwandte überwiegend in knisternde, durchsichtige Folie eingewickelte Päckchen überreichten, deren Inhalt er unschwer erkennen konnte. Zu achtzig Prozent waren die Geschenke für das ungeborene Kind bestimmt, von dem noch nicht einmal Julia wusste, ob es ein Mädchen oder ein Junge werden würde. Bergeweise Strampler, farbenfrohe Deckchen und Kissen, Schnuller, hinreißende Schäfchen und Teddybären, vier Mobiles und sonstiger Krimskrams. Beim dritten Päckchen mit derartigem Inhalt nahm Gisbert noch an, es wäre ein dummer Zufall. Beim sechsten oder siebten Päckchen befürchtete er, die Gäste wollen ihn auf den Arm nehmen. Er warf einen prüfenden Blick auf die Bulldogge. Sie hob ihr Glas, zwinkerte ihm überglücklich zu und beförderte ihren Krim-Sekt in einem Zug in den Mund. Es kam jedoch schlimmer. Ausgerechnet Boris war es, der als Letzter unwiderstehlich strahlend mit einem knallig-pinken Kinderwagen (es war kein Puppenwagen!) angerollt kam. »VON FREUNDEN« stand auf einem Zettel in großen Buchstaben. Gisbert traf beinahe der Schlag. Die Freunde, also Sven, Jens und Jörgen, dümpelten mit gesenkten Köpfen hinter Boris einher. Es stellte sich später heraus, dass Boris von ihnen vorab das Geld kassiert, es aber nicht für nötig befunden hatte, mit ihnen Rücksprache zu halten, als er sich für das »passende« Geschenk entschieden hatte. Er hatte ihnen nur gesagt, als enger Freund des Brautpaars wüsste er schon, was es dringend benötigte.

Das Hochzeitspaar und ihre Freunde wie Boris, Sven und Olga (die Trauzeugin) nahmen am blau-weiß-schwarzen Arminia-Tisch Platz, der auf einem Podest nahe der Bühne stand. Es war nicht zu übersehen, dass der Tisch für das Hochzeitspaar vorgesehen war.

Als Gisbert sich setzte, kam im Saal plötzlich Unruhe auf. Zwei Männer rangen um einen Stuhl und waren offenbar kurz davor, einander die Köpfe einzuschlagen. Natascha warf sich dazwischen und beruhigte die beiden merklich genervt. Es gebe ausreichend Plätze, sagte sie übers Mikrofon durch und deutete auf die am weitesten vom Brautpaar platzierten Tische. Doch die Gäste zögerten, einige blickten desinteressiert in die Runde.

Boris und Sven hatten zwar alles perfekt dekoriert, hatten jedoch vergessen, die Namensschilder auf die Tische zu verteilen. Kaum jemand wollte freiwillig am VfB-Stuttgart-Tisch oder an dem von FC Köln sitzen, was Gisbert voll und ganz nachvollziehen konnte. Hannover 96 war hingegen in Sekundenschnelle besetzt. Julias Mutter hatte sich diesen Tisch geschnappt und hatte ihre Tischnachbarn unsanft selbst bestimmt.

Tamada Natascha managte die Situation. Sie versprach, dass jeder Gast im Laufe des Abends die Möglichkeit bekäme, an jedem beliebigen Tisch eine Weile zu sitzen. »Wir werden ein Rrr... rotationsvor... verfahren machen!«, fügte sie in gebrochenem Deutsch hinzu und verdrehte die Augen.

Schon beim ersten Toast riefen alle Mann »Gorko« aus allen Ecken, und Gisbert und Julia mussten sich küssen, vor mehr als hundert Paar Augen. Gisbert hatte sicher von dieser russischen Hochzeitstradition gehört, doch selbst in der Haut des Bräutigams zu stecken, war ihm nun nicht ganz geheuer. »Gorko« hieß übersetzt aus dem Russischen einfach nur »bitter«, bedeutete jedoch eine klare Aufforderung des Brautpaares zum Küssen. »Gorko« konnte jeder Gast zu jeder beliebigen Zeit rufen, und alle pflichteten ihm auf der Stelle bei. Im Laufe des Abends fiel Gisbert dieser Brauch reichlich auf die Nerven, vor allem deshalb, weil dann alle Mann im Chor zählten: eins, zwei, drei, vier, fünf ...

Gisbert fühlte sich genötigt, seine Lippen immer länger auf Julias Mund zu drücken. Anderenfalls lief er Gefahr, missmutige Buhrufe zu ernten, die als Vorwurf aufzufassen waren, als würde er die Braut nicht genug lieben.

Noch ehe er sein Rindersteak zu Ende kauen konnte, schnellte Julia plötzlich in die Höhe und kreischte wie am Spieß. »Mein Schuh!«, keuchte sie mit vollgestopftem Mund und deutete mit dem Finger unter den Tisch. Gisbert schlüpfte augenblicklich unter die Tischdecke, aber schon hatte der Bengel das Weite gesucht. Meist waren es pubertierende, enorm flinke Jungs, klärte Julia ihn auf, die damit betraut wurden, der Braut den Schuh vom Fuß zu reißen. Es sei aber halb so schlimm.

Ein wenig später konnte sich Gisbert selbst überzeugen, dass es nicht nur halb so schlimm war, sondern im Gegenteil. Dieser gestohlene Schuh erwies sich als eine wahre Goldgrube. Eine Horde russischer Matrosen erschien im Saal. Einer von ihnen hielt ein silberfarbenes Tablett hoch. Darauf stand neben einer Flasche Wodka und einem Stapel Gläschen Julias Schuh. Sie gingen wippend und singend von einem Tisch zum anderen und baten die Gäste, möglichst große Geldscheine in den Schuh zu legen. Jeder, der das tat, konnte sich etwas vom Brautpaar oder den Trauzeugen wünschen. Einen kleinen lustigen Beitrag. Zum Beispiel ein Lied, ein Gedicht oder einen gemeinsamen Tanz mit der Braut oder dem Bräutigam. Als Gisbert erfuhr, dass das Geld auf dem Tablett am Ende dem Brautpaar zugutekommen würde, fiel ihm das Spiel sagenhaft leicht. Er konnte plötzlich singen wie ein Kanarienvogel. Doch er erinnerte sich immer nur an die erste Strophe des jeweiligen Liedes oder eines Gedichtes. Dafür glänzte er beim Tanzen umso mehr, strotzte geradezu vor Energie wie ein junges Fohlen. Einmal trat er der älteren Dame, die ihn in Hannover bei der Wohnungseroberung in die Badewanne stecken wollte, so heftig auf ihren großen Zeh, dass sie den Walzer mit Tränen in den Augen abbrach und ihn fortan keines Blickes mehr würdigte.

Die Bulldogge überlegte sich etwas Feines. Sie schob einen Fünfzig-Euro-Schein in den Schuh und wünschte sich, dass Gisbert mit ihr auf dem Rücken drei Runden um die Tanzfläche galoppierte und dabei bei jedem Ritt einen anderen Spruch laut aufsagte. Bei der ersten Runde musste er wiederholt rufen: »Ich vergesse meinen Hochzeitstag nie!« Bei der zweiten Runde: »Ich werde meine Frau immer lieben!«, und bei der dritten Runde krächzte er schweißüberströmt und entkräftet: »Ich vergesse den Geburtstag meiner Schwiegermutter nie!«

Nach diesem Ritt begab er sich gemeinsam mit Boris zur Toilette, um sich frisch zu machen. Als er zu seinem Tisch zurückkehrte, war Julia nicht an ihrem Platz. Auch an den anderen Tischen saß sie nicht und war auch sonst nirgends im Festsaal zu sehen. Tanja und Wacho blinzelten ihn schadenfroh vom Hannover 96-Tisch an. Gisbert kniete sich auf den Boden und schaute unterm Tisch nach. Natürlich wusste er, dass er Julia dort nicht finden würde. Er tat es eher aus Verzweiflung, denn er witterte etwas Ungutes. In den Toilettenräumen konnte sie auch nicht sein. Als er sich bei ihr abgemeldet hatte, um zur Toilette zu gehen, hatte er sie gefragt, ob sie mitkommen wolle. Sie hatte es verneint. Also musste sie nicht, hatte Gisbert daraus gefolgert.

Boris klopfte ihm auf die Schulter und sagte: »Lass das. Die Stunde hat geschlagen, man sie bestimmt entführt!«

»Wie? Entführt?«

»Die Matrosen«, rief Tanja ihm zu, »sie waren schon wieder da!« Sie deutete mit dem Zeigefinger in Richtung Ausgang.

Gisbert blinzelte sie ahnungslos an. »Die Matrosen?«, hakte er nach. Er glaubte einen Augenblick lang daran, dass Julia sich umgezogen und auf Tanjas Stuhl gesetzt hatte, um ihn aufs Neue zu necken. Natürlich hatte er von Brautentführungen auf russischen Hochzeiten auch schon gehört. Einzig war er nicht darüber im Bilde, wie so eine Entführung vor sich ging und vor allem, wie sie ausging. Blieb Julia etwa bis zum Schluss der Feier fort, würde er sie nicht ausfindig machen können? Wo sollte er überhaupt mit dem Suchen beginnen? Bielefeld war schließlich nicht Olexandriwka. Es war eine mehr als eine dreihunderttausend Einwohner große Stadt. Eine richtige Metropole sozusagen!

Boris beruhigte ihn: »Lass uns spazieren gehen. Sie taucht schon wieder auf. Glaub mir.«

Sie drehten fünf oder sechs Runden um den Block, Boris hatte in der Zeit drei Zigaretten geraucht. Die Matrosen tauchten nicht auf. Sie kehrten ab und an zum Restaurant zurück und fragten nach. Nein, man habe dort die Flotte noch nicht gesichtet, bekamen sie wiederholt zu hören.

Sie schlenderten weitere fünf Runden durch die nahe gelegenen Straßen, schauten ebenfalls in der Unterführung am Jahnplatz nach. Boris brachte weitere drei Zigaretten zum Glühen. Und während er am Hauseingang den letzten Stummel am Aschenbecherständer platt drückte, vernahm Gisbert plötzlich ein »I-ah« in der Nähe. Es hörte sich nach einem waschechten Esel an, und das Drollige war, sie befanden sich nicht in Olexandriwka!

Gisbert bekam auch später nicht heraus, von wem die Gäste informiert worden waren. Die ganze Hochzeitsgesellschaft stand nun auch unten am Hauseingang. Jeder Zweite zielte mit seiner Fotokamera auf die urkomisch anmutende Matrosenprozession: Allen voran torkelte im Rückwärtsgang der merklich aus der Puste geratene, schmächtige und blasse Kameramann mit wippendem Pferdeschwanz. Er filmte. Inmitten des Matrosentrupps trottete ein waschechter dunkelbrauner Esel, geführt von einem breit grinsenden russischen Offizier im Rang eines Obersts. Beim zweiten Anblick erkannte Gisbert in ihm Karl-Heinz Lüdecke! Das wunderte ihn nicht. Der Pfarrer war nämlich im Besitz einer ausgefallenen Sammlung von sowjetisch-russischen Uniformen, in die er gelegentlich schlüpfte und damit die Spaziergänger zuweilen erschreckte.

Neben dem Oberst schlenderte die Trauzeugin Olga. Auf dem Esel thronte strahlend die Braut! Das Schiff lief in den Hafen ein. Gisbert stand einem Terrakottasoldaten gleich ratlos da und wusste nicht, was zu tun war. Er war zum ersten Mal unsagbar dankbar für Boris an seiner Seite. Sein Trauzeuge hatte alles im Griff. Plötzlich hatte er auch den Beutel Falschgeld zur Hand und feuerte damit die Gäste an, den Matrosen möglichst viel Geld in ihre Mützen zu werfen, um damit die Braut freizukaufen. Im Eifer des Gefechts leerte er den ganzen Beutel und beeindruckte damit natürlich die raunenden Gäste. Niemand merkte in dem Getümmel, dass es sich um selbstgedruckte Scheine handelte. Die Gäste klappten bereitwillig die Geldbörsen auf und spendeten und spendeten. So viele Geldscheine hatte Gisbert in seinem Leben noch nie auf einmal gesehen und kam aus dem Staunen nicht heraus. Sein Glücksgefühl steigerte sich mit jedem noch so kleinen Schein, der nicht aus dem Beutel von Boris stammte. Er ahnte nämlich, dass auch dieses »Lösegeld« schlussendlich dem Brautpaar zugutekommen würde. Das bedeutete, Julia und er würden sich doch noch ordentliche Flitterwochen leisten können.

Die Sonne ging bald darauf unter. Es gab Kaffee und Kuchen. Es wurde getanzt, gespielt und weitere hundertmal »Gorko« gerufen. Und ehe es sich Gisbert versah, standen die beiden Uhrzeiger auf der Zwölf. Tamada Natascha verkündete die Schleierabnahme. Mit Tränen in den Augen nahm Frau Sawadskij der Braut den Schleier ab. In der Zeit formierte sich eine Schar junger Mädels um die Braut. Als Julia ihren Fußball-Strauß über ihren Kopf nach hinten warf, umkrallten gleich drei Mädchen kreischend und fauchend den Strauß. Ein korpulentes Mädchen namens Helene rammte ihre zwei jüngeren Rivalinnen unsanft mit den Ellbogen und schickte sie mit ein, zwei abgerissenen Blumenresten in den Händen schnurstracks zu Boden. Triumphierend hielt sie ihre Trophäe hoch. Ihre Mutter schrie lauthals: »Tor, Tor ... Super gemacht, Schnucki!«

Eigentlich, dachte Gisbert, hätte die »Schnucki« jetzt die rote Karte verdient!

Es erklang das bekannte russische Lied »Eine Million purpurroter Rosen«. Julia und Gisbert schaukelten eng umschlungen im funkelnden, aufblitzenden Lichtbündel zweier Stroboskope auf der Tanzfläche langsam hin und her. Einige weitere Pärchen schlossen sich ihnen an. Alla Pugatschowa, die russische Popgöttin, tönte mit ihrer melancholischen, herzzerreißenden Stimme aus den Boxen: »Eine Million, Million purpurroter Rosen, aus dem Fenster, aus dem Fenster, aus dem Fenster siehst du. Wer dich liebt, wer dich liebt, wer dich ernsthaft liebt, verwandelt dein Leben in Blumen ...«

Genau das hatte Gisbert vor!

Wenige Augenblicke später standen sie draußen auf der geräumigen Terrasse umringt von Gästen. Jeder hatte einen weißen, mit Neonlicht ausgestatteten Luftballon in der Hand. Auf ein Kommando von Tamada Natascha ließen sie diese steigen und verfolgten mit gebannten Blicken die zunehmend kleiner werdenden flackernden Pünktchen am Himmelszelt, die langsam im Rudel hoch über die Dächer von Bielefeld hinweg flogen.

Julia schaute Gisbert tief in die Augen und flüsterte ihm ins Ohr: »Ich bin sooo glücklich!« Dann drückte sie ihm einen Kuss auf die linke Wange. Ihre Augen strahlten vor Glück.

»Ich auch«, hauchte er zurück, küsste sie, umarmte sie fest und fügte unerwartet für sich selbst etwas lauter hinzu: »Ich war es!«

»Was denn …?«

Er zögerte einen Augenblick lang und fuhr mit fester Stimme fort: »Ich habe Petja erledigt!«

»Bitte? Was redest du da? Wer ist Petja?«

»Petja, Tante Veras Huhn … ich meine, der Hahn! Ich hab ihn mit dem Spaten getroffen. A… aber nicht absichtlich natürlich.«

Julias Augen weiteten sich. Sie bewegte ihre Lippen, wollte offenbar etwas sagen, brachte jedoch kein Wort heraus.

»Ja! Tut mir echt leid … Ich hab ihn dann eingebuddelt, im Misthaufen. Es wird nie wieder vorkommen. Ehrenwort!«

Es wusste selbst nicht, was ihn geritten hatte, Julia davon ausgerechnet in einem so magischen Moment zu erzählen. Er hatte einige Tage zuvor an den Vorfall gedacht und sich gefragt, ob es gut war, so etwas vor Julia zu verheimlichen. Er hatte sich dann fest vorgenommen, sie irgendwann nach der Hochzeit in sein Geheimnis einzuweihen. Doch hatte er das natürlich nicht in der Hochzeitsnacht tun wollen. Ganz bestimmt nicht!

»Bitte? Was du gesagt?« Er vernahm das Knurren der Bulldogge hinter seinem Rücken und zuckte zusammen. »Du den armen Petja gemordet?« Sie stand hinter ihm, die Fäuste in die Seiten gestemmt, die Augenbrauen dicht zusammengezogen, und fixierte ihn mit ihrem funkensprühenden Blick. Unter ihrem Kinn schwebte und flackerte bedrohlich ein Luftballon mit Neonlicht, der ihre verzerrten Gesichtszüge erhellte.

»Du bist echt großer Unmensch, Gisbert!«, kläffte sie tief enttäuscht.

Der Autor

Foto: Flentge

Artur Rosenstern kam am 3. Oktober 1990 aus Kasachstan nach Deutschland. Nach dem Studium der Musik-, Medienwissenschaft und Geschichte folgte die freiberufliche Tätigkeit für einen Münchener Musikverlag im Bereich Musikedition.

Rosenstern schreibt Lyrik und Prosa. Shortlist beim Berliner Schreibwettbewerb »Federleicht 2012«, Preisträger beim »Federleicht 2013« in Berlin in der Kategorie Gedicht sowie beim Leverkusener Short-Story-Preis 2015. Seine Erzählung »Planet Germania« ist 2015 ebenfalls im Verlag Monika Fuchs erschienen. Artur Rosenstern ist Mitglied im Verband deutscher Schriftsteller. Interviews und Berichte mit und über ihn erschienen oder wurden gesendet im Bayerischen Rundfunk, Deutschlandfunk, WDR Funkhaus Europa, Neue Westfälische, Moskauer Deutsche Zeitung etc.

Er lebt mit seiner Familie in Herford.

Mehr zum Autor auf www.artur-rosenstern.de

Ebenfalls von Artur Rosenstern im Verlag Monika Fuchs

Hascht du viele PS,
bischt du was,
hascht du wenig PS,
bischt du nix!

Kurz nach seiner Ankunft am 3. Oktober 1990 in Deutschland bekommt Andrej aus Kasachstan diesen Satz zu hören. Von nun an setzt er alles daran, etwas zu werden: ein Auto muss her und Deutsch will er lernen, damit er bald ein echter Wessi ist. In Hannover, wo angeblich das beste Deutsch gesprochen wird, soll er einen Sprachkurs machen. Überraschend trifft er dort seinen früheren Schulfreund und Nachbarn Murat. Murat hat auch Ziele, auch er will etwas werden: zunächst Millionär und später Präsident von Kasachstan.

Doch bis aus den beiden etwas wird, müssen sie lernen, sich in der fremden Heimat zurechtzufinden. Mehr als einmal kommen sie sich wie Außerirdische vor, die den unbekannten Planeten Germania erkunden müssen: nicht nur die Sprache bietet Stolpersteine, auch Sitten und Gebräuche der Deutschen halten so manche Merkwürdigkeit für die beiden Freunde bereit. Eine amüsante Cross-Culture-Erzählung, die zeigt, dass Integration gelingen kann.